God is Love
and He loves you

Love others as
He loves you

and through this love
bring Peace in the
World

God bless you
M Teresa mc

마더 테레사
: 그 사랑의 생애와 메시지

마더 테레사

그 사랑의 생애와 메시지

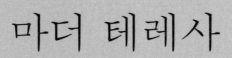

글 신홍범 │ 사진 게리 우즈

두레

머리말

마더 테레사는 2016년 9월 4일 시성諡聖되었다. "모든 사람은 성인이 돼야 할 의무가 있으며, 나 또한 성인이 되기를 원한다"고 말한 대로 성인이 되었다. 사후 20년이 안 되어 시성되는 것은 가톨릭 역사상 아주 드문 일이라고 한다. 몇 세기 후에 성인이 되는 예도 적지 않다.

마더 테레사와 동시대를 살았던 사람들은 이 시성식을 보고 감회가 깊었을 것이다. 왜냐하면 이분이 한 일들을 '전설'로서가 아니라 살아 있는 '현실'로 똑똑히 보았기 때문이다. 신문과 방송을 장식한 뉴스를 너무나 많이 보아 왔고, 이분이 한국을 방문했을 때는 온 국민들이 뜨겁게 환영했던 것을 기억하고 있을 것이다.

마더 테레사에 관한 뉴스를 접할 때마다 사람들은 감탄하지 않을 수 없었다. "가난한 사람들 가운데서도 가장 가난한 사람"을 찾아가 자신의 온 존재를 바쳐 사랑을 실천하는 것을 경이롭게 바라보곤 했다. 그리고 궁금해했다. 저분의 '끊임없고 지침 없는 사랑'은 도대체 어디서 온 것일까? 사람이 어떻게 저런 경지에 이를 수 있을까?

마더 테레사가 그토록 경탄과 존경을 받았던 이유는 이분의 삶이 인간이 보여 줄 수 있는 '가장 큰 사랑'과 '지고至高한 선善'을 보여 주었기 때문이다. 그리고 그것을 통해 이 세상에서 사람이 도달할 수 있는 최고의 경지에 이르렀기 때문이다. 사랑으로 충만한 한 사람의 깨끗하고 뜨거운 정신이 어떻게 세상을 바꾸어 놓는지를 실제로 보여 주었기 때문이다.

'사랑'은 마더 테레사가 걸어간 길의 시작이요 끝이었다. 가장 고결하면서도 가장 흔히 쓰이는 말 '사랑', 때론 함부로 쓰이기도 하여 때가 묻기도 한 '사랑'을 원래의 고결한 의미로 복원시킨 사람 중의 하나가 마더 테레사였다. 그분이 사랑을 말하면 그 말은 진짜 의미로 살아났다. 그는 '사랑하는 것'이 어떻게 하는 것인지를 몸으로 보여 주었다. 하느님을 사랑하고 사람을 사랑하는 것, 이 '사랑'은 마더 테레사에게는 '추상적인 진리'가 아니라 그것 없이는 살아갈 수 없는 구체적이고도 '절실한 진리'였다. 그 진리를 실천하기 위해 마더 테레사는 가난한 사람들의 거리, 비참한 빈민가에 몸을 던져 그들과 함께 살았다.

한평생 그칠 줄 몰랐던 마더 테레사의 사랑은 도대체 어디에서 온 것일까? 허물어진 나병 환자의 손에 입 맞추며, 악취 나는 그들의 몸을 씻어 주고 죽어 가는 에이즈 환자를 끌어안아 주는 그 사랑은 어디로부터 온 것일까? 그 힘의 원천은 무엇인가?

이 책은 마더 테레사의 이러한 신비로운 힘의 원천을 알아보고자 하는 데서 시작되었다. 그동안 나온 국내외의 책들과 자료들을 읽어 보고 이 '신비'에 다가갈 수 있는 이야기들을 모아 보았다. 그리고 그 이야기들을 나누어 보고 싶었다. 이 책이 마더 테레사의 거룩한 삶과 사랑의 신비를 알아보는 데 조금이나마 도움이 될 수 있기를 소망해 본다. 이 책에 잘못된 곳이 있지나 않을지 조심스럽다. 지적해 주시면 바로잡겠다.

2016년, 개정판을 내며
글쓴이

차례

머리말   5

1. 소명召命   13
   소녀 시절 14 · 자비로운 어머니 16 · 아버지의 죽음과 불행했던
   조국 20 · 얌브렌코비치 신부와의 만남 24 · 소명에 응답하다 28

2. 수녀의 길   36
   로레토로, 콜카타로 36 · 교육자 테레사 수녀 44 · 반 엑셈 신부
   를 만나다 49

3. 가난한 사람들 속으로   50
   기근과 종교적 갈등의 참상 50 · 부르심 속의 부르심 55 · 영적
   지도자 반 엑셈 신부 58 · 교회의 허락을 청함 62 · '수도원 외
   임시 거주 허가' 69 · 기쁜 소식-교황청의 허락 71

4. 가난한 어린이들에게 학교를   75
   모티즈힐 80 · 학교를 열다 81 · 무료 진료소, 기나긴 행렬 86

5. 사랑의 선교회의 탄생   89
   크리크 레인 14번지 89 · 최초의 협력자들 94 · 회헌을 제정하다
   100 · 가난한 사람은 누구인가 104 · 로마, 사랑의 선교회 인가 109

6. 죽어 가는 사람들의 집(니르말 흐리다이)　　　111
　비참하게 죽어 가는 사람들 111 · '니르말 흐리다이' 113 · 오해
　와 반대 117 · 인간 품위의 회복 121 · 죽음이란 무엇인가? 123

7. 마더 하우스　　　129
　하루의 일과 그리고 기도 132 · 가난한 사람들처럼 가난하게 135

8. 때 묻지 않은 어린이들의 집(시슈 브하반)　　　137
　버려진 아이들 137 · "낙태는 친어머니에 의한 살인" 143 · 국제
　입양의 아름다운 이야기들 146

9. 사랑의 선교회를 돕는 사람들　　　153
　정성 어린 기부금 153 · "사명을 주실 때는 수단도 함께 주십니다"
　155 · 자원봉사자들의 도움 158

10. 평화의 마을, 샨티 나가르　　　162
　추방당한 사람, 나환자 162 · 이동진료소의 시작 164 · 티타가르
　나환자 치료센터 166 · '샨티 나가르'의 기적 170

11. 사랑의 선교 수사회의 탄생　　　177
　앤드류 수사 177

12. 해외에서 부르는 소리   183

교황청 관할 수도회가 되어 183 • 부름이 있는 곳이면 어디에나 189

13. 프렘 단(사랑의 선물)   193

실다 무료 진료소 196 • 교도소에서 구출된 소녀들의 집 '샨티 단'
197 • 무료 급식소 199

14. 국제적인 연대   201

마더 테레사 협력자회 201 • 병자와 고통받는 사람들의 협력자회
208 • "당신의 일은 고통당하고 기도하는 것" 213 • 관상觀想 수
도회와의 유대 220

15. 세계의 눈에 비친 마더 테레사   224

마더 테레사와 국가 지도자들 224 • 세계에서 상을 가장 많이 받
은 사람 234 • 노벨 평화상을 받다 242 • 명예 학위와 훈장 249
• 비판의 소리도 253

16. 오늘의 사랑의 선교회   257

"가난한 사람이 있는 곳이면 달에까지도" 257

17. "성인이 되고 싶습니다"   262

"고통은 하느님의 선물" 262 • 마더 테레사의 사랑, 그 신비 265
• "가정 안의 콜카타, 이웃의 콜카타" 270

18. 세계의 애도   277

"예수님, 당신을 사랑합니다" 277 • 심장 질환과 거듭된 사의辭意
279 • 후계자 니르말라 수녀 282 • 세계의 애도 속에 284 • 간
디를 운구했던 포가에 실려 286

19. 마침내 성인이 되다   290

마더 테레사 연보   294

참고문헌   305

마더 테레사.

1. 소명召命

"마더 테레사가 성인으로 시성諡聖될 것인가 아닌가 하는 것은 그분이 세상을 떠난 후의 일이다. 그러나 나는 그분이 오늘의 이 암흑 같은 시대에 불타고 있는 하나의 찬란한 빛이며, 이 잔인한 시대에 그리스도의 사랑을 실천하고 있는 복음의 살아 있는 화신化身이고, 신神 없는 시대에 우리들 가운데 살아 있는 은총과 진리로 충만한 말씀이라는 것을 분명히 말할 수 있다."

마더 테레사와 인터뷰를 갖고 책을 썼던 영국 BBC 방송의 저널리스트이며 저술가인 맬컴 머거리지Malcolm Muggeridge가 한 말이다.

그의 말처럼 마더 테레사는 세상으로부터 버림받은 사람들을 위해 온 생애에 걸쳐 복음적 사랑을 몸으로 보여 준 사람이다. 마더 테레사는 '가난한 사람들 가운데서도 가장 가난한 사람', 병든 사람, 죽어 가는 사람, 가족과 사회로부터 버림받은 사람, 외로운 사람, 나병 환자나 에이즈 환자처럼 절망에 빠져 있고 사람들이 기피하는 사람들을 찾아가 '그리스도를 사랑하고 섬기듯이' 그들을 사랑하고 그들에게 봉사했다. 세계에서 가장 비참한 곳에 자기를 던져 넣어 굶주린 사람들에게 먹을 것을, 아픈 사람들에게 치료를, 절망한 사람에게 위로와 희망을, 그리고 죽어 가는 사람에게 평화를 주었다.

'행동하는 사랑', '실천하는 사랑'을 통해 마더 테레사는 사람들에게 '사랑하는 것'이 어떤 것이며 성스러운 것이 무엇인지를 보여 주었다. 생존 당시 사람들로부터 '살아 있는 성인'으로 불렸던 마더 테레사…… 그 사랑의 생애는 발칸 반도의 마케도니아에서 다음과 같이 시작되었다.

. . . . .
소녀 시절

마더 테레사는 1910년 8월 26일 지금의 마케도니아 수도인 스코페Skopje에서 태어났다. 태어날 당시의 스코페는 오스만 투르크의 지배하에 있었으나 1913년 세르비아의 영토가 되었다가, 1944년 유고슬라비아연방에 편입되었다. 그러나 1991년 유고슬라비아연방이 해체되자 마케도니아 공화국으로 독립하여 그 수도가 되었다. 스코페의 당시 인구는 2만 5천 명이었으나 지금은 45만 명에 이른다.

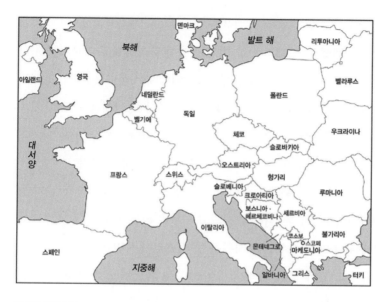

현재의 유럽 지도.

마더 테레사는 아버지 니콜라 브약스히야Nikola Bojaxhiu와 어머니 드라나필Dranafille의 3남매 중 막내딸로 태어났다. 양친은 모두 알바니아 인이었다. 마더 테레사는 태어난 다음 날(8월 27일) 세례를 받고 아녜스 곤히야Agnes Gonxha라는 이름을 받았다. 아녜스는 그리스도교회의 여자 순교자의 이름이며, 곤히야는 알바니아어로 '꽃봉오리'를 뜻한다. 아녜스 곤히야가 태어났을 때 위로는 6살 난 장녀 아가타가 있었고, 3살 난 오빠 라자르Lazar가 있었다. 5명의 가족이었다.

아버지 니콜라는 대대로 무역업을 해 오던 부유한 집안 출신이어서 그도 역시 무역과 건축업을 함께 하고 있었다. 그는 처음엔 스코페의 주요 의사들에게 의약품을 공급해 왔으나 훗날엔 이탈리아 인 상인과 손잡고 석유와 설탕, 의류, 가죽제품 등 여러 상품을 거래했으며, 그의 활동 범위는 유럽과 이집트에 이르기까지 아주 넓은 지역에 걸쳐 있었다. 그는 여행에서 돌아올 때면 그를 기다리는 아내와 자녀들을 위해 선물을 많이 사 가지고 왔으며, 가족들은 그의 여행 이야기를 재미있게 듣곤 했다. 그는 타고난 이야기꾼이어서 가족들은 그의 이야기에 시간 가는 줄 몰랐다.

니콜라는 건축업도 하면서 스코페 시 최초의 극장을 짓는 데 참여하기도 했으며, 나중에 시의회 의원이 되는가 하면 그 고장의 예술 활동과 교회에 많은 지원을 하여 스코페 시민 사회의 지도적 인물이 되었다. 그는 알바니아 어 말고도 세르보-크로아티아 어, 터키 어, 이탈리아 어, 프랑스 어를 할 줄 알았다.

오빠 라자르에 따르면, 그의 집은 언제나 "평화롭고 즐거운 곳"이었다고 했다. 아버지 니콜라는 여러 사람과 어울리는 것을 좋아했으며, 그가 살아 있을 때 그의 집에는 방문객이 그치지 않았다고 한다. 그는 독실한 가톨릭 신자였으며 열렬한 알바니아 애국자이기도 했다.

‧ ‧ ‧ ‧ ‧ ‧ ‧ ‧
자비로운 어머니

어머니의 이름 '드라나필Dranafile'은 알바니아 어로 '장미'를 뜻한다고 한다. 그러나 아녜스의 형제들은 어머니를 '나나 로크Nana Loke'라고도 불렀다. '나나'는 어머니, '로크'는 혼魂이라는 말이므로 '혼의 어머니'라는 뜻이다.

　드라나필의 아버지는 역시 알바니아 인으로 상인이었으며 지주이기도 했다고 한다. 어머니 드라나필은 가톨릭 신자로서 신앙심이 깊었으며, 부지런하고 열심히 일했다. 매일 종교적 의무를 지키려고 애썼으며, 아침마다 자녀들을 데리고 가까운 성당에 나가 미사드리는 것을 하나의 의무로 여겼다. 드라나필의 깊은 신앙은 가난한 사람, 고통받는 사람들을 돌보는 그 사랑에 잘 나타나 있었다. 가난한 사람들은 브약스히야 집에 찾아가면 거절당하지 않는다는 것을 잘 알고 있었다. 이 가정은 어려움 속에 있는 사람들에게 언제나 열려 있었다.

　마더 테레사는 이렇게 회상했다.

　"근처의 많은 가난한 사람들은 우리 집을 잘 알고 있었습니다. 그리고 그들은 우리 집에 오면 누구도 빈손으로 돌아가지 않았습니다. 우리 집의 식탁에는 매일 손님이 와 있었습니다. 우리는 처음 어머니에게 '그들이 누구냐?'고 묻곤 했지요. 그러면 어머니는 이렇게 대답하셨습니다. '어떤 분들은 우리 친척이야. 하지만 그들 모두는 우리 집 사람들이란다'. 나이가 들어 가면서 나는 그 낯선 사람들이 아무것도 가진 것 없어 어머니가 돌보고 먹여 살리는 사람들이라는 것을 알게 되었습니다."

　드라나필은 적어도 일주일에 한 번 가족에게서 버림받은 한 늙은 노파를 찾아가 음식을 가져다주고 집을 청소해 주었다. 알코올 중독에 걸린 상처투성이의 여인을 어린아이 돌보듯 씻어 주고 먹여 주며 돌보기도 했다. 여섯 아이를 거느린 한 과부가 죽었을 때는 그 아이들을 받아들여 가족처럼 먹여 주고 보살펴 주었다.

드라나필이 음식이나 돈을 가지고 가난한 사람들을 찾아갈 때마다 어머니와 함께 다닌 사람은 아녜스 곤히야였다. 이처럼 아녜스는 신앙심 깊은 어머니가 가난한 사람들을 돕는 것을 보며 자랐다. 그리고 그런 이웃 돕기를 결코 밖으로 드러내서도 안 된다는 가르침을 받았다. "네가 선한 일을 할 때는 아주 남모르게 해야 한다. 마치 바다에 돌을 던지듯 조용하게 해야 한다"고 어머니는 가르쳤다.
　먹을 것이 없거나 잠잘 곳이 없는 사람들, 옷을 구하러 오는 사람들, 그리고 돈이 없어 찾아오는 사람들을 어머니는 거절하지 않았다. "나는 어머니와 강한 끈으로 연결되어 있는 것을 느꼈습니다. 어머니는 덕이 높은 분이셨습니다"라고 훗날 마더 테레사는 회고했다.
　그리스도에 대한 사랑 속에서 자녀들을 지극한 정성으로 키웠던 어머니는 테레사의 정신적 성장에 커다란 영향을 주었다. "어머니는 하느님을 사랑하는 것과 이웃을 사랑하는 것이 무엇인지를 가르쳐 주셨습니다"라고 테레사는 말했다. 아버지 또한 자애로우면서도 엄격한 분이었다. 그는 늘 "너희가 누구의 자녀인지 결코 잊어서는 안 된다"고 가르쳤다.
　어머니는 불우한 이웃을 돌보아야 한다는 것을 자녀들에게 스스로 보여 주는 한편, 어떠한 낭비도 용납해서는 안 된다는 근검절약

정신을 가르쳤다. 어느 날 밤, 세 자녀는 방에서 잡담을 하며 놀고 있었다. 그런데 의자에 앉아 말없이 이야기를 듣고 있던 어머니가 갑자기 일어나 방을 나가면서 불을 꺼 버리는 것이었다. 알고 보니 "바보같이 수다 떠는 데 전기를 써서는 안 된다"는 게 이유였다.

이 밖에 자녀들이 오랫동안 잊지 못하는 이런 에피소드도 있다. 어느 날 어머니가 좋은 사과를 한 바구니 사 들고 와 자녀들을 불렀다. 어머니는 완벽하게 잘 익은 건강한 사과들 사이에 썩은 사과를 한 알 집어넣고는 며칠 뒤 아이들을 다시 불러 사과들을 살펴보라고 했다. 썩은 사과 한 알 때문에 다른 사과들이 썩어 가고 있었다. 한 사람의 부패한 정신이 주변에 어떤 영향을 끼치는지를 가르쳐 주고자 한 것이었다.

아버지 니콜라의 전폭적인 도움도 어머니의 이웃 사랑에 큰 힘이 되었다. 아버지는 가난한 사람들을 보살피는 어머니의 일을 부족함이 없도록 격려하고 지원해 주었다. 그는 자녀들에게도 "다른 사람들과 나누지 않고는 한 조각의 빵도 먹어서는 안 된다"고 가르쳤다.

브약스히야의 가정은 언제나 따뜻했다. 가사를 돌보느라 하루 종일 바쁘게 일하다가도 저녁 나절 아버지가 돌아올 때가 되면 어머니는 언제나 모든 일을 중지한 채 머리를 단정히 하고 옷을 갈아입었다. 아버지가 돌아올 때를 위해 어머니가 주의 깊게 몸단장을 하고 있다는 것을 자녀들은 알 수 있었다. 아이들도 몸을 단정하게 했다. 드라나펄은 이때의 가족들의 만남을 하나의 축제처럼 생각했다. 그리고 온 가족이 모여 앉아 묵주기도를 바치는 것이 이 가정의 저녁 행사가 되었다.

훗날 마더 테레사가 된 아녜스는 어머니를 다음과 같이 회상했다.

"나는 어머니를 결코 잊지 못할 것입니다. 어머니는 온종일 바쁘셨습니다. 그러나 저녁때가 되면 급히 서둘러 아버지를 만나실 준비를 하셨습니다. 그 당시는 잘 이해하지 못했습니다. 우리는 그런 어머니를 보고 미소 짓거나 웃어 대거나 때로는 놀리기도 했습니다. 그러나 지금은 아버지에 대한 어머니의 사랑이 얼마나 지극하고 섬세했는지 생각하게 됩니다. 어떤 일이 있어도 어머니는 미소 띤 얼굴로 아버지를 만나실 준비가 되어 있었습니다."

아버지의 죽음과 불행했던 조국

그러나 이처럼 평화롭고 단란했던 가정에 뜻밖의 큰 불행이 찾아왔다. 1919년 아녜스가 9살 되던 해에 아버지가 갑자기 세상을 떠난 것이다.

아버지 니콜라는 1차 세계대전 후 정치 활동에 뛰어들어 알바니아 애국운동에 투신하고 있었는데, 그날도 그는 집에서 250km 떨어진 베오그라드의 중요한 집회에 참가하고 있었다. 집을 나갈 때 원기 왕성했던 45살의 니콜라는 빈사 상태로 돌아왔다. 피를 토하는 그를 가까운 병원으로 옮겼으나 의사들도 손을 쓸 수가 없었다. 의사들도, 가족도 니콜라는 독살된 것이라고 믿었다.

아녜스가 태어나고 자란 마케도니아는 알렉산더 대왕의 고대 마케도니아 왕국 이래 오랫동안 갈등과 분쟁이 끊이지 않는 곳이었다. 그리스 북쪽 국경과 맞닿아 있는 마케도니아는 1991년 유고슬라비아 연방이 해체 과정에 들어가기 전까지만 해도 이 연방국에 속해 있었다. '유고jug'라는 말은 '남쪽'을 뜻하므로, '유고슬라비아'는 '남슬라브 인의 나라'라는 뜻이며, 따라서 고대 마케도니아 때와는 달리 슬라브계가 많이 진출해 있었다. 이 연방국은 중심 세력인 세르비아 인, 크로아티아 인, 슬로베니아 인과 함께 소수민족인 헝가리 인과 알바니아 인이 결합되어 이루어진 나라였다.

'2개의 문자, 3가지 종교, 4개의 언어, 5민족, 6개의 공화국'이라고 할 만큼 복잡한 나라였다. 그리고 이런 나라를 두고 강대국의 이해관계가 끊임없이 충돌하여 반도에서는 소란과 격동이 그칠 날이 없었다. 하룻밤 사이에 국경이 바뀌는 일이 되풀이되었다. 그 가운데서도 여러 나라의 이해관계가 충돌한 마케도니아는 발칸 반도('발칸'은 터키 어로 '산'이라는 뜻) 문제의 중심이었다.

마더 테레사가 태어난 1910년 마케도니아는 오스만 터키 제국을 종주국으로 하고 있었다. 오스만 제국은 14세기 말에 발칸 반도의 대부분을 정복했는데, 너무나도 오랫동안 잔인한 압제가 이어져 발칸 각 지역에서 저항이 그치지 않았다. 20세기에 들어서까지도 기독교도들에 대한 억압은 그치지 않아 마케도니아, 알바니아 등지에서 반란이 끊임없이 이어졌다. 물론 오스만 제국은 학살로 이에 대응했다.

그러나 1912년에 이르러서는 불가리아, 세르비아, 그리스, 몬테

네그로 4개국이 '발칸동맹'을 맺고 오스만 제국에 도전하여 1차 발칸 전쟁이 일어났으며, 오스만 제국은 패배를 거듭하여 유럽 영토의 대부분을 잃었다. 1913년에는 불가리아와 그리스, 세르비아 간의 영토 분쟁으로 2차 발칸 전쟁이 일어났고, 이 전쟁에서 불가리아가 패배했다. 부쿠레슈티 강화조약으로 전쟁은 끝났지만 마케도니아는 세르비아, 그리스, 불가리아로 분할되었다.

그러나 발칸 반도의 격동은 여기에서 그치지 않았다. 전부터 발칸 반도에서 세력 확장을 노리던 오스트리아-헝가리 제국과 이를 저지하려는 세르비아 간에 충돌이 일어나 마침내 1발의 총성이 울렸고, 이것이 도화선이 되어 1914년에 1차 세계대전이 일어났다.

이처럼 마케도니아는 4년 사이에 3번이나 싸움터가 되었다. 1929년부터는 세르비아 인, 크로아티아 인, 슬로베니아 인을 중심으로 한 '유고슬라비아 왕국'이 세워졌는데, 역사도 전통도 다른 민족들의 집합체였으므로 분열과 내분이 끊임없이 계속되었다. 이처럼 복잡한 비극의 땅 마케도니아의 스코페에서 아녜스는 태어나고 자랐으며, 아버지 니콜라는 그러한 역사의 희생자가 되었다.

발칸 반도의 여러 민족들 가운데서 세르비아와 알바니아의 관계도 좋지 않았다. 특히 1912년 알바니아가 독립하면서 관계가 더욱 악화되었다. 세르비아가 그토록 탐내 왔던 지중해의 해안을 알바니아에게 빼앗겼기 때문이다. 브약스히야 집안 또한 이런 적대 관계의 영향을 피해갈 수 없었다. 니콜라가 알바니아 인으로서 민족주의의 정체성이 강했기 때문이다. 알바니아가 독립 선언을 했을 때 알바니아의 애국자들과 이 지역의 주교를 집으로 초대하여 축제를 벌일 만큼 그의 알바니아 애국운동은 비밀이 아니었다. 1차 세계대전(1914~18) 후 알바니아는 인구의 압도적인 다수가 알바니아 인인 코소보를 병합시키려는 운동을 벌였는데, 이 때문에 세르비아와의 적대관계는 더욱 악화되었다. 니콜라가 먼 베오그라드의 집회에까지 찾아간 것도 알바니아 인들의 이런 운동을 지원하기 위해서였다.

아버지가 세상을 뜬 뒤 가족들에게 남겨진 것은 집 한 채밖에 없었다. 아버지와 함께 사업을 해 왔던 이탈리아 인 동업자가 재산을 모두 횡령해 갔기 때문이다. 드라나필의 친척들은 상인들과 지주들로서 노보 셀로에 대규모 토지를 갖고 있었다. 드라나필도 이 토지에 대해 권리를 갖고 있었지만, 이를 입증할 만한 문서를 갖고 있지 못했다. 한동안 슬픔 속에서 망연자실했지만 어머니는 이런 어려움이 가정의 행복을 파괴하도록 내버려 둘 수 없었다. 그는 집안을 재건키로 결심하고 자수 제품을 파는 상점을 열었으며, 사업이 잘 되자 나중에는 카페트에까지 사업을 확장했다. 스코페의 카페트는 그 명성이 자자했다. 드라나필은 기업을 경영하는 능력과 자질도 타고난 듯 사업을 성공적으로 이끌어 갔다. 섬유 제조업자들이 재료나 디자인 문제 등을 놓고 자문을 구해 오기까지 했다. 역경에 처해서도 좌절하지 않고 스스로의 힘으로 길을 열어 가는 그러한 어머니의 모습은 9살의 아녜스에게 깊은 인상을 주었다.

얌브렌코비치 신부와의 만남

세 자녀는 그곳의 교회에 부속된 초등학교에 다녔다. 4년제인 이 학교를 마치고 그들은 공립 중등학교인 스코페 김나지움에 들어 갔다. 언니 아가타가 공부로는 아녜스보다 더 나았지만, 아녜스도 학업 성적이 뛰어나 방과 후엔 동급생들이 찾아와 배워 가기도 했 다. 아녜스는 아는 것을 전달해 주는 특별한 재능이 있었다. 글쓰 기에도 재능이 있어서 지역 신문에 두 차례나 글이 실렸다. 시를 아주 좋아하여 직접 시를 짓기도 했다. 두 자매는 언제나 분별력 있고 조심성 있는, 그리고 착실한 학생으로 성장했다. 장밋빛 피부 색을 가진 아녜스는 언제나 깔끔했고 청결한 것을 좋아했다. 오빠 라자르는 1924년 장학금을 얻어 오스트리아에 있는 육군사관학교 에 들어갔다. 그는 특히 스포츠를 좋아하여 시간이 나면 그 또래의 젊은이들과 어울려 밖에서 지내는 것을 좋아했다고 한다.

가정 및 학교와 더불어 아녜스에게 커다란 영향을 준 것은 가톨 릭교회였다. 브약스히야가家는 여러 대에 걸친 가톨릭 집안이었 다. 함께 기도하는 것은 가족 생활의 불가결한 일부였다. 저녁마다 함께 모여 앉아 기도를 드렸으며, 빠짐없이 드리는 교회 예배는 그 들을 격려해 주는 힘의 원천이었다. 아녜스의 가족은 주로 알바니 아 인들로 이루어진 성심聖心 교구의 성당에 다녔다. 어머니 드라 나필은 성심회에서 열심히 활동하고 있었고, 자녀들도 이런 어머 니를 따라갔다. 스코페의 소수민족인 알바니아 인들에게 성당은 예배나 종교 활동의 중심일 뿐만 아니라, 삶을 나누고 그들의 민족

스코페의 성심학교에서 다른 학생들과 함께(왼쪽에서 세 번째).

적 전통이나 문화 그리고 주체성을 보존하는 사회 활동의 중심이
기도 했다.

　성심 교구의 연중행사의 하나는 스코페에서 그리 멀리 떨어져
있지 않은 레트니스의 세르나고레 성모 마리아 성지를 순례하는
것이었다. 어머니 드라나필은 해마다 이 순례에 열심히 참가했고,
아녜스도 커 가면서 여기에 참여했다. 어머니는 스코페의 블랙 마
운틴Black Mountain 산자락에 있는 이 성지가 아녜스의 정신을 새롭
고 건강하게 해 줄 뿐만 아니라 몸의 건강에도 아주 좋을 것이라고
생각하여 아녜스에게 성지순례를 적극 권고했다. 어린 시절의 아
녜스는 말라리아와 감기에 잘 걸리는 등 약한 체질이었기 때문에
어머니는 산 속의 신선한 공기가 건강에 좋을 것이라고 생각했다.
레트니스의 성모 마리아 성지를 순례하는 것은 어린 시절의 아녜
스에게 가장 행복한 시간이었다.

아녜스 가족은 음악적 재능들이 뛰어났다. 함께 노래를 부르고 악기를 연주하며, 심지어 작곡까지 했다. 만돌린을 연주하는 것은 아녜스에게 조금도 어려운 일이 아니었다. 이들 자매의 음악적 재능은 성당 합창단과 알바니아 가톨릭 합창단의 단원이 되면서 남김없이 발휘되었다. 두 자매는 아름다운 목소리를 갖고 있어서 크리스마스 때의 공연에서는 합창과 독창을 잇달아 했으며, 그래서 '두 나이팅게일'이라 불렸다.

그들은 같은 또래의 소년 소녀들과 파티나 소풍, 산책을 함께하며 발랄하고 아름다운 소녀 시절을 보냈다. 성모 마리아 성지를 순례할 때 그들은 함께 기도하고 함께 노래했다. 이처럼 신앙생활 속에서 성장해 가는 가운데 아녜스의 마음속에는 장래 수녀가 되겠다는 소망이 싹트고 있었다. 그 소망을 처음 갖게 된 것은 12살 때였다. 하느님의 부르심을 강렬하게 느꼈으나 초자연적인 환상vision 같은 것을 본 것은 아니었다고 훗날 회고했다. "그것은 개인적인 체험이었습니다. 환상을 본 것은 아니었어요. 나는 그때 환상을 본 적이 없습니다"라고 말했다. 수녀가 되고 싶다는 딸의 소망에 드라나필은 놀라지 않았다. 폐가 약한 데다가 감기를 자주 앓는 등 몸이 약했으므로, 그렇지 않으면 신앙생활에 아주 열심이었기 때문에 딸이 하느님의 부르심을 받아 자기 곁에 오래 머물지 못할지도 모른다는 생각을 하고 있었다.

그러던 1925년 봄, 아녜스에게 커다란 영향을 준 사제가 이 교구에 주임신부로 부임했다. 예수회에 속한 얌브렌코비치Jambrenkovic 신부였다. 이 신부는 교구에 도서관을 만들어 도스토옙스키의 소설이나 셴키에비치의 『쿼바디스Quo va-dis』를 비롯한 고전 문학 작품들을 비치해 놓았는데, 아녜스는 이 도서관에 다니면서 책 읽는 것을 좋아했다. 너무나 책 읽는 데 열중하여 어머니가 걱정할 정도였다.

얌브렌코비치 신부는 많은 시간을 내어 젊은이들을 지도했다. 특히 그는 젊은이들을 위한 '성모신심회聖母信心會' 지부를 만들었는데, 이 모임은 아녜스의 생애에 큰 영향을 주었다. 이 단체는 1563년 예수회가 로마에서 창립한 후 전 세계의 가톨릭교회로 확대되어 마침내 아녜스에게 다가왔다. 예수회를 창설한 이냐시오 로욜라의 유명한 질문, 즉 "나는 그리스도를 위해 무엇을 했나? 지금은 무엇을 하고 있나? 그리고 앞으로 무엇을 할 것인가?"라는 질문은 이 단체의 회원들이 언제나 마음에 새겨야 할 교훈이었다.

성모신심회의 회원들은 성인들의 생애를 공부하는 한편, 선교사들의 활동에도 큰 관심을 가졌다. 특히 얌브렌코비치 신부는 예수회 신부들의 선교 활동에 열정적인 관심을 갖고 그 활동을 자세히 알려 주었다. 그 가운데서도 1924년 유고슬라비아에서 인도의 벵골 지방에 파견된 예수회 신부들의 활동은 감동적이었다. 갠지스 강이 벵골 만으로 흘러들어 가는 곳에 있는 숲 속이 그들의 활동 무대였다.

그들은 어려운 조건 속에서 많은 곤란을 무릅쓰며 일하고 있었는데, 얌브렌코비치 신부는 이들이 보내오는 편지를 자주 읽어 주었다. 이 선교사들이 살아가는 모습은 성모신심회의 젊은이들에게 깊은 인상을 주었다. 그것은 아주 이국적이고 매혹적이며 도전적인 것으로 받아들여졌다.

　선교사들의 삶은 아녜스의 영혼에 깊은 감동을 주었다. "그들이 인도에서 활동하고 있는 것, 특히 그곳에서 어린이들을 위해 헌신하고 있는 모습은 아주 아름답게 내 마음속에 새겨졌다"고 마더 테레사는 훗날 회고했다. 아녜스는 선교사들의 활동을 이곳 주민들에게 알리는 얌브렌코비치 신부의 일을 도왔으며, 선교사들을 위해 특별히 기도하는 모임에도 참가했다.

. . . .
소명에 응답하다

18세의 생일을 앞두고 아녜스는 수도자의 길을 가야 한다는 내적인 '부르심'을 다시 한번 강하게 느꼈다. 수녀가 되고 싶다는 생각을 갖게 된 것은 12세 때였지만, 그 후 6년 동안 마음에만 두고 결정을 내리지 못하고 있었다. 아녜스는 이 성스러운 '부르심'에 응답해야겠다고 생각하면서 세르나고레의 성모 마리아 성지를 여러 차례 찾아가 기도하며 오랫동안 묵상했다. 1928년 8월 15일 성모 몽소승천축일을 맞아 아녜스는 세르나고레의 성모상을 마지막으로 찾아갔다. 그런데 중요한 것은 하느님이 자기를 부르시는 것을, 즉 자신의 소명을 어떻게 아느냐 하는 것이었다.

　얌브렌코비치 신부는 만일 하느님과 이웃들에게 봉사하도록 부르심을 받았다는 생각을 할 때에 마음속에서 기쁨을 느끼면 그것이 곧 하느님으로부터 소명을 받은 증거라고 대답해 주었다. 그런 기쁨은 앞으로의 삶의 방향을 가리켜 주는 나침반과 같은 것이므로, 비록 그 길이 고난으로 가득 찬 길이라 할지라도 누구나 그 길을 가야 한다고 신부는 알려 주었다.

아녜스는 홀로 손에 촛불을 들고 기도하면서 수도자의 삶을 통해 자신을 하느님께 바쳐야겠다고 생각했는데, 그때 마음에 큰 기쁨을 느꼈다. 이러한 기쁨을 아녜스는 하느님과 가난한 사람들을 위해 자신을 바치라는 하느님의 부르심이라고 받아들였다.

나침반은 이어서 동쪽을 가리키고 있었다. 아녜스는 인도의 벵골로 가기로 결심했다. 벵골에 파견된 유고슬라비아의 예수회 사제들은 로레토Loreto 수도회의 수녀들이 그곳에서 오랫동안 활동해 오고 있다는 이야기를 편지에 써 보내곤 했으므로 아녜스는 그 수녀들의 활동을 알고 있었다. 로레토 수도회는 예수회와 마찬가지로 국제적으로 활동하고 있는 여자 수도회였다. 벵골 지방에는 아일랜드 관구에서 수녀들을 파견하고 있었다.

아녜스는 이 수도회에 들어가기로 마음을 정했다. 수도회 입회 지원이 받아들여진다면 그것은 가족과 고향과의 기약 없는 이별을 뜻하게 될 것이다. 당시 선교 활동을 하기 위해 파견된 수도자가 휴가를 얻어 고국을 방문한다는 것은 거의 기대할 수 없었고, 부모도 머나먼 선교지를 찾아가 딸을 만나 본다는 희망을 가질 수 없었다.

아녜스가 자신의 이러한 결심을 어머니에게 말했을 때 어머니는 그것이 어쩌면 영원한 이별이 될지도 모른다는 것을 알고 있었다. 어머니는 이러한 딸의 결심을 받아들이기가 힘들었다. 딸을 깊이 사랑하는 어머니의 마음 때문이기도 했지만, 딸의 결심이 얼마나 확고한지 확신을 가질 수 없었기 때문이었다.

어머니는 자신의 방에 들어가 문을 닫고는 꼬박 만 하루를 나오지 않았다. 기도하며 자신에게 묻고 또 물었을 것이다. 어머니는 하느님의 부르심 앞에서 자신의 인간적인 애착과 소망을 거두어들여야 한다는 것을 잘 알고 있었다. 어머니는 딸이 걸어가야 할 길을 깨달았다. 방에서 나온 어머니는 아녜스에게 말했다.

"너의 손을 하느님의 손에 맡기고 그분과 함께 그 길을 끝까지 걸어가거라." 그리고 어머니는 이런 말로 딸을 격려해 주었다. "하느님과 예수님이 너의 전부여야 한다. 네가 무슨 일을 하려고 한다면 너의 온 마음을 다해야 한다. 그렇지 않으면 시작할 생각조차 해서는 안 된다." 어머니의 이 말씀은 아녜스가 어려움을 만났을 때마다 힘을 주고 이끌어 주는 중요한 교훈이 되었다.

집을 멀리 떠나 있는 오빠 라자르에게도 아녜스의 결심은 놀라운 소식이었다. 21살의 라자르는 당시 중위로 임관되어 알바니아 국왕의 시종무관으로 있었는데, 도대체 아름다운 소녀가 꽃다운 나이에 갑자기 집을 버리고 멀리 떠나 고난으로 가득 찬 길을 가겠다는 것을 받아들이기가 어려웠다. 수녀가 되는 것을 만류하는 라자르의 편지를 받고 아녜스는 이렇게 썼다.

"오빠는 1백만 명의 백성을 다스리는 왕을 섬기세요. 나는 온 세상을 다스리시는 왕을 섬기겠습니다."

오빠 라자르와 함께(오른쪽이 아녜스).

그해 9월, 아녜스의 출발을 앞두고 성모신심회와 합창단의 젊은 이들은 아녜스를 위한 송별음악회를 열어 주었다. 1928년 9월 26일 아침, 아녜스와 어머니, 그리고 언니 아가타는 친구들의 전송을 받으며 스코페 역을 출발, 자그레브로 떠났다. 작별을 고하는 아녜스의 눈에도 눈물이 흘렀다. 아녜스는 자그레브에서 또 한 사람의 로레토 수도회 지원자와 함께 프랑스의 파리로 가게 되어 있었다. 예수회 사제들은 이 지원자들을 우선 파리의 로레토 수도원에 소개시켜 주었던 것이다.

아녜스는 어머니, 언니와 함께 자그레브에서 며칠을 지냈다. 그러나 그 후 이 지상에서 다시는 만날 수 없는 기나긴 이별이 그들을 기다리고 있다는 것을 그들은 알지 못했다. 자그레브 역에서 손을 흔들던 어머니를 아녜스는 그 후 다시는 보지 못했다. 그것이 어머니와 함께한 마지막 시간이었다. 파리에서 수도원장과 면접을 한 후 아녜스와 또 다른 지원자는 아일랜드의 더블린에 있는 로레토 수도회 본부로 보내졌다.

그로부터 약 40년 후 영국 BBC 방송의 저널리스트 맬컴 머거리지와 가진 인터뷰에서 마더 테레사는 당시를 회고하면서 이렇게 말했다.

머거리지: 모든 일이 언제 시작되었나요?…… 가난한 사람들에게 헌신해야 하겠다는 생각을 언제 갖게 되었습니까?

마더 테레사: 12살 때였습니다.…… 우리 어린이들 모두가 가톨

아일랜드의 로레토 수도원으로 떠나기 직전(1928)의 아녜스.

릭교회에 속한 학교에 다니고 있었던 것은 아니지만, 그러나 아주 훌륭하신 신부님이 계셔서 어린이들에게 각자 하느님이 부르시는 소명召命에 따르도록 도와주셨습니다. 그때 처음으로 가난한 사람들을 위해 일하는 소명이 있다는 것을 알았습니다.

머거리지: 그때 앞으로 남은 생애를 자신의 행복을 위해서가 아니라 하느님께 바치기로 결심하셨습니까?

마더 테레사: 나는 선교사가 되고 싶었습니다. 내가 선교하게 될 나라의 사람들에게 그리스도의 생명을 전해 주고 싶었습니다. 그때 유고슬라비아에서도 선교사들이 인도에 나가 있었습니다. 그리고 로레토의 수녀들도 콜카타(옛 이름은 캘커타) 등 여러 곳에서 일하고 있다는 이야기를 들었습니다. 벵골 선교지구에 가고 싶어서 나도 지원했습니다.

머거리지: 18살 때부터 종신서원을 할 때까지 이처럼 어려운 삶에 대해 의문을 품거나 주저해 보신 적은 없었습니까?

마더 테레사: 18살 때 집을 떠나 수녀가 되겠다고 결심한 뒤부터 40년 동안 1초라도 의문을 가져 본 적은 없었습니다. 마음속에 하느님만을 섬겨 왔습니다. 이 길을 선택해 주신 분은 하느님이십니다.

머거리지: 그것이 참으로 평화와 기쁨을 가져다주었다고 말씀하실 수 있겠군요?

마더 테레사: 누구도 빼앗을 수 없는 기쁨입니다. 의문을 갖는다거나 불행하다고 생각한 적은 한 번도 없었습니다.

이처럼 아녜스는 수도자, 선교사가 되려는 자신의 선택을 하느님의 선택이라고 믿었다. 아녜스는 그토록 행복했던 가정을 버렸으나 그 대신 '누구도 빼앗을 수 없는 기쁨' 속으로 들어갔다.

2. 수녀의 길

• • • • • • • •
로레토로, 콜카타로

아일랜드의 더블린에 있는 로레토 수도원은 1609년 잉글랜드 요
크셔 출신의 수녀 메리 워드Mary Ward가 창립한 성모 마리아 수도
회Institute of the Blessed Virgin Mary의 아일랜드 지부에서 시작되었다.
가난한 사람들에게 봉사하고 여성들을 교육시키는 것이 이 수도
회의 설립 취지였다. 그러나 메리 워드는 영국에서 가톨릭교회를
박해하자 이를 피해 플랑드르(현재의 벨기에 서부, 네덜란드 남서부,
프랑스 북부를 포함하는 북해에 면한 지방)로 갔는데, 자신의 소명을
따르기 위해서는 그 길밖에 없다고 보았기 때문이다. 그러나 메리
워드는 플랑드르에 가서도 봉쇄수도원 생활을 면케 해 달라고 요
청했다. 도움이 필요한 가난한 사람들에게 봉사하기 위해서는 봉

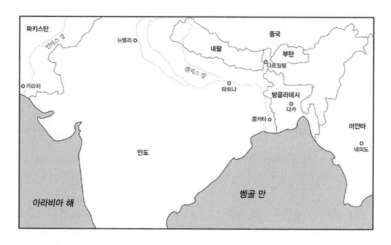

인도와 주변 지역.

쇄를 벗어나 활동할 수 있어야 한다고 생각했기 때문이다. 그러나 교황청은 1630년 봉쇄생활의 규칙을 깨어 버렸다는 이유로 이 수도회를 해산시켰다. 그러자 아일랜드의 이 지부는 독립하여 로레토 수도회를 만들었다.

메리 워드의 꿈은 다음과 같은 그의 묘비명에 잘 나타나 있다.

"가난한 사람을 사랑하는 것, 그들과 함께 고통받고 살고 죽는 것, 그리고 그들과 함께 다시 살아나는 것(부활하는 것)이야말로 메리 워드의 목표였다."

이 수도원은 변화 많은 역사를 거쳐 1841년에는 인도의 콜카타에 재단을 만들 수 있을 만큼 훌륭한 수도원으로 성장했다.

아녜스는 1928년 10월 12일 입회 지원자로서 로레토 수도원에 받아들여졌다. 이 수도원 본부의 문서고 파일은 그 이후의 아녜스의 역정歷程을 다음과 같이 기록하고 있다.

> 1928년 12월 1일: 수련생활을 시작하기 위해 인도로 파견됨.
> 1931년 5월 25일: 로레토 수도회의 수녀로서 첫 서원誓願을 함.
> 1937년 5월 25일: 종신서원을 함.

아녜스는 로레토 수도원 본원에 약 6주간 머물면서 영어와 수도회의 회헌 및 규칙을 배웠다. 인도에서 오랫동안 일했던 수녀가 두 사람의 젊은 지원자를 보살피며 지도해 주었다.

아녜스는 1928년 12월 1일 본격적인 수련을 받기 위해 선교의 땅 인도로 파견되었다. 수에즈 운하, 홍해, 그리고 인도양을 건너는 긴 여행 끝에 인도의 벵골 만에 도착했다. 아녜스가 콜카타에 도착한 것은 1929년 1월 6일, 예수 공현축일이었다. 그러나 그곳엔 며칠밖에 머무르지 않고 곧 그곳에서 북쪽으로 640km 떨어진 다르질링Darjeeling에 보내졌다. 1929년 1월 16일이었다.

다르질링은 눈 덮인 히말라야 산맥의 산기슭에 자리잡은 아름다운 고장이었다. 영국의 인도 통치 시대인 1911년, 인도의 수도가 뉴델리로 옮겨지기 전까지 콜카타는 인도의 수도였다. 하지만 여름의 수도는 다르질링이었다. 이곳이 휴양지로서 매우 훌륭하다는 것을 발견한 영국인들은 이곳에 도로를 닦고 요양소와 호텔을 지었다. 그리고 영국의 총독이나 고위 관리들이 이곳에 와서 피서하면서 여름을 보내곤 했다. 여름철 4달 동안 다르질링은 거의 매일

1929년, 다르질링에서 수련수녀 시절의 테레사 수녀(왼쪽). 테레사 수녀의 가족이 인도에서 처음 받은 사진이다.

무도회나 원유회園遊會(여러 사람이 산이나 들 또는 정원에 나가서 노는 모임)가 열리는 화려한 사교장이 되었다. 잘 다듬어진 잔디 위에서 장군들, 고위 관리, 판사와 의원들, 그리고 그들의 부인들이 참가하는 가든파티가 열렸다. 이곳으로 철도를 놓은 1857년 이 도시의 인구는 약 1만 명이었으나, 그 후 많이 늘어났다. 영국 통치 시대의 다르질링은 인도에서의 영국 교육의 중심지였다. 기독교 계통의 학교가 세워져 영국인 자녀들뿐만 아니라 인도의 부유한 가정의 자녀들도 그들과 함께 공부하고 있었다.

수련생활은 꽉 짜여진 시간표에 따라 진행되었다. 아녜스와 같은 시기에 수련생활을 한 부린 수녀는 당시를 이렇게 회고했다.

"1930년대의 수련생활은 오늘날과 많이 달랐습니다. 수련장이 모든 것을, 그리고 아주 자세하게 가르쳐 주었습니다. 우리는 1주일마다 사제를 찾아가 고백성사를 보았습니다. 그리고 하루에 2시간, 즉 아침 9시부터 11시까지 우리는 성 테레사 학교에서 어린 소년 소녀들을 가르쳤습니다. 학교 근처에 살고 있는 20여 명의 소년 소녀들로 이루어진 1학급의 학교였습니다. 나는 테레사 수녀가 아주 단순한 형型의 사람이라고 생각했습니다. 테레사 수녀는 아주 성실하고 신심 깊은 사람이었습니다. 하지만 우리는 테레사 수녀가 로레토 수도원을 떠나리라고는 전혀 생각해 본 적이 없었습니다."

마리아 테레지아 부린 수녀는 아녜스와 수련기간을 함께 보낸 수녀였는데, 당시의 아녜스가 "꿈속에서도 영어 공부를 할 만큼 열심이었다"고 회고했다. 아녜스는 벵골 어와 힌두 어도 열심히 공부했으며, 나중에는 벵골 어를 훌륭하게 구사했다.

2년 동안의 수련기간이 끝나자 아녜스는 1931년 5월 25일 첫 서원誓願을 하고 수녀가 되었다. '청빈清貧', '정결貞潔', '순명順命'을 서약했다.

그리고 수도자들은 수도생활을 하면서 특히 본받고 싶어 하는 성인의 이름을 따서 수도명을 정하는데, 아녜스는 '테레사'를 수도

첫 서원을 마치고 엔탈리의 로레토 수도원에서(오른쪽 맨 끝).

명으로 정했다. 여기에서의 테레사는 '예수 아기의 성녀', 또는 '예수의 작은 꽃'(소화小花)으로 알려진 리지외Lisieux의 테레사이다.

어린 시절의 이름이 '마리아 프랑수아즈 테레사 마르탱'이었던 이 리지외의 성녀 테레사Thérèse는 1873년 프랑스의 알랑송에서 태어나 15살에 리지외의 가르멜 수도원에서 수녀가 된 뒤 1897년 이 수도원에서 결핵으로 세상을 뜬 성인이다. 비록 24년이라는 짧은 생애를 살았지만, 그가 보여 준 뜨거운 신앙과 헌신적인 사랑, 그리고 순결한 삶은 수많은 사람들에게 깊은 감동을 주어 신앙생활의 귀감이 되었다. 그래서 가톨릭교회에서는 그 이름을 모르는 사람이 거의 없을 만큼 가장 사랑받고 존경받는 성인 중의 한 분이 되었다.

'소화 테레사'로도 불리는 이 성녀는 어떤 특별한 활동이나 업적을 이룩했기 때문에 존경받기보다는, 하루하루의 일상적인 삶 속에서 주어지는 평범한 일과 기회를 더없이 기쁜 마음으로, 지극한 사랑과 정성을 다해 함으로써 성인이 된 분이다. 매일의 삶을 사랑스럽고 성스럽고 거룩하고 빛나는 삶이 되게 하여 생애를 찬란한 성덕으로 가득 차게 했기 때문이다. '소화 테레사'는 '평범한 일'들을 '비범한 사랑'으로 수행했다. 그러므로 이 성녀가 걸어간 길은 특별한 사람만이 갈 수 있는 길이 아니라, 신앙을 가진 사람이라면 누구라도 따를 수 있고 또한 따라가야만 할 보편적이고도 안전한 길이라는 것을 가르쳐 주었다.

성녀 테레사는 하느님을 신뢰하여 완전히 맡기는 '영적 어린이의 길'을 걸었으며, 그 길을 사람들에게 가르쳐 주었다. '소화 테레사'의 '나의 작은 길'은 '어린이의 길'로도 알려져 있다. 어린아이가 아버지의 사랑을 믿고 의지하듯이, 하느님의 절대적인 사랑을 신뢰하며 그 사랑에 자신을 완전히 의탁하는 것이다. 소화 테레사는 모든 고통과 어려움을 그리스도께서 자기에게 주시는 선물로 보고 언제나 이를 기쁘게 받아들이는 훈련을 했고 거기서 큰 행복을 느꼈다. 그리고 다른 영혼들을 구하기 위해 날마다 남모르게 크고 작은 희생을 그리스도께 사랑의 선물로 바쳤다. 소화 테레사는 결핵으로 극심한 고통에 시달리면서도 나중에는 오히려 '고통을 더 달라'고까지 했다. 그뿐만 아니라 참으로 겸손하여 자신이 "사람들의 발 아래 짓밟히는 작은 모래알"이 되려고 했다. 하지만 "인자하신 하느님께서는 이 조그만 모래알을 찬란하게 빛나는 큰 별이 되게 하셨다."

이 성녀는 특히 사제들을 위해 기도했다. 선교 활동에 대해 특별한 사랑을 가지고 해외에 나가 어려움 속에서 일하는 선교사들을 위해 매일 많은 기도와 희생을 바쳐 '선교사들을 위한 수호성인'이 되었다.

가톨릭에는 '테레사'(한국 가톨릭교회에서는 '데레사'라고 부른다)라는 이름을 가진 성녀가 또 한 분 있는데, 바로 '아빌라의 테레사'이다. 1515년 3월 28일 스페인의 아빌라에서 태어나 1582년 67세로 세상을 뜨기까지 수도생활에 일대 쇄신과 개혁을 가져왔고, 그 열렬한 신앙생활로 교회에 커다란 업적을 남긴 하늘의 큰 별처럼 빛나는 성인이다. '리지외의 테레사'와 구별하기 위해 '아빌라의 테레사' 또는 '대★ 테레사'로 부르기도 한다.

아녜스는 이 두 성인 가운데 '예수 아기의 성녀' 테레사를 수도명으로 정했다. 하느님에 대해 어린이 같은 단순하고 전적인 신뢰를 가지고, 어머니 말씀대로 "자신의 손을 하느님 손에 맡기고 하느님과 함께 그 길을 끝까지 걸어가고자" 했던 것이다. 그러나 리지외의 테레사 이름을 따르는 데는 조그만 문제가 있었다. 일 년 전에 수련을 마친 마리아 테레지아 부린 수녀가 그 이름을 수도명으로 정했기 때문에 혼란을 일으킬 수 있기 때문이었다. 그래서 아녜스는 프랑스 어 'Thérèse' 대신에, 스페인 어의 'Teresa'로 쓰기로 했다. 그러나 수도원 내에서는 구별하기 쉽도록 아녜스를 '벵골리(벵골의) 테레사Bengali Teresa'라고 불렀다. 아주 유창하게 벵골 어를 구사했기 때문이었다.

교육자 테레사 수녀

수련기간이 끝나고 서원을 마치자 테레사 수녀는 다르질링으로부터 콜카타 시의 동쪽에 있는 엔탈리Entally 지역으로 파견되었다. 이 엔탈리에 로레토 수도원이 있었다. 회색 담이 쳐진 넓은 공간 속에 잘 가꾸어진 잔디밭이 있고, 고전적인 건물이 들어서 있는 놀라울 만큼 아름다운 수도원이었다.

그러나 수도원 밖은 빈민가였다. 콜카타에서 가장 많은 사람들이 타고 내리는 철도역과 탁한 공기, 소음으로 가득찬 슬럼가가 수도원을 둘러싸고 있었다. 이러한 수도원 구내에 로레토 엔탈리 학교와 성 마리아St. Mary 학교가 있었다.

로레토 수도원은 고아원도 운영하고 있었는데, 종교나 종파를 가리지 않고 모든 어린이들을 받아들였다. 이 고아원은 훗날 3백 명 정도의 어린이를 수용할 만큼 확장되었다. 이곳의 어린이는 거의 모두가 고아이거나 부랑아였다.

중등 교육기관인 로레토 엔탈리 학교의 학생은 약 5백 명으로, 수업료를 낼 수 있는 여유를 가진 학생들이었으며 대부분이 기숙사에서 생활하고 있었다. 성 마리아 학교는 이보다는 작은 규모의 중등 교육기관으로 광범위한 계층의 소녀들이 다니고 있었다.

로레토 수도회는 1841년에 처음으로 콜카타에 수녀를 보낸 이래 인도에서 주로 교육사업에 힘써 콜카타에 대학과 6개의 중등 교육기관을 운영하기에 이르렀다. 특히 여자 고등교육에 대한 평가는 아주 높았다. 로레토 대학의 졸업생들은 교육이나 사회복지

분야에서 많이 활동하고 있었으며, 인도 독립 후에는 법조계에서 활약하고 있는 사람들도 적지 않았다.

테레사 수녀는 성 마리아 학교에서 지리와 역사 그리고 가톨릭 교리를 가르쳤다. "내가 훌륭한 교사였는지는 알 수 없지만, 나는 소녀 시절부터 가르치는 것을 좋아했다"고 회고했다.

성 마리아 학교 시절의 하루는 길었다. 오전 9시 30분부터 오후 3시까지 수업을 하고, 그 밖에도 아침 저녁으로는 '마인딩minding' 시간을 가져야 했다. '마인딩'이란 로레토 수도회에서 쓰는 독특한 용어로 어린아이들을 돌보는 것을 뜻한다.

이 시절의 테레사 수녀는 다른 사람에게 어떤 모습으로 비쳤을까? 당시 함께 생활한 부린 수녀는 "나는 테레사 수녀님한테서 대인大人 같은 느낌을 받았다. 사물을 단순 명쾌하게 볼 뿐만 아니라, 좋은 쪽으로 생각하고 유머를 좋아하는 사람이었던 것으로 기억한다"고 회상했다. 그리고 테레사 수녀의 수도생활에 대해서는 이렇게 말했다.

"우리에게는 항상 규율이 있었습니다. 시간표에 따라 일했습니다. 강요되는 것은 없었지만, 그러나 그렇게 할 수 없으면 수도생활에 부적격한 사람으로 간주되었습니다. 테레사 수녀는 열심히, 그리고 아주 훌륭하게 수도 생활에 임했고 또한 일했습니다."

테레사 수녀는 이 시절을 회상하면서 "로레토 수녀원에서 지낼 때 나는 이 세상에서 가장 행복한 수녀 중의 한 사람이었다"고 말했다.

1936년, 테레사 수녀는 성 테레사 학교에 파견되기도 했다. 중산층 벵골 인들의 자녀가 다니는 이 학교에서 가톨릭 교리를 가르쳤다. 이 학교를 가려면 시끄럽고 더러운 빈민가를 지나가지 않으면 안 되었다. 그곳에는 가난한 사람들이 밀집密集해 살고 있었다. 질병이 그칠 날이 없고 나쁜 냄새가 코를 찔렀다. 테레사 수녀는 이렇게 말했다.

"어린이들이 어떤 곳에 누워 있고, 무엇을 먹고 있는지를 처음 보았을 때 내 마음은 고통으로 가득 찼습니다. 그보다 더 비참한 가난을 찾아낼 수는 없을 것 같았습니다. 그런데도 그들은 행복해하였습니다. 불쌍한 어린 것들…… 우리가 그 아이들을 처음 만났을 때 그들은 전혀 반가워하지 않았습니다. 내가 그들의 더러운 머리에 손을 얹을 때만 아이들은 뛰놀고 노래를 부르기 시작했습니다. 우리는 얼마나 적은 것을 가지고 그 단순한 영혼들을 행복하게 해 줄 수 있는지요!"

테레사 수녀가 두고 온 고향 스코페와 마음으로 맺을 수 있는 유일한 끈은 '성모 마리아 신심회'였다. 어린 시절 테레사 수녀에게 그토록 영향을 주었던 이 단체가 성 마리아 학교에서도 활동하고 있었기 때문이다. 이 지역에 있는 한 가톨릭교회의 사제 줄리앙 앙리 신부의 지도 아래 이 단체의 어린 소녀들은 학교의 담 너머에 살고 있는 가난한 사람들에게 스스로 구호 활동을 하고 있었다. 이 학생들은 매주 토요일이면 극빈자들을 찾아가거나 닐라탄 사르카르Nilratan Sarkar 병원을 찾아가 가난한 병자들을 위로하곤 했다. 당시 테레사 수녀도 잠시 간호사들을 돕는 일을 했는데, 그때 본 환자들의 참상을 이렇게 기록했다.

"많은 사람들이 먼 곳에서 왔습니다. 3시간 이상 걸어서 왔습니다. 그들이 놓여 있는 상태라니! 그들의 귀와 다리는 종기투성이였습니다. 그들의 등은 여러 가지 궤양으로 덮여 있었습니다. 많은 사람들이 열병으로 인해 병원에 오지도 못한 채 집에 머무를 수밖에 없었습니다. 결핵이 마지막 단계에 와 있는 사람도 있었습니다. 약이 필요했지만 치료를 받는 데는 오랜 시간이 걸렸습니다……."

이런 일도 있었다. 어느 날 한 남자가 나뭇가지 묶음 같은 것을 들고 병원을 찾아왔다. 삐죽 튀어나온 것이 마른 나뭇가지 같았다. 그러나 그것은 나뭇가지가 아니라 어린 소년의 다리였다.

"그 남자는 우리가 그 소년을 받아들이지 않을까 두려워하고 있었습니다. 남자는 말했어요. '이 아이를 원치 않으신다면 나는 이 아이를 풀밭에 던져 버리겠습니다. 자칼(개과의 육식동물)도 아이에게 코를 대지 않겠지요.' 내 가슴은 얼어붙는 것만 같았습니다. 가여운 아이! 아이는 지독히 야위어 있는 데다가 눈까지 멀어 있었습니다. 전혀 볼 수 없었어요. 너무나 가여워 나는 그 어린것을 받아 안고 앞치마로 감싸 주었습니다. 그 아이는 두 번째 엄마를 만나게 된 것이지요."

1937년 5월 25일, 테레사 수녀는 다르질링에서 종신서원을 했다. 첫 서원을 한 지 6년 만이었다. 그리고 그로부터 7년 후인 1944년 교장이었던 마더 드 세나크르가 중병으로 쓰러진 뒤엔 성 마리아 학교의 교장에 취임했다. 테레사 수녀는 드 세나크르 교장을 위해 오랫동안 오른팔 역할을 해 왔었다. 교장으로 있으면서도 테레사 수녀는 수업을 맡았으며, 학생들의 식사도 준비하고 교리도 가르쳤다. "선생님이 가르치신 가톨릭 교리는 자신의 체험을 예로 들어 설명해 주셨기 때문에 알기 쉽고 재미 있었다"고 제자들은 말했다.

성 마리아 학교에서 테레사 수녀로부터 가르침을 받았고, 그 후 로레토 수도회의 수녀가 되어 모교에서 봉사해 온 프란체스카 수녀는 당시의 테레사 수녀에 대해 이렇게 말했다.

"그분은 거의 '자기'라는 것이 없는 분이었습니다. 어떤 수고가 따르더라도 자신을 희생하여 일하는 분이셨습니다. 그분은 하느님을 사랑하기 위해서라면 무엇이라도 하실 것입니다."

젊은 시절을 함께 보낸 수녀나 제자들의 말을 종합해 보면 테레사 수녀의 인품은 헌신적으로 일하는 사람, 자비를 품은 사람, 언제나 유머를 사랑한 사람 등임을 알 수 있다. 그러나 테레사 수녀는 의사들에게만은 '순명'하지 않았다고 한다. 해야 할 일이 너무 많아 건강을 보살필 시간이 없었기 때문이다.

반 엑셈 신부를 만나다

테레사 수녀는 성 마리아 학교에서 일하는 동안 자신의 신앙생활에 큰 도움과 영향을 준 셀레스트 반 엑셈Celest Van Exem 신부를 만났다. 1944년 7월 12일 이 학교에서 거행된 미사에서 처음 만난 이래, 이 신부는 테레사 수녀의 영적靈的 지도자가 되어 신앙생활에 결정적으로 중요한 역할을 담당했다. 그리고 '사랑의 선교회'를 창립한 이후 마더 테레사가 어려움에 처했을 때마다 도와주고 격려해 줌으로써 오늘의 사랑의 선교회를 있게 하는 데 중요한 공헌을 한 사람이다.

예수회의 사제인 반 엑셈 신부는 벨기에의 엘베르딘헤에서 태어나 1927년 예수회에 입회했으며, 2차 세계대전 중에 고국인 벨기에를 떠나 콜카타에 왔다. 1940년, 인도 쿠셍의 성모 마리아 대학에서 사제서품을 받았다. 젊은 시절을 중동 지역에서 보내기도 해서 아라비아 어를 유창하게 말할 수 있었다. 콜카타에 와서는 많은 이슬람교도들과도 친하게 지냈다.

3. 가난한 사람들 속으로

기근과 종교적 갈등의 참상

고요하고 평화로운 테레사 수녀의 수도생활도 2차 세계대전으로 온 세계가 전란에 휘말리게 되자 그 격동을 피해 갈 수 없었다. 일본이 참전하여 미얀마(옛 이름은 버마)를 점령하고 인도의 동부에서 전투가 격화되자 콜카타에는 영국군 작전본부가 들어섰다. 전쟁은 시가지가 공습을 당하는 사태에까지 이르렀다. 여러 건물이 군에 징발되었다. 1942년엔 엔탈리에 있는 로레토 수도원도 영국의 야전병원으로 쓰이게 되었고, 기숙사는 부상한 군인들의 병실이 되었다.

로레토 수도회의 수녀들은 학생이나 고아들과 함께 안전한 곳을 찾아 산간 지방이나 그 밖의 지역으로 옮겨가게 되었다. 그러나 테레사 수녀는 학교의 책임자로서 엔탈리에 그대로 남아 있었다.

전쟁이 시작된 지 얼마 안 되어 이번에는 대기근(1942~43)이 덮쳐 왔다. 전쟁에 자연재해까지 겹쳐 희생자의 수는 폭발적으로 늘어났다. 교통수단이 거의 모두 군에 징발되고, 인도 북부에서 강을 따라 콜카타로 쌀을 실어 나르던 배들마저도 군대에 징발되었기 때문에 식량 사정은 더욱 악화되었다. 미얀마로부터의 쌀 수송도 일본의 침략으로 인해 막혀 버렸다. 이런 사정으로 물가는 치솟고 암시장과 고리대금이 성행했다. 얼마 안 되는 식량이 바닥나 버리자 농민들은 토지를 값싸게 팔아 치우고 일터를 찾아 콜카타로 몰려들었으나 벵골 주정부는 그들에게 아무것도 해 줄 수 없었다.

당시 굶어 죽은 사람의 정확한 숫자는 밝혀지지 않았지만, 주정부는 약 2백만 명이라고 발표했다. 그러나 그 두 배에 이를 것이라는 설도 있고, 그 이상일 것이라는 주장도 있었다. 엄청난 수의 유랑민들이 콜카타 시로 몰려들었으므로 이 도시의 도로는 집 없는 사람들의 숙소가 되었다. 그들은 길 위에서 살고 길 위에서 죽었다.

한편, 마하트마 간디와 자와할랄 네루의 지도 아래 인도의 국민회의파는 영국으로부터의 독립운동을 펴 나갔다. 비폭력주의를 통해 독립을 추구하려는 간디의 독립운동은 광범위하게 확산되었다. 한편 국민회의파와는 별도로 무슬림연맹도 이슬람교도들을 위한 독립된 영토를 요구하면서 영국에 인도의 분리 독립을 요구했다.

1945년 여름, 2차 세계대전(1939~45)은 끝이 났다. 그러나 1946년 콜카타는 처참한 유혈 사태를 겪지 않으면 안 되었다. 인도와 파키스탄으로 분할 독립되기에 앞서 힌두교도와 이슬람교도들 사

1943년, 벵갈 지방의 대기근 참상을 보도한 《스테이츠먼》지의 보도사진.

이에 충돌이 일어났기 때문이다.

힌두교와 이슬람교도들 간의 갈등이 심화되는 가운데 전인도무슬림연맹은 1946년 8월 16일을 '직접행동의 날'로 선언했다. 콜카타 당국의 이슬람 지도자는 '직접행동의 날' 3일 전에 하필이면 이날을 휴일로 한다고 발표했다. 벵골 지방의 주민들을 둘로 갈라놓고 있는 두 종교 간의 충돌을 피해 보려는 생각에서였다고 하지만 결과는 그 반대였다. 일로부터 해방된 수많은 군중이 집회 장소인 마이단 공원에 몰려들어 '직접행동의 날'은 힌두교와 이슬람교도들 간의 '집단 폭동의 날'이 되었다. 폭동은 광란 상태에 빠져 4일간이나 계속되었다. 콜카타의 거리는 피로 물들었으며, 난폭한 파괴 행동으로 도시는 마비되었다. 이 충돌로 약 6천 명이 목숨을 잃은 것으로 알려졌다. 식료품이나 일상 생활용품의 반입은 거의 완전히 막혀 버렸다. 테레사 수녀는 교장으로서 이 사태에 대응하지 않으면 안 되었다. 마더 테레사는 당시의 상황을 다음과 같이 말했다.

"외출이 금지되었지만 나는 성 마리아 학교 밖으로 나가 보지 않으면 안 되었습니다. 기숙사에는 3백 명의 어린 학생들이 있었는데, 그들에게는 아무것도 먹을 것이 없었습니다. 나는 밖에 나가서 사람들이 칼에 찔려, 또는 몽둥이에 맞아 여기저기 죽어 있고 쓰러져 피를 흘리고 있는 것을 보았습니다."

"트럭에 가득 탄 병사들이 나를 막았습니다. 어느 누구도 외출해서는 안 된다는 것이었습니다. 위험을 무릅쓰고라도 나오지 않을

1946년, 힌두교와 이슬람교도 사이에 일어난 유혈 충돌로 거리에 쓰러져 있는 사람들. 이 사태로 콜카타 시는 마비되어 식량의 반입이 막혀 버렸다. 테레사 수녀는 기숙사 학생들 3백 명을 위해 식량을 구하러 나서지 않을 수 없었다.

수 없었다고 나는 말했습니다. 아무것도 먹을 것이 없는 학생들이 3백 명이나 있다고 했더니 병사들은 쌀을 가져다주고 그리고 나를 학교까지 데려다 주었습니다."

인도는 독립했다. 그러나 종교 때문에 나라는 둘로 나뉘었다. 이슬람교도들이 파키스탄이란 나라를 만들었기 때문에 벵골 주와 펀자브 주도 각각 인도와 파키스탄으로 나뉘었다. 그리하여 종교가 빚어 낸 사상 최대의 난민이동이 시작되었다. 파키스탄 쪽으로부터는 힌두교도와 시크교도들이, 그리고 인도 쪽에서는 이슬람교도들이 고향을 버리고 국경을 넘어 들어갔다. 이동한 사람들의 수는 6백만 명에 이르렀다. 동파키스탄(현재의 방글라데시)으로부터는 적어도 1백만 명의 힌두교도들이 서벵골을 비롯한 인도로 넘어들어왔다. 서벵골 주의 수도인 콜카타에는 난민들이 흘러넘쳤다. 난민들의 유입은 그침 없이 계속되었다. 조잡한 판잣집들이 거리를 메워 갔다. 시 당국의 원조도 거의 아무런 소용이 없었고, 민간복지단체의 노력도 상황을 개선시키는 데 별 도움이 되지 못했다. 당시의 비참한 콜카타 시를 두고 소설가 키플링은 '가공할 밤의 도시'라고 표현했다.

테레사 수녀가 가르치는 학교는 바로 이런 비참한 환경에 둘러싸여 있었다. 테레사 수녀는 수도원의 담장 안에 살고 있었지만 수많은 사람들의 참상과 고통을 알고 있었고, 괴로워했다.

부르심 속의 부르심

"왜 로레토 수도원을 떠나야겠다는 생각을 하시게 되었나요?"
"하느님께서 부르시는 소리가 들려왔습니다. 안으로부터 부르시는 소리가 있었습니다. 로 레토 수도원에서의 삶은 행복했습니다. 그러나 그것을 버리고 길 위에서 사는 가난한 사 람들을 위해 일해야 한다는 소리가 들려왔습니다."

1946년 9월 10일, 39살의 테레사 수녀는 히말라야 산맥의 산기

숡에 자리잡은 휴양지 다르질링으로 가고 있었다. 피정避靜하며 묵상하는 시간을 갖기 위해서였다. 당시 테레사 수녀는 건강도 좋지 않았다. 의사들은 결핵에 걸린 것이 아닌가 의심하고 있었다. 테레사 수녀는 그 기차 속에서 '하느님의 부르시는 소리'를 들었다.

"부르심이 뜻하는 것은 아주 단순했습니다. 내가 로레토 수도원을 떠나야 한다는 것이었습니다. 모든 것을 버리고 하느님을 따라 가난한 사람들 속으로 들어가야 한다는 것이었습니다. 가난한 사람들 가운데서도 가장 가난한 사람들 속에 들어가 하느님을 섬겨야 한다는 것입니다. 나는 그것이 하느님의 뜻이라는 것을, 그리고 그 뜻에 따라야 한다는 것을 알았습니다. 그것은 명령이었습니다. 나는 무엇을 해야 하는지를 알았습니다. 그러나 어떻게 해야 하는지는 몰랐습니다."

테레사 수녀는 이것을 '부르심 속의 부르심'이라고 말했다. '소명召命 중의 소명', 두 번째 소명이란 뜻이다. 첫 번째 부르심은 수녀가 되어 하느님을 섬기는 것이었다.

"나의 소명은 변함이 없었습니다. 하느님을 섬기는 데는 달라진 것이 없었습니다. 다만 주어지는 일이 달라졌을 뿐입니다. '가난한 사람들에게 봉사한다는 것'이 달라졌을 뿐입니다"라고 테레사 수녀는 말했다.

다르질링에서 피정하면서 묵상하는 동안에도 하느님의 이 '부르심'은 계속되었다. 테레사 수녀는 처음부터 자신에게 말하는 사

다르질링으로 가는 기차. 이 기차 안에서 테레사 수녀는 '가난한 사람들 가운데서도 가장 가난한 사람들을 위해 봉사하라'는 하느님의 부르심을 들었다.

람이 예수 그리스도라고 조금도 의심하지 않았다. 하지만 대개의 경우 그냥 '목소리'라고만 표현했다. 목소리는 계속 들려왔고 테레사 수녀는 이에 응답했다. 목소리는 말씀하셨다. "와라. 나를 가난한 사람들의 누추한 집으로 이끌어 다오. 와서 나의 빛이 되어라."

테레사 수녀는 예수 그리스도께서 이 모든 것을 저에게서 거두시게 해 달라고 성모님께 기도드렸다. 그러나 기도를 드릴수록 마음속의 목소리는 더욱 뚜렷하게 들려왔다. 결국 무엇이든 원하시는 대로 하시라고 대답할 수밖에 없었다. 피정하면서 기도를 드리는 동안 테레사 수녀는 '자신과 예수님 사이에 오간 대화'의 내용을 기록하기 시작했다. 그녀는 나중에 이것을 '1946년 9월 이후의 목소리'라고 불렀다. 나중에 콜카타의 대주교에게 편지를 쓸 때에도 자신이 들은 목소리의 내용을 인용해 설명했다.

훗날 마더 테레사는 '사랑의 선교회'가 시작된 날이 계시를 받은 이날이라고 말했다. 사랑의 선교회에는 개인마다 입회기록이 있는데, 그녀는 선교회에 입회한 날을 1946년 9월 10일이라고 적었다.

영적 지도자 반 엑셈 신부

다르질링에서 돌아온 후 테레사 수녀는 자신의 영적 지도자인 반 엑셈 신부를 찾아갔다. 그리고 기차 안에서 자신이 겪었던 일과 피정 중에 일어난 일들을 자세히 이야기하고 그때의 일들을 기록한

마더 테레사의 영적 지도자 반 엑셈 신부. 이 사제는 사랑의 선교회의 창립 당시부터 중요한 고비 고비마다 마더 테레사를 헌신적으로 도와 오늘의 사랑의 선교회를 있게 하는 데 크게 이바지했다.

몇 가지 메모를 보여 주었다. 테레사 수녀는 계시를 즉시 행동으로 옮기고 싶었지만, 순명서약에 따라 장상들의 승인을 받아야만 일을 시작할 수 있었다. 장상長上들의 축복은 하느님이 함께하신다는 확인이고 보호였으며, 그 부르심이 진정한 하느님의 뜻이며 망상이 아니라는 확신을 줄 수 있었다.

반 엑셈 신부는 열렬한 신앙심을 가진 겸손한 테레사 수녀를 존경하고 있었고, 그녀의 깊은 영적인 삶을 존중하고 있었다. 그는 이 문제를 진지하게 받아들이고 신중하게 다루었다. 그는 테레사 수녀가 하느님으로부터 진짜 소명을 받았다는 것을 믿어 의심치 않았다. 하지만 그렇지 않은 것으로 밝혀질 때 그것이 가져올 위험도 생각하지 않을 수 없었다. 그는 테레사 수녀의 진정성과 결의를 알아볼 필요가 있다고 생각했다. 그래서 처음엔 계시는 생각도 하지 말고 단념하라고 말했다. 콜카타의 페르디난도 페리에 대주교에게 말씀드리게 해 달라는 테레사 수녀의 요청도 거절했다. 그가 이렇게 한 것은 부르심의 진위를 알아보기 위한 매우 단호한 방법이었지만, 그런 방법을 취하지 않고는 하느님의 부르심이라고 확신할 수 없었다. 그는 테레사 수녀의 이야기를 다시 생각해 보면서, 그리고 영적 지도자에게 순명하면서 끊임없이 기도 중에 간구하는 테레사 수녀의 모습을 보고 테레사 수녀가 하느님으로부터 계시를 받았다는 확신을 가졌다. 그는 1947년 1월이 되자 이 부르심을 실천하기 위해 행동할 때가 왔다고 생각했다. 엑셈 신부는 훗날 당시를 다음과 같이 회고했다.

"테레사 수녀는 두 장의 글을 나에게 보여 주었습니다. 거기에는 '부르심'에 대한 글이 적혀 있었습니다. 나는 그것을 가지고 와서 읽었습니다. 큰 감동을 받았습니다. 처음 읽었을 때부터 그것이 정말로 하느님의 소명, 진짜 소명이라는 것을 알았습니다. 그때 무엇이 어떻게 일어났는지를 말로 설명하기는 어렵습니다. 그러나 처음엔 일의 중대성으로 보아 신중하게 이 문제를 다루지 않을 수 없었습니다. 테레사 수녀는 특별한 사람은 아닙니다. 로레토 수도회의 보통 수녀일 뿐이었습니다. 그러나 일편단심 하느님을 사랑하는 마음은 한결같았습니다. 테레사 수녀는 기꺼이 두 번째 희생을 바치고자 하였습니다. 첫 번째 희생은 어머니와의 이별이었고, 두 번째 희생은 로레토를 떠나는 것입니다. 이 두 번째의 떠남도 참으로 고통스러웠을 것입니다."

"테레사 수녀가 들은 소리는 환각이 아니었습니다. 하느님과의
만남이 그런 모습으로 나타난 것입니다. 테레사 수녀는 분명히 그
소리를 들었습니다. 그리고 로레토를 떠나 자신에게 주어진 일을
시작했던 것입니다. 테레사 수녀는 한순간도 이런 부르심에 의문을
가져 본 적이 없었습니다. 그것이 자신의 사명이라는 것을 처음부
터 확신하고 있었습니다."

"테레사 수녀는 1946년 이전에도 가난을 알고 있었습니다. 1942
~43년의 대기근 때도 굶주린 사람들이 길 위에서 쓰러져 죽어 가는
것을 보았습니다. 콜카타의 가난은 이미 널리 알려져 있었습니다.
엔탈리의 학교에 다니는 학생들 가운데도 가난한 가정의 학생들이
적지 않기 때문에 테레사 수녀가 그 가난을 모를 리 없습니다.
　테레사 수녀는 그때까지 하느님의 부르시는 소리를 들어 본 적이
없었습니다. 수도원을 떠나야 한다는 생각도 가져 본 적이 없었습
니다. 그 '부르심'은 하늘로부터 온 것입니다. 테레사 수녀는 그때부
터 확신을 가졌습니다. 나도 테레사 수녀가 들은 '부르심'을 확실한
것이라고 믿었습니다."

하지만 로레토 수도원을 떠난다는 것은 그리 쉬운 일이 아니었
다. 테레사 수녀는 로레토 수도원을 떠나는 것이 얼마나 어려운 결
단이었는지를 다음과 같이 말했다.

"로레토를 떠난다는 것은 그때까지의 내 생애에서 가장 큰 희생이었습니다. 수도원에 들어가기 위해 가족과 고향을 떠나는 것보다도 훨씬 어려웠습니다. 로레토는 나에게 둘도 없이 소중한 것이었습니다. 로레토에서 나는 영적으로 성장했고 수녀가 되었습니다. 이곳에서 나는 예수님께 나를 봉헌했습니다. 로레토 수도원은 나의 모든 것이었습니다. 더구나 나는 학생들을 가르치는 것을 아주 좋아했습니다."

교회의 허락을 청함

그러나 테레사 수녀는 하느님에게서 받은 메시지를 실행에 옮기기 위해 교회와 수도원의 허가를 받아야만 했다. 테레사 수녀는 성마리아 학교의 교장이었지만 교회라는 조직 속에 있는 한 수녀였다. 종신서원을 한 수녀로서 수도회의 조직을 떠나 일하기 위해서는 교회 지도자들의 허가를 받아야만 했다. 더구나 그것은 새로운 수도회의 창립을 지향하는 것이기도 했다.

영적 지도자인 반 엑셈 신부는 테레사 수녀에게 몇 가지 선택을 놓고 조언했다. 하나는 로마에 직접 편지를 써서 교황청의 허락을 받는 것이었다. 바티칸의 허락이 있으면 그것으로 끝나고, 로레토 수도회도 그 결정을 따르게 될 것이다. 그러나 이것은 절차상으로 문제가 없지 않았다. 다른 하나는 콜카타의 대주교와 상의하는 것인데, 여기에는 로레토 수도회 본부 총장의 허가가 있어야만 했다.

신부는 두 번째 방법을 권고했다.

테레사 수녀는 신부의 조언을 따랐다. 반 엑셈 신부는 적당한 기회를 보아 콜카타의 페리에 대주교와 상의하기로 하였다. 두 달 뒤 반 엑셈 신부가 페리에 대주교와 만나 이 문제를 논의했을 때 대주교는 분명히 곤혹스러운 표정을 지었다. 정치적, 종교적인 대립과 긴장이 계속되고 있는 위험한 콜카타에서, 유럽에서 온 수녀가 혼자 길거리에서 활동하는 것은 어렵고도 위태로운 일이라고 대주교는 생각했다. 테레사 수녀가 하고자 하는 일을 이미 '성 안나회'의 수녀들이 하고 있으니 그들과 함께 일하는 것이 좋지 않겠느냐고 대주교는 말했다.

그러나 테레사 수녀는 그것이 자기가 가고자 하는 길은 아니라고 생각했다. 테레사 수녀가 받은 하느님의 메시지는 가난한 사람들 속으로 들어가, 그들에게 봉사하면서 가난하게 살아가라는 것이었다.

얼마 후, 테레사 수녀는 콜카타에서 북서쪽으로 280km 떨어진 아산솔 수도원으로 옮겨 갔다. 테레사 수녀가 콜카타를 떠나 있는 동안 페리에 대주교는 테레사 수녀의 청원을 다시 신중히 검토하는 한편 몇몇 사제에게 의견을 물었다. 그러나 누가 그런 청원을 해 왔는지 이름을 밝히지는 않았다. 그는 다르질링 근처에 있는 성마리아 대학에서 신학과 교회법을 가르치고 있던 산더즈 신부에게 의견을 물었는데, 이 신부는 반 엑셈 신부와 마찬가지로 테레사 수녀가 새로운 수도회를 창립하는 것은 이론적으로 가능하다는 의견을 말했다.

성 테레사 교회의 줄리앙 앙리 신부는 콜카타의 빈민가를 잘 알고 있었기 때문에 그에게도 의견을 물었다. 앙리 신부는 이런 계획이 있다는 사실에 감격하고는 교회로 돌아오자마자 신자들과 함께 특별 기도를 드렸다.

앙리 신부는 반 엑셈 신부와 마찬가지로 벨기에 출신 신부였다. 그는 어느 날 미사를 드리러 가는 도중에 하느님의 부르심을 들은 후 고향을 버리고 인도로 왔으며, 그 뒤 한 번도 고국엘 돌아가 본 적이 없었다. 1938년 콜카타에 도착한 후 1941년부터 47년까지 테레사 수녀가 가르쳤던 성 마리아 학교에서 교리를 가르쳤고, 수도원의 성당에서 사제로 봉직하기도 했다. 테레사 수녀는 이 신부를 매우 신뢰하고 존경했으며, 성 마리아 학교의 자매회에서 함께 일하기도 했었다. 반 엑셈 신부는 당시 테레사 수녀의 청원을 두고 앙리 신부와 나눈 이야기를 다음과 같이 회고했다.

"앙리 신부님은 처음부터 대찬성이었습니다. 그 신부님은 나의 선생님이나 다름없었습니다. 나보다 조금 나이가 많은 분으로 벨기에에서 같은 배를 타고 왔지요. 나는 매일 아침 엔탈리에서 교회로 돌아올 때면 앙리 신부가 있는 성 테레사 성당에 들르곤 했습니다. 그런데 어느 날 그 신부님이 매우 흥분한 얼굴로 아주 좋은 뉴스가 있다고 말하는 것이었어요. 대주교가 알려준 바에 따르면 어느 수녀가 수도원 속에 있는 큰 학교나 대학 또는 병원이 아니라 길 위에서 사는 가난한 사람들을 위해 일하고 싶다는 소망을 갖고 있다는 것이었습니다. 그러고는 그 수녀가 누구인지 알지 못하느냐고 나에게 물었습니다. 나는 앙리 신부님에게도 비밀을 밝힐 수 없었습니다."

반 엑셈 신부는 당시를 회고하면서 즐거운 듯 이렇게 말을 이었다.

"앙리 신부님은 가난한 사람들을 위해 일하고 싶다는 그 수녀를 위해 다음 날부터 기도를 드렸습니다. 그런 사람이 콜카타에 필요하다는 것이었습니다. 그 사람이 테레사 수녀일 것이라고는 전혀 생각지 못했다고 훗날 나에게 말씀해 주셨습니다. 그 신부님은 내가 쓰고 있는 방 가까운 곳에서 세상을 뜨셨습니다. 그 신부님은 나의 선생님이며 형님과 같은 분이셨습니다."

페리에 대주교는 테레사 수녀의 계획이 실현될 수 있을 것인지 그 가능성을 두고 심사숙고했다. 그래서 그는 신뢰할 수 있는 두 사람, 즉 예수회의 총장인 존 밥티스타 잔센 신부와 수녀들의 법규에 정통해 있는 조셉 크루센 신부에게 자문해 보아야겠다고 생각했다. 이 두 사람은 전부터 반 엑셈 신부와 아는 사이였다. 이것을 알고 있었던 대주교는 "이분들에게 이 일을 두고 편지를 써서는 안 된다"고 반 엑셈 신부에게 당부했다. 그러자 엑셈 신부는 이제야말로 자신의 의견을 분명히 말해야 하겠다고 마음먹고 '그 부르심은 하느님의 뜻'이라고 진언했다.

"대주교님, 그 부르심은 하느님의 뜻입니다. 주교님이라 하더라도 그 뜻을 바꾸실 수는 없습니다"라고 신부는 말했다. 그러자 대주교는 이렇게 대답했다. "대주교인 내가 하느님의 뜻을 모르는데,

콜카타의 젊은 신부님은 그것을 어떻게 알고 있다는 말인가?"

페리에 대주교에 대한 반 엑셈 신부의 신뢰는 조금도 흔들림이 없었다. 당시 인도의 성직자 중에서 가장 높은 지위에 있었던 페리에 대주교는 인사 관리에서나 교회의 일을 처리하는 데에서나 폭넓은 경험을 갖고 있었다. 그러나 그러한 그도 테레사 수녀의 계획을 처리하는 것은 쉽지 않았다. 그것을 허락하는 결정은 교회에서 중요한 의미를 갖게 되고, 그것이 실패할 경우 맞게 될 결과를 우려하지 않을 수 없었다. 그러기에 대주교가 이 일을 신중하게 처리하는 것 또한 당연하다는 것을 반 엑셈 신부는 잘 알고 있었다.

1947년 1월, 반 엑셈 신부는 테레사 수녀가 하느님에게서 계시를 받았다는 확신을 가지고 하느님의 부르심을 실행으로 옮기기 위해 노력할 때가 왔다고 보고, 테레사 수녀가 대주교에게 편지를 써도 좋다고 허락했다. 그래서 1947년 1월 13일에서부터 1948년 1월 6일에 이르기까지 1년여 동안 테레사 수녀와 페리에 대주교 사이에 여러 차례 편지가 오고 갔다. 이 편지에서 테레사 수녀는 자신이 들은 '목소리'에 대해 자세히 설명하고, 아무도 원하지 않는 가난한 이들, 거리의 아이들, 병든 이들, 죽어 가는 이들, 거지들을 위해 자신을 바칠 수 있게 해 달라고 간청했다. 그들의 누추한 집으로 들어가 무너진 가정에 예수님의 평화와 기쁨을 가져다주게 해 달라고 요청했다. 로레토 수녀로서 무척 행복했고 지금도 행복함에도 불구하고, 사랑하는 것들을 떠나 외로움과 불확실함 속에서 다가올 큰 고통과 일에 자신을 바치려는 이유는 바로 '예수님이 그것을 원하시기 때문'이라고 역설했다. 그리고 자신이 하려는 일들을 설명했다. 무료 학교를 많이 세워 아이들을 가르치고 가난한 부모 대신 아이들을 돌보며, 죽어 가는 이들을 도와주고, 병든 이들을 치료해 주는 일을 하고 싶다고 했다. 평소에도 자기희생적이며 용감한 테레사 수녀였지만 '계시'를 받지 못했다면 로레토를 떠나 새 수도회를 만들겠다는 생각을 하지 못했을 것이다. 그러나 계시가 너무 강렬했기 때문에 '목소리'에 응답하지 않는 것은 하느님을 따르지 않겠다는 것과 마찬가지라고 테레사 수녀는 받아들였다.

테레사 수녀는 그 후의 편지에서 빠른 시일 내에 일을 시작하게 해 달라고 대주교를 열심히 설득했지만 대주교는 거듭 신중하게 기다릴 필요가 있다는 입장을 바꾸지 않았다. 그는 예수님의 '부르심'에 테레사 수녀 자신의 뜻과 관심이 얼마나 포함되어 있는지 궁금해했으며, 테레사 수녀가 '불확실한 결과를 위해 확실한 이로움'을 버리는 것은 아닌지 살펴보고 있었다. 교황청 앞에서 테레사 수녀를 옹호하기 위해서는 큰 책임감을 가져야 한다고 생각했다. 신중을 기하다가 부르심을 망칠지도 모르지만, 반대로 서두르다가 많은 영혼을 암흑 속으로 이끌지도 모른다는 두려움을 갖고 있었다.

페리에 대주교는 테레사 수녀의 계획을 더 자세히 알아보기 위해 다음과 같은 문제에 대해 정확하고 자세하게 대답해 달라고 부탁했다. 즉 (1) 무엇을 하고 싶은가, (2) 그것을 실현할 방법은 무엇인가, (3) 수도자들을 어떻게 양성할 것인가, (4) 이 사업을 위해 어떤 사람들을 모으고 싶은가, (5) 사업의 중심 지역은 어디인가, (6)

지금 있는 수녀회가 이 목적을 이룰 수는 없는가, (7) 수도회가 아니라 일반 단체나 성심회가 하는 것이 목표를 이루는 데 더 도움이 되지 않을까? 등이었다. 테레사 수녀는 이런 질문들에 자세히 대답해 주었다. 그리고 기존 수녀회의 수녀들은 인도에 적응하려고 노력하고 있지만 인도 사람들이 보기엔 여전히 이국인이라고 지적하면서 '사랑의 선교회'는 불쌍한 이들을 직접 찾아가 빈민가와 거리에서 그들과 같은 삶을 살 것이라고 강조했다.

한편 반 엑셈 신부는 다시 한 번 더 주교의 생각을 바꾸어야겠다는 생각을 갖고 테레사 수녀가 겪은 내적인 삶을 알려 주었다. 즉 지난 몇 달 동안 테레사 수녀가 '주님과 강력한 일치'를 경험했으며, 환시도 세 번이나 겪었다는 것을 증언해 주었다. "환청을 유심히 규명해 보았지만 신앙에 위반되는 것을 하나도 발견하지 못했다. 그것이 하느님의 목소리라고 굳게 믿으며, 의심할 만한 것은 아무것도 없었다"고 밝혔다. 그러나 페리에 대주교는 환청이나 환시 같은 희귀한 현상에는 관심이 없었고 오로지 이 사업의 성공 가능성과 그것이 가져올 결과를 놓고 생각을 거듭했다. 그래서 "내 양심과 하느님 앞에서 올바른 결정을 내렸다고 말할 수 있을 때까지" 결정을 미뤘다.

그러던 페리에 대주교의 생각이 바뀌기 시작했다. 그는 테레사 수녀의 끈질긴 간청 뒤에 숨어 있는 강인함과 담대한 비전을 보았다. 그녀가 보여 준 끊임없는 기도, 순명, 뜨거운 열정, 새 수도회에 대한 자세한 계획과 청사진 및 회칙 초안 등을 보고 판단을 내렸다. 그는 로마에서 이름 높은 신학자들로부터도 이 문제에 대한 조언을 들었는데, 그들은 모두 테레사 수녀가 들었다는 '목소리나 환시'와는 상관없이 이 계획을 허락하는 것이 경솔한 행동이 아니라고 말해 주었다. 대주교는 많은 기도와 숙고 끝에 "일을 시작해도 좋다"는 허락을 내렸다. 1년 이상의 유보 끝에 내린 결정이었다. 1948년 1월 6일, 테레사 수녀가 인도에 도착한 지 19년이 되는 날이었다.

이때부터 페리에 대주교는 테레사 수녀를 적극적으로 보호하고 돕는 사랑의 선교회의 장상이 되었다.

‘수도원 외 임시 거주 허가’

1947년 말, 페리에 대주교는 아일랜드의 로레토 수도회 총장에게 편지를 쓰라는 허락을 테레사 수녀에게 내렸다. 편지의 내용은 로레토 수도회를 떠날 수 있도록 허락해 달라는 것이었다. 로레토 수녀회의 제르트루다 총장의 허락을 받은 다음 교황의 인가를 받는 절차를 거쳐야 했다. 테레사 수녀는 그다운 간결한 문장의 편지를 총장에게 보냈다. 하느님께서는 "제가 빈민가와 거리의 가난한 이들 가운데서 저 자신을 하느님께 남김없이 바치기를 원하신다"면서 "로마 성성聖省에서 저의 서원을 취소하고 환속還俗 특전을 내릴 수 있도록 청원할 수 있게 허락해 달라"는 내용이었다.

‘환속’이란 말은 테레사 수녀가 이제는 종신서원을 한 수녀가 아니라, 즉 성직에 몸담고 있는 수녀가 아니라, 세상으로 돌아간 한 개인의 입장에서 사회에 봉사 활동을 한다는 것을 뜻하는 것이었다. 반 엑셈 신부는 로레토 수녀로서의 서원을 유지하다가 일이 성공하지 못했을 때는 수도원으로 돌아올 수 있는 '재속'을 권고했다. 하지만 테레사 수녀는 '환속'을 청원하겠다고 말했다. 사업이 하느님의 계시에 따른 것이라고 확신하는 한 실패할 리가 없기 때문에 훗날 로레토로 돌아갈 생각을 할 필요는 없다고 본 것이다. 대주교도 그동안 테레사 수녀를 지켜봐 왔기 때문에 그녀를 신뢰하고 존중했으며, 그래서 그녀의 결정에 간섭하려 하지 않았다.

제르트루다 총장의 답신이 대주교를 통해 전달되었다. 테레사 수녀의 청원을 대부분 허락한다는 내용이었다. 그러나 '환속'보다는 우선 '재속'을 권고했다.

친애하는 테레사 수녀님,

이 계획이 하느님의 뜻이라는 것은 분명합니다. 로마에 편지를 쓰는 것을 허락합니다. 이 일은 당신의 장상長上이나 관구장에게 비밀로 해 주십시오. 나도 누구에게도 상의하지 않겠습니다. 이의는 전혀 없습니다. 다만 현재로서는 재속在俗 특전을 받고 모든 일이 잘 진행된 뒤에 서원을 취소하는 것이 현명하다는 점을 말씀드립니다.

'재속'이란 수도자의 신분을 유지한 채 수도원 밖에 거주(원외院外 거주)할 수 있다는 뜻이었다. 테레사 수녀와 엑셈 신부는 기도의 응답이 이루어졌다고 매우 기뻐했다. 로레토의 총장은 '수도원 외

임시 거주 허가'를 내린 것이었다. 수도회 총장은 테레사 수녀가 로마에 직접 편지를 쓰도록 허락했지만 테레사는 또다시 페리에 대주교와 상의하는 것이 좋겠다고 생각하여 반 엑셈 신부에게 편지를 보냈다.

페리에 대주교는 반 엑셈 신부에게서 받은 짧은 편지를 읽어 보고는 로레토 수도회의 총장이 허락한 이상 테레사 수녀가 원한다면 '재속'(수도원 외 임시 거주 허가)이라는 말을 사용해도 좋다고 말했다. 청원서는 신부와 대주교를 거쳐 로마에 제출되었다.

청원서는 1948년 2월 델리의 교황청 대사에게 전달되었다. 하지만 몇 주일이 지나도 회답이 없었다. 테레사 수녀는 기도를 계속하면서 안타깝게 기다렸다. 답신이 있었느냐고 여러 번 신부에게 물었지만 회답은 없었다.

· · · · ·   · · · · · ·
기쁜 소식–교황청의 허락

1948년 7월 말, 마침내 대주교가 반 엑셈 신부를 불렀다. 대주교는 델리 주재 교황청 대사를 통해서 온 교황청의 회답을 갖고 있었다. 테레사 수녀가 마침내 '환속 특전' 대신 '재속 특전을' 받는다는 소식이었다. 페리에 대주교 아래에서 여전히 수녀로 있으면서 수도원 밖에서 일할 수 있는 허락을 받은 것이다. 3백 년 전 메리 워드에게는 허락되지 않았던 일이 이번에 테레사 수녀에게는 승인된 것이다.

그러나 조건이 하나 있었다. 수도원 밖에서의 활동을 1년으로 한정한다는 것이다. 그 이후에도 활동을 계속할 것인가 또는 수도원으로 돌아올 것인가를 결정하는 것은 페리에 대주교의 판단에 맡긴다는 것이었다.

이 기쁜 소식이 테레사 수녀에게 전달된 것은 1948년 8월 8일이었다. 교황 비오 12세의 이 회신은 1948년 4월 12일자로 되어 있었으나 4달이나 뒤늦게 전달되었다. 그날 반 엑셈 신부는 언제나처럼 일요일 미사를 집전했다. 미사가 끝나자 신부는 테레사 수녀를 큰 소리로 불렀다. 무엇인가를 전해 주려는 신부의 표정에서 테레사 수녀는 회답이 왔다는 것을 직감했다. 그 순간 테레사 수녀는 평정을 잃었지만 곧 되찾았다. 그리고 이렇게 말했다.

"실례가 되겠지만, 신부님 먼저 기도를 드리고 싶습니다."

기도를 마친 후 테레사 수녀는 2년의 세월이 걸렸던 그 기쁜 소식을 들었다.

"신부님, 이제부터는 빈민가에 가서 일해도 되는 거지요?"

반 엑셈 신부는 바티칸으로부터 받은 3통의 서류에 테레사 수녀의 서명을 받았다. 1통은 로마가, 또 하나는 대주교가, 그리고 나머지 하나는 테레사 수녀가 보관하도록 되어 있었다.

이제 계획은 비밀에 붙여질 필요가 없었다. 뉴스는 곧 엔탈리의 수도원뿐만 아니라 콜카타의 가톨릭 관계자들 사이에 퍼져 갔다. 그리고 얼마 후 인도에 있는 콜카타의 로레토 수도회 모든 기관과 단체에 테레사 수녀의 소식이 통지되었다. 로레토 수도회의 총장은 이 수녀를 위해 기도해 줄 것을 당부하는 글을 보냈다.

1948년 8월 17일 밤, 테레사 수녀는 앞으로 입을 수도복에 축복 祝聖해 달라고 반 엑셈 신부에게 청했다. 수도복은 푸른 물 색깔 줄이 쳐져 있는 흰 사리(인도인들이 즐겨 입는 옷) 3벌이었다. 흰색과 물 색깔은 가톨릭 전례에서 성모 마리아를 나타내는 색깔이다. 그 사리 위에는 조그만 십자가가 달려 있고 묵주가 얹혀 있었다. 반 엑셈 신부는 사리 위에 축성하던 그날의 장면을 이렇게 회상했다.

"테레사 수녀는 내 뒤에 서 있었습니다. 그 옆에는 로레토 수도원의 드 세나크르 원장 수녀님이 서 있었습니다. 원장 수녀님은 울고 있었습니다. 나는 사리에 축복해 주었습니다. 그리고 그 사리는 테레사 수녀의 수도복이 되었습니다."

반 엑셈 신부는 테레사 수녀에게 몇 가지 훌륭한 조언을 해 주었다. 빈민가에서 일하기 위해서는 어느 정도의 의학 지식을 익혀 둘 필요가 있다는 것이었다. 테레사 수녀는 당연히 동의했다. 신부는 파트나에 있는 '의료 선교 수녀회'에 편지를 썼고 이 수도회의 병원은 테레사 수녀를 받아들여 훈련을 맡아 주기로 했다. 그녀는 그곳에서 필요한 기초 간호법을 배웠다.

테레사 수녀는 스코페에 있는 어머니에게 편지를 썼다. 자신이 하느님의 부르심을 받았다는 것, 바티칸의 허락을 얻었다는 것, 로레토 수도회를 떠나도 여전히 수녀로서 일하게 된다는 것을 알려 드렸다.

8월 17일 밤, 테레사 수녀는 축복받은 새 수도복 사리를 처음 입었다. 테레사 수녀가 가르친 학생들은 그런 새 수도복을 입은 선생님의 모습을 보고 싶어 했을 테지만 아쉽게도 그런 바람은 이루어지지 않았다. 테레사 수녀가 수도원을 떠난 것은 밤이었기 때문이다. 고요한 밤에 '벵골리 테레사'는 이렇게 '위대하신 하느님의 사업을 위해' 아주 조용히 '조그만 첫 발자국'을 내딛었다.

테레사 수녀가 20년 동안 몸담았던 로레토 수도회를 떠나자 많은 동료 수녀들이 편지와 쪽지를 보내와 격려해 주었다. 이런 격려는 힘든 나날을 보내고 있던 테레사 수녀에게 큰 힘이 되었다. 이별을 힘들어 하는 수녀도 있었다. 스코페에서 어린 시절부터 친구로 지내 왔고 인도에도 함께 온 가브리엘라 수녀가 그러했다. 그녀는 "자매님의 편지를 받았을 때는 하루 종일 울었다"면서 그러나 "이것은 하느님의 뜻"이라는 편지를 보내 왔다.
　훗날 마더 테레사는 로레토를 떠나올 때에 대한 질문을 받고 수도회의 거의 모든 분들이 자기를 이해해 주고 도와준 것을 참으로 감사하게 생각하며 잊을 수 없다고 말했다.
　더블린에 있는 로레토 본부의 문서고文書庫에는 테레사 수녀가 보낸 편지가 잘 보존되어 있는데, 이 편지들은 테레사 수녀가 기회 있을 때마다 자신이 시작한 새로운 수도회의 상황을 로레토에 알리고, 아울러 수녀들의 기도를 부탁하고 있음을 보여 주고 있다.

4. 가난한 어린이들에게 학교를

로레토 수도원을 떠난 테레사 수녀는 1948년 8월 17일 밤 콜카타에서 384km 떨어진 갠지스 강가의 고도古都 파트나Patna로 갔다. 파트나는 벵골 주의 서쪽에 있는 비하르 주의 수도로 급행 열차로 10시간 30분 걸리는 거리에 있었다. 테레사 수녀는 그곳의 의료 선교수녀회Medical Mission Sisters를 찾아갔다. '가난한 사람들 가운데서도 가장 가난한 사람들'을 실제로 돕기 위해서는 어느 정도의 의학지식과 치료에 대한 경험을 갖추는 것이 반드시 필요하다는 반 엑셈 신부의 조언을 받아들인 것이다.

이 수녀회가 운영하는 '성가족 병원Holy Family Hospital'에서 테레사 수녀는 간호하는 법, 주사 놓는 법, 의약품을 취급하는 법, 치료나 수술을 돕는 법, 긴급 수술이 필요할 때 해야 할 응급처치법, 산모의 출산을 돕는 법 등을 열심히 배웠다. 병실을 돌고 환자들과 이야기를 나누면서 그들에게 무엇이 필요한가도 알아보았다. 그곳의 수녀들은 아주 기꺼이 테레사 수녀에게 가르쳐 주고 도와주었다.

간호법과 치료법을 배우면서 테레사 수녀는 그곳의 수녀들과 자주 대화를 나누고 앞으로 자신이 하려는 계획을 이야기했다. 테레사 수녀는 이곳에서 훌륭한 조언자들을 여러 사람 만났다. 그중의 한 사람이 의료 선교 수도회를 창립한 마더 덴겔Dengel이었다. 오스트리아에서 태어난 이 수녀는 의사였는데 1919년에 인도로 온 이래 인간의 고통의 맨 밑바닥, 삶의 가장 어두운 부분과 접촉하고 있었다.

덴겔 수녀는 이 땅에 절실히 필요한 것 중의 하나가 의료인 것을 알고 새로 수도회를 창설하여 그 회의 총장이 되었다. 이 수녀는 많은 일을 해냈고 훌륭하게 수녀들을 길러 냈다. 덴겔 총장은 새로운 수도회를 만들려는 테레사 수녀의 계획을 아주 잘 이해하고 풍부한 경험에서 우러나온 지혜로운 조언을 해 주었다.

예컨대, 테레사 수녀는 우선 의식주에서 가장 가난한 사람들과 똑같이 살아가면서 그들의 가난, 그들의 고통, 그들의 갈증을 함께 나누는 것을 이상으로 삼고 있었다. 테레사 수녀는 앞으로 새로 세워질 수도회의 수녀들이 식사 때 벵골 주에서 가장 보잘것없는 식사라 할 수 있는 쌀과 소금만 먹어야 한다고 생각하고 있었다. 이 말에 덴겔 총장과 이 수도회의 수녀들은 '그것은 대죄를 짓는 것'이라고 충고해 주면서 이렇게 말했다.

"별 영양가도 없는 음식을 먹고 어떻게 일하기를 기대할 수 있겠습니까? 극빈자들은 거의 아무 일도 하지 못하고 병들어 일찍 죽습니다. 수녀님은 함께 일하는 젊은 수녀들이 그들과 똑같은 운명에 놓여야 한다고 보십니까? 아니면 모두가 건강한 몸으로 그리스도를 위해 일하는 것이 바람직하다고 보십니까? 수녀님은 자매들에게 영양가가 풍부한 음식을 제공해야 합니다. 그들은 많은 일을 해야 합니다. 그들은 비위생적인 장소에서 병자들과 함께 있어야 합니다. 질병을 이겨 내려면 잘 먹어야 합니다."

테레사 수녀는 이들의 말을 겸허하게 받아들여 자신의 생각을 바꾸었다. 그래서 마더 테레사의 '사랑의 선교회' 수녀들은 창립 당시부터 오늘에 이르기까지 간단하지만 영양가 있는 식사를 함으로써 원기 왕성하게 일할 수 있었다.

휴식도 필요하다고 그들은 권고했다. 아침 5시에 일어나 8시간 이상 일하려면 오후의 휴식시간은 반드시 필요하다. 1주일에 하루의 휴일은 꼭 지켜야 하며, 1년에 한 번씩 일하는 장소를 바꾸는 것도 바람직하다. 길 위에서 일하는 사람들은 위생 관리에 특별히 마음 써야 하며, 그래서 한 사람에게 적어도 3벌의 사리가 꼭 필요하다. 하나는 입고 하나는 세탁하며 또 하나는 만약의 경우에 대비해야 한다. 그리고 인도의 여름은 섭씨 40도를 넘기 때문에 햇빛으로부터 머리를 보호하기 위해서는 수건으로 머리를 가려야 한다고도 충고해 주었다.

테레사 수녀가 이곳에서 만난 또 하나의 잊을 수 없는 사람은 자크린 드 데케르Jacqueline de Decker라는 벨기에 출신의 젊은 여성이었다. 데케르는 테레사 수녀가 만들려는 새로운 수도회에 들어가기를 간절히 바랐지만 건강이 허락하지 않았다. 그러나 이 여성과의 교류, 이 사람의 기도가 테레사 수녀에게 얼마나 큰 도움이 되었는지는 훗날 마더 테레사가 드 데케르를 가리켜 '또 한 사람의 나'라고 부른 데서도 잘 나타나 있다. 이 여성은 25번 이상이나 수술을 받을 만큼 건강이 좋지 않았지만, 그 고통과 기도를 모두 '사랑의 선교회'를 위해 바쳤다. 처음엔 인도에서, 나중엔 벨기에로 돌아가서 수백 명의 병자들을 연결하고 모아 그들의 고통과 기도를 이 선교회를 위해 바치는 연대의 고리를 만들었다. 드 데케르는 1969년 '병자와 고통받는 사람들의 협력자회'라는 단체를 만들었다. 이처럼 파트나에서 체류하면서 테레사 수녀는 훗날 만들어질 '사랑의 선교회'를 위한 커다란 영감과 지혜와 지식을 얻었다.

테레사 수녀는 파트나에서 약 4달 동안의 수련을 마치고 1948년 12월 초 콜카타로 돌아왔다. 그리고 당분간 '가난한 사람의 작은 자매회'에 있으면서, 이 회가 운영하는 '성 요셉의 집St. Joseph's Home'을 돕기로 했다. '가난한 사람의 작은 자매회'는 가난한 사람들에게 헌신적으로 봉사할 것을 서약한 단체인데, '성 요셉의 집'에는 당시 약 2백 명의 의지할 곳 없는 노인들이 살고 있었다. 테레사는 이곳의 일을 도우면서 앞으로 자신이 할 일을 준비하고 있었다. 테레사 수녀는 당시의 생각을 이렇게 썼다.

"하느님은 제가 가난이라는 십자가를 짊어진 외로운 수녀가 되기를 원하십니다. 오늘 저는 훌륭한 교훈을 배웠습니다. 저 가여운 사람들의 가난은 비참합니다. 저는 다리가 아프도록 걸으면서 저 사람들이 먹을 것과 몸 둘 곳을 찾아다니며 어떤 고통을 겪었을까를 생각해 보았습니다. 그리고 로레토 수도원의 안락한 생활에 유혹을 느꼈습니다. 그러나 나의 하느님, 저는 당신의 부름을 받고 자신의 자유로운 선택에 따라 이곳에 왔습니다. 저는 당신에 대한 사랑 때문에 당신에게 머무르면서 당신께서 저에게서 이루시려는 성스러운 뜻을 이루고자 합니다."

그리고 하느님께 기도했다.

"저는 다시는 돌아갈 수 없습니다. 저의 집은 가난한 사람들의 집입니다. 그들은 단순히 가난한 사람들이 아니라 극빈자들입니다. 저의 집은 먼지와 악취가 두려워서, 세균과 병이 두려워서 아무도 가까이하려 하지 않는 사람들의 집입니다. 저의 집은 입을 옷이 없어서 집을 나서지도 못하는 사람들의 집입니다. 저의 집은 더 이상 기운이 없어서 아무것도 먹을 수 없는 사람들의 집입니다. 저의 집은 더 이상 흘릴 눈물이 없어서 울지 못하는 사람들의 집입니다. 저의 집은 아무도 가까이 하지 않는 천한 사람들의 집입니다."

. . . .
모티즈힐

1948년 12월 10일부터 18일까지 묵상하는 시간을 가진 다음 테레사 수녀는 마음의 준비를 갖추고 12월 20일 빈민가 모티즈힐을 찾아갔다. 의료 선교회에서 받은 훈련에서 자신을 얻어 빈민가로 처음 나가 사업을 시작하기로 한 것이다.

테레사 수녀는 앞으로 일할 장소로 모티즈힐을 선택하기 전에 달트라 지역에서 일하는 것이 좋지 않겠느냐는 권고를 받은 일이 있었다. 이 지역은 주로 중산층 사람들이 사는 곳인데, 테레사 수녀를 보고 싶어 하는 옛날 제자들이 살고 있기도 했다. 그들은 테레사 수녀가 새로운 일을 시작하려 한다는 것을 알고 있었고, 그래서 그곳으로 간다면 테레사 수녀를 도울 것이 확실했다. 그리고 처음부터 극빈자들 속에서 어렵게 활동을 시작하기보다는 좀 익숙해진 곳에서부터 적응해 나가는 것이 좋지 않겠느냐는 것이 그런 권고의 이유였다.

그러나 테레사 수녀는 빈민가인 모티즈힐을 자신의 첫 활동 장소로 선택했다. 테레사 수녀는 이곳으로 가기 전에 줄리앙 앙리 신부를 찾아갔다. 교구 사제인 앙리 신부는 콜카타 빈민가의 실정, 특히 모티즈힐의 사정을 잘 알고 있었다. 그리고 테레사 수녀를 도울 마음의 준비를 갖추고 있었다. 신부는 이 빈민가에 살고 있는 성 마리아 학교 학생들의 주소도 가르쳐 주었다.

모티즈힐은 '진주의 호수'라는 뜻을 지닌 곳이다. 지금은 전기도 들어가며 수도와 하수도도 갖추고 도로도 포장되어 있어 이곳을 빈민가라고 부른다면 주민들은 분노할 것이다. 그러나 60여 년 전 테레사 수녀가 이곳에 처음 발을 들여놓고 활동을 시작했을 때는 슬럼 그 자체였다. 이 빈민가의 한가운데에는 저수지라고 할 만한 큰 웅덩이가 있었는데, 주민들은 하수구의 더러운 물이 흘러들어 가는 그 웅덩이의 물을 마시고 그 물로 세탁했다. 웅덩이에는 산더미 같은 쓰레기가 쌓여 방치된 채 악취를 풍기고 있었다. 이곳엔 진료소도 약국도 학교도 없었다.

학교를 열다

빈민가에 발을 들여놓은 첫날 테레사 수녀가 처음 만난 사람들은 어른들이었다. 그들은 이곳에 학교를 열고 싶다는 테레사 수녀의 계획을 기쁘게 받아들였다. 그리고 꼭 자녀들을 학교에 보내겠다고 약속했다. 그러나 테레사 수녀에게는 칠판도 분필도 살 돈이 없었고, 학생들 또한 공부에 필요한 것을 아무것도 갖고 있지 못했다. 하지만 그렇다고 미루고 있을 수만은 없었다.

테레사 수녀가 모티즈힐을 찾은 둘째 날엔 이미 5명의 어린이들이 기다리고 있었다. 테레사 수녀는 웅덩이 근처의 나무 아래서 자신이 세운 최초의 학교를 열었다. 테레사 수녀는 당시의 모습을 이렇게 말해 주었다.

"주운 조그만 나뭇가지로 땅바닥에 글자를 썼습니다. 어린이들은 허리를 굽혀 땅바닥을 들여다보고 있었습니다. 우리들의 학교는 이렇게 시작되었습니다."

테레사 수녀의 새로운 일터는 자신이 머무르고 있던 '가난한 사람의 작은 자매회'에서 그리 멀지 않았다. 테레사 수녀는 모티즈힐에서 일을 마치고는 전차나 버스로 돌아오곤 했는데, 전차비를 누구에겐가 주고 돈이 없을 때는 걸어서 돌아왔다.

모티즈힐에 조그만 학교를 열었다는 소식이 전해지자 어느 날 오후 옛날의 제자들이 학교로 찾아왔다. 고운 수도복을 입은 테레사 수녀의 모습밖에 보지 못했던 제자들은 거친 사리를 입은 옛 스승의 모습을 보고 놀랐다. 인도에는 인도인과 결혼한 유럽의 여성들이 꽤 있었다. 그들은 비단이나 고급 면으로 만든 아름다운 사리를 입고 있었다. 테레사 수녀와 같은 보잘것없는 옷을 입은 사람은 거의 없었다. 그리고 테레사 수녀처럼 맨발에 허름한 가죽 샌들을 신은 사람도 없었다. 테레사 수녀의 튼튼한 샌들은 파트나의 자매들이 선물로 준 것이었다. 제자들은 테레사 수녀의 '학교'에도 놀랐다. 2~3달 전까지만 해도 그들의 교장 선생님이었던 분이 지금은 지붕도 없는 학교에서 가르치고 있었다. 책상도, 의자도, 책도, 연필도 없이 웅덩이 옆에 쪼그리고 앉아 다 해진 옷을 입은 어린이들을 가르치고 있었다.

테레사 수녀는 거의 같은 시기에 다른 빈민가에서도 학교를 시작했다. 모티즈힐의 학교에는 다른 빈민가의 어린이들이 올 수 없으므로 틸잘라 지구의 빈민가에도 학교를 열었던 것이다. 모티즈힐에 해결해야 할 문제들이 많이 있는데도 다른 지구에서 새로이 일을 시작한 것이다.

"이것은 모두 하느님께서 하시는 일, 모든 것이 잘될 것이라고 약속해 주셨기 때문"이라고 테레사 수녀는 편지에서 썼다. 하느님이 부르셨으니 하느님께서 해 주실 것이라는 흔들림 없는 믿음을 보여 주고 있다. 테레사 수녀는 자신을 하느님의 뜻을 실행하는 단순한 도구로 보았으며, 그런 확신이 있었기에 용기를 갖고 일을 추진할 수 있었다. 그녀가 "일을 시작하는 데는 계획도 사전 협의 같은 것도 없었다. 고통받는 사람들이 우리를 찾아왔을 때 하느님은 우리에게 할 일을 가르쳐 주셨고 우리는 그 일을 시작했다"고 말했다. 그리고 이렇게 덧붙였다.

"우리는 아무것도 하는 일이 없습니다. 하느님께서 모든 일을 하십니다. 내가 하느님께 받은 소명은 성공하라는 것이 아니고 충실하라는 것입니다."

미래를 하느님께 맡기고 그것을 믿어 의심치 않는 신뢰, 그것이 일에 임하는 테레사 수녀의 자세였다.

"미래는 우리의 것이 아닙니다. 우리에겐 미래를 좌우할 능력이 없습니다. 우리는 현재에만 충실할 수 있습니다. 미래의 계획은 선하신 하느님께 맡겨야 합니다. 왜냐하면 과거는 이미 지나갔고, 미래는 아직 오지 않았으며, 우리에겐 하느님을 알고 사랑하고 봉사할 현재만 있을 뿐이기 때문입니다. 주님은 미래에 대해 불안해하지 말라고 말씀하십니다. 미래는 하느님 손 안에 있습니다. 우리는 미래를 걱정하지 않습니다."

모티즈힐에 처음 발을 들여놓았을 때 테레사 수녀에게는 1루피의 돈도 없었다. 만약 테레사 수녀가 도움을 청했다면 로레토 수도회는 필요한 돈을 주었을 것이다. 파트나에서 돌아오고 나서부터는 '가난한 사람의 작은 자매회'가 전차비 등으로 교통비를 조금 주고 있었다.

그러나 모티즈힐에 온 지 1주일 후 뜻밖에도 적지 않은 지원을 받을 수 있었다. 그날 아침 테레사 수녀는 한 교구 사제에게 도움을 청하려고 실다로 갔다. 이 사제는 반갑다고 말하면서도 격려하는 인사말조차 하지 않은 채 테레사 수녀를 그냥 돌려보냈다. 그러나 바크 서커스에 있는 한 교구 사제는 '진심으로 반가워하면서' 그 자리에서 1백 루피의 돈을 주었다.

테레사 수녀는 얼마간의 돈을 지니게 되자 하루라도 빨리 정식으로 학교를 열려고 적당한 곳을 찾아 나섰다. 그리하여 1948년 12월 27일, 매달 5루피를 주기로 하고 방 2개를 빌렸다. 하나는 학교로, 또 하나는 진료소로 쓸 작정이었다. 이 방들은 수리도 하고 청소도 할 필요가 있었기 때문에 몇 주일 동안 옥외에서 수업을 계속하기로 했다.

12월 28일, 학생 수는 이미 28명에 이르렀다. 그리고 참으로 고마운 것은 성 마리아 학교에서 한 사람의 교사가 테레사 수녀를 돕기 위해 찾아와 준 것이었다. 테레사 수녀는 어린이들에게 우선 청결부터 가르쳤다. 몸을 씻는 법을 알려 주고, 몸을 씻고 온 어린이에게는 상으로 소금을 주었다. 이처럼 위생 교육을 하고 나서 글 읽기를 가르쳤다.

벵골 어를 읽는 소리가 모티즈힐에 울려 퍼졌다. 빈민가의 어른들은 자신들의 자녀가 열심히 공부하는 소리를 듣고 몹시 기뻐했다. 이 지역에 있는 봉사 단체들이 책과 석판石板을 기부해 오자 그곳 주민들도 얼마 안 되는 액수지만 돈을 모으고 의자와 낡은 책상들을 구해서 가져다 주었다.

1949년 1월 4일, 이날엔 기쁜 일이 더 많았다. 교사 3명이 돕고 싶다는 소식을 전해 왔고 학생들의 수도 56명으로 늘어났다. 테레사 수녀는 벵골 어와 산수 과목 외에도 여자들에게는 재봉을 필수로 가르쳤다. 테레사 수녀는 "아이들과 함께 멋진 하루하루를" 보내고 있었다. 그들은 매일 와 주었다. 어떤 아이들은 학교가 시작되기 전부터 와서 기다리곤 했다. 아침 일찍 뛰어서 오는 학생들도 있었다. 아이들은 날마다 놀랍게 성장해 가고 있었다. 나쁜 말을 써서는 안 된다고 말하자 아이들은 곧 그 버릇을 고쳤다. 테레사 수녀는 수업을 마치고 나면 기부금을 구하러 다녔다.

인도에서는 탁발托鉢(수도자가 경문을 외우면서 집집이 찾아다니며 도움을 청하는 일)이 옛날부터 고귀한 습관이 되어 있었다. 오랜 옛날부터 수도자나 수행修行하는 승려들은 그 지방의 통치자나 주민들의 희사에 의지하여 살아갔다. 테레사 수녀는 이러한 관습에 곧 익숙해졌고, 그래서 의약품이나 음식, 또는 낡은 옷을 보내 달라는 편지를 써 보내기도 하고 직접 방문하기도 했다. 그러나 기부금을 구하러 갔다가 모욕을 당한 적도 적지 않았다.

어느 날 한 교회를 찾아가 기부금을 부탁했으나 사제로부터 냉혹한 대접을 받고 "눈물을 흘리며 나온 때"도 있었다. 그러나 자신은 하느님의 부르심을 받고 일하고 있기 때문에 하느님은 필요한 모든 것을 해결해 주실 것이라는 믿음을 결코 잃지 않았다.

모티즈힐에서 학교를 시작하자 테레사 수녀는 시 당국의 인가를 받아야겠다고 생각하고 그곳의 교육위원회를 찾아갔다. 그런데 정규 학교 인가를 받으려면 1년 이상을 기다리지 않으면 안 되었다. 테레사 수녀는 곧 공식적인 인가를 받지 않기로 결정을 내렸다. 시 당국의 정식 인가를 받게 되면 여러 규정이나 조건을 지켜야 하고, 그러면 자유로운 교육을 할 수 없다는 것을 알았기 때문이다.

무료 진료소, 기나긴 행렬

테레사 수녀는 학교 외에 진료소를 열고 싶었다. 이미 병자들의 간호에 나서고 있었지만, 제대로 된 진료소를 열고 싶었다. 콜카타에는 결핵과 나병, 그리고 온갖 질병이 만연해 있었다. 가는 곳마다 도와 달라고 부르짖는 소리들이 들려왔다. 테레사 수녀는 콜레라, 페스트, 파상풍, 뇌막염에 걸린 사람들을 병원에 데려다 주어 진료를 받게 했다. 그러나 모든 환자들에게 의사의 진료를 받게 할 수는 없었다. 환자가 너무 많았기 때문이다. 약을 주는 것만으로 치료할 수 있는 환자도 많았으나 필요한 약을 나누어 주는 곳은 없었다. 병에 걸린 한 이슬람교도 노파가 테레사 수녀가 준 약을 먹고, "오늘 처음으로 아픔이 가셨다. 알라 신이 당신을 나에게 보내 주셨다"고 말하는 것을 들었을 때 테레사 수녀는 시약소施藥所의 필요성을 더욱 느꼈다.

매일 늘어나는 환자들을 위해 테레사는 약국을 열고 싶었다. 그래서 약품을 기부해 줄 사람들을 찾아다녔다. 약은커녕 욕설을 듣기도 했지만 그런 것에는 개의치 않았다.

테레사 수녀는 마침내 진료소를 열고 치료도 해 주고 약도 나누어 주었다. 결핵 환자 등 진료를 기다리는 사람들이 몇 시간 전부터 긴 행렬을 이루었다.

파트나의 수녀들이 의사와 도울 사람을 보내 주었고, 성 마리아 학교에서도 교사 2명이 찾아와 돕겠다고 했다. 그러나 교사나 의사의 도움이 일시적으로 중단된 때도 있었다. 봉사에 나선 사람들이 가족을 책임지고 있어서 빈민가의 일에만 전념할 수도 없었기 때문이다. 이러한 일은 하느님에게 봉사한다는 강한 신념이 없으면 계속될 수 없다는 것을 테레사 수녀는 점점 더 절실히 느꼈다. 테레사 수녀는 이렇게 썼다. "이 일을 오래 계속하기 위해서는 등 뒤에서 밀어줄 힘이 필요하다. 신앙만이 그러한 힘을 줄 수 있다."

모티즈힐에서 일을 시작한 지 2~3주가 지났을 때 테레사 수녀의 활동을 의문의 눈으로 바라보는 사람들이 나타났다. 수녀가 빈민가에서 외롭게 일한다는 것은 쉬운 일이 아니라고 보았고, 그 활동 방법을 불만스러운 눈으로 보는 성직자들도 있었다. 지난날 홀

룽한 교사였을지는 몰라도 빈민가에서 그런 식으로 일하면 장래를 안심할 수 없다는 사람들도 있었다. 이러한 의문의 소리들은 엔탈리의 로레토 수도원 원장의 귀에도 전해졌다. 테레사 수녀를 걱정한 원장은 로레토로 돌아오라고 권고했다.

원장을 만나러 갔다 온 테레사 수녀는 그러나 이렇게 썼다.

"원장 수녀님은 제가 로레토로 돌아오기를 바라고 계십니다. 하지만 하느님은 제가 그 일을 계속하기를 원하십니다."

정결하고 평화로운 로레토 수도원으로 돌아가는 것은 달콤한 유혹이었다. 그 유혹에 빠지지 않기 위해 테레사 수녀는 수도원을 찾아가지 않기로 결심했다. 로레토로 돌아가라는 속삭임은 때때로 들려왔다. 그러나 테레사 수녀는 이것이야말로 자신의 신앙을 시험하려는 유혹으로 보고 이를 경계하면서 자신의 결의를 더욱 굳게 다져 갔다.

5. 사랑의 선교회의 탄생

．．．．．．．．．．．
크리크 레인 14번지

테레사 수녀는 그때까지 '가난한 이들의 작은 자매회'가 운영하는 '성 요셉 노인의 집'에 임시 거처를 두고 모티즈힐과 틸잘라의 빈민가에서 학교와 진료소를 열어 활동하고 있었다. 하지만 자신이 살면서 일도 할 수 있는 독자적인 장소가 필요하다는 것을 절실히 느끼고 있었다. 반 엑셈 신부도 모티즈힐 가까운 곳에 집을 구하여 이사하는 것이 좋겠다고 생각했다. 그래서 반 엑셈 신부는 앙리 신부와 상의한 후 그와 함께 자전거를 타고 적당한 집을 찾으러 콜카타 시내를 돌아다녔다.

그러던 어느 날, 반 엑셈 신부에게 좋은 생각이 떠올랐다. 가톨릭 신자인 알프레드 고메스Alfred Gomes와 마이클 고메스Michael

Gomes 형제가 살고 있는 집이 생각났던 것이다. 이 집은 3층짜리였는데, 그 3층이 비었다는 말을 들은 일이 있었다. 반 엑셈 신부는 급히 알프레드 고메스에게 연락했다. 알프레드 고메스는 때때로 비서와 같은 일을 마다하지 않고 반 엑셈 신부를 돕고 있어 서로 가까이 지내고 있었으며, 테레사 수녀가 하고 있는 일을 이미 잘 알고 있었다. 이 집은 형제의 공동 소유로 되어 있어 알프레드는 마이클과 상의한 뒤 반 엑셈 신부의 제안을 받아들였다.

새집을 달라고 하느님께 간청해 왔던 테레사 수녀에게 이사 갈 집을 구했다는 소식은 큰 기쁨이었다. 이 소식은 사람을 흥분시킬 만큼 기쁜 것이었다. 1949년 2월 21일, 테레사 수녀는 다음과 같이 썼다.

"크리크 레인에서 집을 찾았습니다. 하느님이 하시는 일은 불가사의하며 멋지십니다. 가난하다 할지라도 하느님이 계시는 곳은 넉넉합니다. 이것은 하느님이 해 주신 것입니다."

테레사 수녀는 1949년 2월 28일 크리크 레인Creek Lane 14번지에 있는 고메스의 집 3층으로 이사했다. 나중에 사랑의 선교회의 '첫 번째 집'으로 기록된 집이다. 이곳은 콜카타의 중심부 가까운 곳에 있는 주택지로 작은 도로들이 미로처럼 얽혀 있었다. 이사할 때 테레사 수녀가 가져온 짐은 조그만 가방 하나가 전부였다. 이삿날에는 엔탈리의 성 마리아 학교에서 주방 일을 맡아 일해 왔던 차루르 마Charur Ma가 와서 도와주었다. 남편을 여읜 이 여인은 아들 이름

마더 테레사가 처음 활동을 시작한 크리크 레인 14번지의 방. 당시의 가구는 거의 놓여져 있지 않다.

'차루르'에 어머니를 가리키는 '마'를 더하여 '차루르 마'로 불리고 있었는데, 테레사 수녀를 존경하고 있었다. 반 엑셈 신부는 이 새집에 축복의 기도를 드려 주고 성모 마리아의 상도 걸어 주었다. 이 마리아 상은 테레사 수녀가 신부에게 선물한 것이었다.

이사한 첫날, 그러나 테레사 수녀는 외로움을 느꼈다. 자신이 정말 혼자 있다는 것을 절실하게 느꼈다. 크리크 레인에서의 첫날 밤 테레사 수녀는 이렇게 썼다.

"2월 28일…… 하느님, 오늘의 이 외로움은 웬일인지 견디기 어렵습니다. 저는 견디어 낼 수 있을까요? 자꾸 눈물이 납니다. 저는 이렇게 약한 사람입니다. 하느님, 이 약함과 싸울 용기를 주십시오. 자비로우신 성모님, 부디 당신의 딸에게 자비를 베풀어 주소서."

알프레드의 동생 마이클 고메스도 테레사 수녀를 돕고 싶어 했다. 그는 자기 형이 쓰던 가구가 옆방에 있어서 그것을 주려고 했으나 테레사 수녀는 받지 않았다. 그 대신 나무 상자 2~3개를 책상과 의자로 썼다.

마이클 고메스는 좀 마른 체구에 부드러운 말씨를 쓰는 겸허한 사람이었는데, 그는 테레사 수녀를 '성스러운 사람'으로 생각하며 도우려 했다. 식사를 제공하기도 했지만, 테레사 수녀는 종종 자신의 음식을 다른 사람에게 주어 버리고는 식사를 하지 않은 채 지내는 날도 있었다. 테레사 수녀는 때때로 고메스에게 메모를 건네기도 했다. "마이클, 쌀 6컵만 보내 주세요. 나중에 지불해 드리겠습니다." 그러면 마더 테레사는 고메스가 보내 준 이 쌀을 문 앞에서 기다리고 있는 사람에게 전해 주곤 했다.

테레사 수녀와 함께 가난한 병자들에게 줄 약을 구하러 다니기도 했다. 할 수 있으면 언제라도 함께 갔다. 어느 날 두 사람은 약품을 기부받기 위해 어느 약국을 찾아갔다. 약간의 약을 받아 가지고 나왔을 때 거리에는 벵골 지방 특유의 몬순(계절풍)이 세차게 몰아치고 있었다. 비바람이 일으키는 물보라가 전차의 의자에까지 튀어 오르고, 소나 개도 비를 피해 달아날 지경이었다. 전차 안에서 창밖을 내다보던 테레사 수녀의 눈에 어떤 남자의 모습이 들어왔다. 그는 비에 흠뻑 젖은 채 나무 아래 웅크리고 앉아 있었다. 테레사 수녀는 그 사람을 도와야 하지 않겠느냐고 고메스에게 말했다. 그러나 전차가 이미 정류장을 떠나고 있어서 내릴 수가 없었다. 다음 정류장에서 내린 두 사람은 급히 되돌아와 남자가 쓰러져 있는 나무 밑으로 갔으나 그는 이미 숨이 끊겨 있었다. 얼굴이 물에 잠겨 있었다. 죽기 전에 그는 무언가 하고 싶은 말이 있었을 것이다. 그러나 홀로 외롭게 죽어 갔다. 최후의 말을 들어 줄 사람은 아무도 없었다. 그날 테레사 수녀는 큰 슬픔을 느꼈다. "인간이 인간답게, 존엄을 잃지 않은 채 죽을 수 있는 그런 장소가 있다면……."

"그때 그 사건을 만난 후 테레사 수녀는 사람이 더 이상 홀로 절망 속에서 죽어 가게 해서는 안 된다고 다짐했다. 그날의 그러한 다짐이 나중에 '죽어 가는 사람들의 집'을 만든 것으로 본다"고 마이클 고메스는 말했다. 고메스는 테레사 수녀와 함께 기부금을 구하기 위해 돌아다니던 시절에 함께 겪었던 일을 다음과 같이 소개하기도 했다.

"어느 날 아침, 하우라 역에서 전차를 타고 가는 길이었습니다. 앞자리에 앉아 있던 사람들이 사리를 입고 있는 테레사 수녀를 쳐다보면서 말하는 것이었습니다. '저 수녀는 힌두교도들을 그리스도교로 개종시키기 위해 일하는 사람이다. 돈 때문에 그러는 것은 아니고 그리스도교 신자를 늘리기 위해 그런다'는 것이었습니다. 그들은 자신들이 하는 말을 테레사 수녀가 알아듣지 못한다고 생각했습니다. 그들은 테레사 수녀가 성 마리아 학교에서 벵골 어를 가르칠 만큼 벵골 말을 잘한다는 사실을 알지 못했습니다. 잠자코 듣고 있던 테레사 수녀가 단호한 어조로 말했습니다. '나는 사람들을 개종시키려고 하는 사람이 아닙니다. 나는 인도인입니다. 인도는 나의 나라입니다'(테레사 수녀는 1949년 귀화하여 인도 국적을 얻었다—글쓴이). 순간 그들은 깜짝 놀라 어쩔 줄 몰랐습니다."

그리고 고메스는 이 이야기 끝에 다음과 같이 덧붙였다.

"나는 테레사 수녀님을 가톨릭교라든가 힌두교라는 관점으로 보아서는 안 된다고 생각합니다. 다만 '인간'이란 관점으로 보아야 할 것입니다. 수녀님은 종교를 구별하지 않습니다. 모든 종교와 사람을 존중합니다. 수녀님이 경건한 가톨릭 신자가 아니라는 뜻이 아닙니다. 수녀님은 깊은 신앙을 가진 사람입니다. 그러나 가톨릭교만을 존중하고 다른 종교를 배척하는 분이 아닙니다. 이것 또한 테레사 수녀님의 위대한 점이며, 이러한 눈에 보이지 않는 정신에 그분의 훌륭함이 있다고 생각합니다."

최초의 협력자들

크리크 레인으로 이사 온 지 3주가 지난 후 테레사 수녀는 아주 반갑고 고마운 사람을 만나게 되었다. 1949년 3월 19일, 옛날의 제자였고 훗날 아녜스란 수도명을 갖게 된 스바시니 다스Subashini Das가 찾아온 것이다. 성 마리아 학교에서 가르친 제자들 중의 하나였다.

테레사 수녀는 당시 학생들에게 가난한 사람들을 돕는 봉사의 중요성을 가르치고, 수업이 없는 토요일 오후에는 실제로 봉사 활동 그룹을 만들어 실천하게 했다. 이 가르침에 따라 학생들은 병원에 가서 환자들을 돌보기도 하고 빈민가에서 어린이들에게 공부를 가르치기도 했는데, 스바시니 다스는 그 제자들 중의 하나였다.

스바시니 다스는 테레사 수녀를 처음 찾아갔을 때의 일을 다음과 같이 말했다.

"언젠가 나는 테레사 선생님께 이렇게 말씀드린 일이 있습니다. 선생님은 봉사 활동의 필요성을 말씀하셨는데, 우리는 그것을 실천할 준비가 되어 있습니다. 하지만 지도해 주실 분이 필요합니다. 선생님께서 우리의 지도자가 되어 주시지 않겠습니까? 그러자 선생님은 웃음만 띠실 뿐 아무 말씀도 하시지 않았습니다. 그때 나는 아, 하고 느낀 것이 있었습니다. 무언가 마음속에 감추고 계신 것이 있다는 것을 알았습니다. 선생님이 로레토 수도회를 떠나셨을 때 우리는 그것을 알고 놀랐습니다.

그 후 선생님께서 크리크 레인으로 이사 온 뒤 1949년 3월 1일, 나는 선생님을 찾아갔습니다. 나는 그날 일을 지금도 뚜렷하게 기억합니다. 나는 선생님과 함께 일하고 싶다고 말씀드렸습니다. 그러자 선생님은 준비가 되어 있느냐고 물으셨습니다. 날짜를 정해 주셨으면 좋겠다고 대답했더니 테레사 선생님은 3월 19일에 오라고 말씀하셨습니다. 그날은 성 요셉의 축일이었습니다. 나는 그날을 기다렸습니다. 마침내 새로운 삶의 첫걸음을 내딛었을 때 나는 하느님께 봉사한다는 생각으로 행복을 느꼈습니다."

외롭게 일하던 테레사 수녀는 자신과 함께 생활하면서 일할 첫 입회자入會者이며 협력자를 맞게 되어 큰 위로와 힘을 얻었다. 이제까지는 자원봉사자들의 도움을 받으며 일해 왔지만, 이제는 공동체의 정식 구성원을 갖게 된 것이었다. 테레사 수녀는 그날의 감동을 이렇게 썼다.

"3월 19일, 멋진 날. 스바시니 다스가 입회했습니다. 우리는 바이타카나 교회로 가서 그곳에서 성모 마리아님께 우리를 봉헌했습니다. 이 작은 만남의 시작에 축복해 주시고 힘을 주시며 이끌어 달라고 기도했습니다. 스바시니 다스는 겸손한 마음을 가진 사람입니다. 하느님이 이끌어 우리에게 보내 주셨습니다."

그리고 그로부터 며칠 후 또 한 사람의 입회자가 찾아왔다. 막달레나 고메스Magdalena Gomes였다. 막달레나 역시 성 마리아 학교의 제자였다. 스바시니는 몸집이 작은 조용한 소녀였지만, 막달레나는 키도 크고 사교적인 성격이었다. 원기왕성하고 강한 의지를 가진 사람이었다. 두 번째 입회자가 된 막달레나는 나중에 제르트루다 수녀가 되었다.

스바시니는 교사 자격을 얻는 과정을 2~3개월 남겨두고 있었으므로 테레사 수녀는 그 과정을 잘 마칠 수 있도록 도와주었다. 막달레나는 의사가 되기 위한 공부를 하고 있었는데, 그 공부를 계속하도록 격려했다. 약품에 대한 지식이 있는 사람이나 의사 자격이 있는 사람은 크게 도움이 될 것이기 때문이다. 그래서 테레사 수녀는 마이클 고메스에게 수학을 가르쳐 주도록 부탁했다. 고메스는 당시를 이렇게 회고했다.

"막달레나는 최종 시험을 우수한 성적으로 통과했습니다. 막달레나는 몹시 흥분하여 집으로 돌아와서 마더 테레사에게 금메달을 보여 주었습니다. 3등상을 받았던 것입니다. 마더 테레사는 매우 놀라워하고 기뻐하면서 그 메달은 무엇에 쓰는 것이냐고 물었습니다. 막달레나는 모르겠다고 대답했습니다. 테레사 수녀는 우수한 성적을 거둔 것은 매우 기뻐할 일이지만 가난한 사람들을 돌보는 데는 필요하지 않은 것 같다고 말했습니다. 그래서 그 메달을 4등한 사람에게 양보했습니다."

테레사 수녀는 자신과 함께 일하기 위해 스스로 고난의 길을 택한 옛 제자들을 기쁘고 감사한 마음으로 맞이했다. 그리고 그들을 극진히 돌보며 그들과 더불어 가난과 외로움과 어려움을 극복해 나갔다. 그때의 삶을 테레사 수녀는 유럽에 있는 벗들에게 이렇게 적어 보냈다.

"우리는 5구역의 슬럼에 매일 2~3시간씩 나가 일합니다. 온갖 비참함이 있는 곳, 그곳에 예수님을 모셔 가는 데는 우리들의 수가 너무나 적습니다. 자매들이 온다는 것은 얼마나 큰 기쁨인지요. 부디

기도해 주세요. 많은 자매들을 보내 주시도록 성모 마리아께 기도해 주십시오. 우리들의 수가 20명만 되어도 우리는 콜카타에서 많은 일을 할 수 있을 것입니다."(1949년 5월)

"그것이 하느님의 뜻이라면 이 조그만 회의 수도자들이 성덕 속에서 성장하도록, 그리고 그 수가 늘어나도록 기도해 주십시오. 할 일이 많습니다.

그 수가 늘어난다면 콜카타의 여러 빈민가에 우리들의 센터를 만들어 그곳에서 주님의 사랑을 사방에 전할 수 있을 것입니다."(1949년 11월)

"시약소施藥所의 의사들과 간호사들은 모두 훌륭한 분들입니다. 그들이 병자들을 돌보는 태도는 마치 임금님이라도 돌보는 듯합니다."(1949년 11월)

"빈민가에서 어린이들의 노랫소리가 들려오게 되었습니다. 자매들이 오면 모두들 싱글벙글합니다. 어른들도 어린이들을 소중하게 대하게 되었습니다. 그렇게 된 것에 대해 하느님께 감사합니다."(1949년 11월)

"지금 우리들의 수는 7명이 되었습니다. 2~3일 후면 8명이 될 예정입니다. 12월 18일에 우리의 기도실이 축성祝聖됩니다. 일은 점점 틀이 잡혀 갑니다. 우리가 하느님의 계획을 실현할 수 있도록 기도

해 주십시오." (1950년 초)

그 후 몇 달 동안 몇 명의 지원자가 더 생겨 1950년 6월엔 공동
체의 구성원이 12명으로 늘어났다. 거의 모두가 성 마리아 학교의
제자들이었다. 이들 가운데는 훗날 도로시 수녀와 마거릿 메리 수
녀가 된 제자도 들어 있었다. 그러나 이 초기의 지원자 가운데 2명
은 자신들의 소명에 확신을 갖지 못해 떠나기도 했다. 제자들 외에
로레토 수도회에서 베르나르도 수녀가 찾아와 공동체에 참여하기
도 했다.

테레사 수녀와 그 자매들은 가난한 사람들에게 먹을 것을 나누어
주기 위해 식량과 음식을 구하러 다녔다. 반 엑셈 신부와 앙리 신
부도 일요 미사에서 도움을 호소했다. 그러면 벵골 인들은 그들의
독특한 관습대로 조금 여유가 있는 가정에서는 한 줌의 쌀을 현관
앞에 놓아 두곤 했다. 그것을 신자들의 조직인 레지오 마리애의 회
원들이 한 집 한 집 돌아다니며 모았다. 남은 밥을 모아 오기도 했
다. 테레사 수녀와 자매들은 빈 깡통을 들고 도움을 호소하여 음식
을 모아 굶어 죽어 가는 사람들에게 나누어 주기도 했다. 이 음식
은 테레사 수녀와 자매들의 식사를 해결해 주기도 했다.
테레사 수녀는 식량을 구하고 도움을 청하러 다니는 일에 어떤 어
려움이 있어도 굴하지 않았다. 마이클 고메스는 어느 날 어렵게 식
량을 구해 가지고 오던 테레사 수녀의 외로운 모습을 다음과 같이
회상했다.

"어느 날 아침 테레사 수녀님은 탁발하러 나갔습니다. 아침 8시 전에 나가서 오후 5시에 돌아오곤 했는데, 이날은 놀랍게도 수녀님이 밀가루와 쌀자루가 쌓여 있는 트럭의 짐칸에 앉아 있었습니다. 물건을 도난당하는 일이 종종 있었으므로 자신이 직접 역까지 가서 받아 가지고 온 것이었습니다. 그날 화물차의 짐칸에 혼자 외롭게 앉아 있던 수녀님의 모습을 잊을 수 없습니다."

푸른 줄이 쳐진 흰 사리를 입은 젊은 수녀들의 모습은 점점 주위 사람들에게 익숙해졌다. 사람들은 그들의 모습을 크리크 레인에서뿐만 아니라 모티즈힐과 그 밖의 슬럼에서도 볼 수 있었다. 그곳의 가난한 사람들은 그들을 따뜻하게 환영해 주었다. 테레사 수녀의 젊은 자매들은 오전에는 수업을 하고 오후에는 진료소에서 일했다. 일요일을 빼고는 매일 일했다. 병자들을 돌보고 필요할 때는 공립병원에 입원시켜 주기도 했다.

• • • • • • • •
회헌을 제정하다

콜카타의 페리에 대주교는 테레사 수녀의 활동을 주의 깊게 지켜보고 있었다. 그리고 결단의 때가 가까워 오고 있음을 알고 있었다. 테레사 수녀의 수도원 외 임시 거주 허가 기간이 1년으로 한정되어 있었으므로 그것을 다시 검토해야 할 시점에 이른 것이다. 테레사 수녀는 재속 수녀의 지위를 갱신해 달라고 로마에 요청했지만 좀처럼 대답이 오지 않았다. 1년 기한의 특전이 끝나자 페리에 대주교는 테레사 수녀를 위해 교황에게 편지를 보냈다. "왜 답이 없는지 가엾은 테레사 수녀가 이해하지 못하고 있으며, 이 큰 사업을 모두 버리고 수녀원으로 돌아가야만 하는지 괴로워하고 걱정하고 있다"는 편지였다. 그로부터 며칠 후 교황으로부터 3년 동안 더 재속 수녀로 일해도 좋다는 허락을 받자 테레사 수녀는 마음을 놓았다. 테레사 수녀는 처음엔 수녀로 남을 필요가 없다고 생각했지만, 그것이 하느님의 뜻이었다는 것을 그동안 깨닫고 있었다. 수녀라는 신분이 가난한 사람들에게, 그리고 함께 일하고자 하는 사람들에게 큰 믿음을 주고 있다는 것을 알게 된 것이다.

1년이 조금 넘는 기간 놀라운 일들을 이루어 내면서 테레사 수녀는 재속 수녀로만 남아 일하기보다는 자신과 함께 일하는 사람들이, 그리고 앞으로 일할 사람들이 새로운 공동체를 이루어 교구 내의 정식 단체로 발전해야만 하는 것 아니냐는 생각을 하게 되었다. 반 엑셈 신부도 이 문제를 놓고 페리에 대주교와 빈번하게 접촉했다. 그리하여 새로운 수도회를 출범시키기로 결론을 내리고 교황 비오 12세에게 청원서를 보냈다.

테레사 수녀와 그 자매들의 모임이 정식 수도회로 발족되기 위해서는 회헌會憲이 필요했으므로 페리에 대주교는 반 엑셈 신부와 테레사 수녀에게 회헌을 기초하라고 지시했다. 법적, 조직적인 면에서 회헌의 기초起草를 도운 사람은 반 엑셈 신부였다. 그는 교회법 전문가이며 또한 신학자였기 때문에 회헌에 들어가야 할 규정과 교황청이 무엇을 받아들이고 무엇을 받아들일 수 없는지를 잘 알고 있었다.

회헌에서 가장 중요한 것은 테레사 수녀가 다르질링으로 가는 기차 안에서 들은 하느님의 '부르심', 묵상 중에도 거듭 울려 왔던 그 '부르심'이었다.

테레사 수녀와 반 엑셈 신부는 하느님이 무엇을 원하시는지를 잘 알고 있었다. '가난한 사람들 가운데서도 가장 가난한 사람들'에게 봉사하여 하느님을 섬기는 것이다.

수도회의 이름은 '사랑의 선교회Missionaries of Charity'로 정해졌고, 275조의 회헌會憲이 마련되었다.

"우리들의 목적은 십자가 위에 계신 예수님의 한없는 갈증을, 사람들의 사랑의 갈증을 풀어 드리는 데 있다. 그러기 위해 우리는 복음의 권고를 지키며, 회헌에 따라 가난한 사람들 가운데서도 가장 가난한 사람들에게 마음을 다해 봉사한다."

"우리는 물질적, 정신적으로 가난한 사람들 가운데서도 가장 가난한 사람들의 고통스러운 모습을 취하신 예수님을 사랑하고 그 예수님에게 봉사하며 이들이 하느님 닮은 모습을 되찾도록 일한다."

회헌의 어떤 조문에도 테레사 수녀의 혼이 들어가 있지 않은 것이 없겠지만, 그 가운데서도 가장 주목할 만한 것의 하나가 "나는 목마르다"는 말이었다. 이 말은 '십자가에 못 박히신 그리스도의 절규'인데, 물질적인 결핍, 사랑의 결핍으로 고통당하는 사람들,

목말라하는 사람들의 갈증을 해소시켜 줌으로써 십자가 위에 계신 그리스도의 갈증을 풀어 드린다는 뜻이다. 그러므로 창립 이래 사랑의 선교회는 자신들의 목적을 잊지 않기 위해 이 말을 거듭 되새기고 있으며, 그래서 이 말은 선교회의 모원과 지원支院 곳곳에 걸려 있다.

사랑의 선교회는 또한 일반 수도회들이 지키는 세 가지 서원, 즉 '청빈'과 '정결'과 '순명' 외에 하나의 서원을 더했다. 그 네 번째 서원은 "가난한 사람들 가운데서도 가장 가난한 사람들에게 마음을 다해 헌신한다"는 것이다.

먹을 것, 입을 것, 살 곳 등 물질적인 도움을 주는 것만이 헌신은 아니다. 병든 사람이나 나병 환자, 죽어 가는 사람들을 간호해 주어야 할 뿐만 아니라 세상에서 버림받은 사람들, 사랑에 목말라하는 사람들, 인생에 절망하고 희망과 빛을 잃은 사람들을 도와주지 않으면 안 된다. 수녀들은 이 네 번째 서원을 '우리들의 길'이라고 불렀다. 사랑의 선교회의 설립 목적은 바로 이 네 번째 서원에 있기 때문이다.

그리고 테레사 수녀는 '사랑의 선교회'의 수녀가 되기 위한 조건을 다음과 같은 네 가지로 확정지었다. 첫째는 정신과 육체가 모두 건강해야 하고, 둘째는 배우려는 자세와 배울 수 있는 능력을 갖추어야 하고, 셋째는 성격이 명랑해야 하며, 넷째는 상식이 풍부해야 한다.

여기서 특히 눈길을 끄는 것은 성격이 명랑해야 한다는 것이다. 정식으로 수녀가 되기까지 오랜 기간의 엄격한 수련 과정을 견뎌

내야 하고, 그 후에도 가난한 사람들 속에서 여러 어려움을 극복해 내야 한다는 것을 생각하면 쉽게 이해할 수 있는 일이다. 매일매일 고된 일을 하면서 교리와 신학을 공부해야 하는 훈련 과정은 쉬운 것이 아니다. 그리고 실제로 당면하는 여러 일들을 올바로 처리하기 위해 지식과 기술을 갖추어야 하며, 상황을 올바로 판단하기 위해서는 지성과 상식을 갖추지 않으면 안 된다. 젊은 여성들이 가족이나 사랑하는 사람과 관계를 단절해야 하는 것도 쉬운 일은 아니다. 부모가 세상을 떠났다거나 외국에서 활동하기 위해 먼 나라로 나가는 경우에 한해 일시 귀가가 허용되지만, 그것도 10년에 한 번 정도가 될까 말까이다. 테레사 수녀는 이러한 어려운 조건을 견디어 내려면 튼튼하고 굳센 마음과 명랑한 성격이 반드시 필요하다고 보았던 것이다.

가난한 사람은 누구인가

그러면 마더 테레사에게 가난한 사람은 누구인가? 그들이 누구이기에 그들에게 봉사하는 것을 그토록 중요하게 여기는 것일까? 그들을 돌보는 것이 왜 그리스도를 섬기는 것이 될까? 이것이야말로 사랑의 선교회 정신의 핵심이다.

이에 대해 테레사 수녀는 이렇게 말했다.

"굶주린 사람, 외로운 사람, 먹을 것만이 아니라 하느님의 말씀에 굶주리고 목마른 사람, 무지한 사람, 지식·평화·진리·정의·사랑에 목마른 사람, 헐벗은 사람, 사랑받지 못하는 사람, 인간의 존엄을 박탈당한 사람, 어느 누구도 원하지 않는 사람, 태어나지 않은 아이, 버려진 사람, 인종차별을 당하는 사람, 떠돌아다니는 사람, 이해해 주고 사랑해 줄 사람이 없는 사람, 병자, 가난하게 죽어 가는 사람, 몸뿐만 아니라 마음과 영혼이 갇힌 사람, 삶의 희망과 신앙을 모두 잃어버린 사람, 하느님을 잃어버린 사람, 성령의 힘 안에서 희망을 갖지 못하는 사람들, 이들은 모두 가난한 사람들입니다."

"가난한 사람들은 거룩한 사람들입니다. 우리는 그들을 사랑해야 합니다. 그러나 그들을 불쌍히 여겨 사랑하는 것이 아닙니다. 그들은 가난한 사람의 비참한 모습을 취하신 예수님이기 때문에 그들을 사랑해야 합니다. 그들은 우리의 형제요 자매들입니다. 그들은 우리의 동포입니다. 나병 환자들, 죽어 가는 사람들, 굶주린 사람들, 헐벗은 사람들, 그들은 모두 예수님입니다."

'가난한 사람'으로 변장하신 그리스도, 비참한 모습으로 나타나신 그리스도로 보는 믿음, 그래서 그들을 그리스도 대하듯 맞이하고 사랑하는 것, 이것이야 말로 '사랑의 선교회'의 가장 중요한 존재 이유의 하나였다. 그리고 그것은 분명히 복음서에 바탕을 두고 있다.

"'너희는 내가 굶주렸을 때에 먹을 것을 주었고, 목말랐을 때 마실 것을 주었으며, 나그네 되었을 때에 따뜻하게 맞이하였다. 또 헐벗었을 때 입을 것을 주었으며, 병들었을 때 돌보아 주었고, 감옥에 갇혔을 때에 찾아 주었다.' 이 말을 듣고 의인들은 이렇게 말할 것이다. '주님, 저희가 언제 주님께서 주리신 것을 보고 잡수실 것을 드렸으며, 목마르신 것을 보고 마실 것을 드렸습니까? 또 언제 주님께서 나그네 되신 것을 보고 따뜻이 맞아들였으며, 헐벗으신 것을 보고 입을 것을 드렸고, 언제 주님께서 병드셨거나 감옥에 갇히신 것을 보고 저희가 찾아가 뵈었습니까?' 그러면 임금은 분명히 말한다. 너희가 여기 있는 형제 중에 가장 보잘것없는 사람 하나에게 해 준 것이 바로 나에게 해 준 것이다' 하고 말할 것이다."(마태오 복음 25:35~40)

그래서 테레사 수녀는 이렇게 말했다.

"우리는 하는 일을 통해서 만인 속에 계신 예수님을 만나야 합니다. 그분은 당신 자신이 굶주린 사람, 헐벗은 사람, 목마른 사람, 가정이 없는 사람, 고통받는 사람이라고 우리에게 말씀하셨습니다. 이 사람들은 우리에게 보배입니다. 그들은 예수님입니다. 이들 한 사람 한 사람은 비참하게 변장하신 예수님입니다. 그분은 사랑을 갈망하시며 여러분을 바라보십니다. 친절을 갈망하시며 여러분에게 그것을 구하십니다. 충성을 열망하시며 여러분에게 그것을 바라십니다. 집을 잃고 여러분의 마음속에서 피난처를 찾고 계십니다. 여러분은 그분에게 그러한 사람이 되어 드리지 않겠습니까?"

"우리는 가난한 사람들이 예수님 같다고 여기면서 섬겨서는 안 됩니다. 우리는 그들이 예수님이기 때문에 섬겨야 합니다."

가난한 사람들의 굶주림이란 밥의 굶주림만을 뜻하는 것이 아니었다. 사랑의 굶주림, 말씀의 굶주림도 그 못지않게 절실한 것으로 테레사 수녀는 보았다.

"오늘날 가난한 사람들은 빵과 밥에 굶주리고 사랑에 굶주리고 하느님의 생명의 말씀에 굶주리고 있습니다. 가난한 사람들은 물에 목마르고 평화와 진리와 정의에 목말라하고 있습니다.
가난한 사람들은 집이 없습니다. 벽돌로 지은 집도 없으려니와 이해하고 감싸주고 사랑해 주는 마음의 집도 없습니다. 가난한 사람들은 헐벗었습니다. 의복도 없으려니와 인간의 존엄도 잃어버리고, 헐벗은 죄인이 받아야 할 연민도 받지 못하고 있습니다. 그들은 병들었습니다. 치료받기를 원할 뿐만 아니라, 부드러운 손길과 따뜻한 미소를 찾고 있습니다."

"그리스도께서 '너희는 내가 굶주렸을 때에 먹을 것을 주었다'고 말씀하셨을 때, 그것은 빵이나 음식의 굶주림만을 뜻하는 것이 아니고, 사랑받고자 하는 갈망까지도 뜻합니다. 예수님은 친히 이 외로움을 체험하셨습니다. 그분은 백성들 속으로 오셨지만, 사람들은 그분을 맞아들이지 않았습니다. 그때 예수님은 상처를 입으셨고, 그 이후 오늘까지 그 상처는 계속 이어지고 있습니다. 받아들이는 사람이 없고 사랑해 주는 사람이 없으며, 원하는 사람도 없는 그 굶주림, 그 외로움을 당하고 계십니다. 이러한 경우에 처한 모든 사람들은 외로움을 체험하시는 그리스도와 닮은꼴입니다. 그런데 이 굶주림과 외로움은 가장 힘든 것이고 진정한 굶주림입니다."

"오늘날 가장 큰 병은 결핵이나 나병이 아니라 다른 사람으로부터 사랑받지 못하고, 남이 필요로 하지도 않으며, 남으로부터 보살핌 받지 못하는 것입니다. 육체의 병은 약으로 고칠 수 있지만 고독, 절망, 무기력 등 정신적인 병은 사랑으로 고쳐야 합니다. 빵 한 조각 때문에 죽어 가는 사람도 많지만 사랑받지 못해 죽어 가는 사람은 더 많습니다. 가장 큰 악은 사랑과 자비의 부족, 이웃에 대한 얼음같이 찬 무관심입니다."

"몸져누운 병자들, 쓸모없다고 생각되는 사람들, 사랑받지 못하는 사람들, 알코올 중독자들, 죽어 가는 사람들, 자포자기한 폐인들, 외로운 사람들, 버림받은 사람들과 불가촉不可觸 천민들(인도의 최하층 계급의 사람들), 나병으로 신음하고 있는 사람들, 인생에서 모든 희망과 신념을 잃어버린 사람들, 미소 짓기를 잊어버린 사람들, 사랑과 우정의 따뜻함을 잃어버린 사람들, 그들은 우리에게 위로받기를 기대합니다. 만약 우리가 그들에게 등을 돌린다면, 그것은 그리스도께 등을 돌리는 것입니다. 그리고 우리는 죽을 때에 우리가 그들 안에서 예수님을 알아보았는지, 그리고 그들을 위해 무슨 일을 했는지 심판받게 될 것입니다."

그러므로 테레사 수녀와 사랑의 선교회는 몸에 구더기가 끓는 환자들을 그리스도를 대하는 것처럼 대해 왔다. 테레사 수녀는 몇 번이고 말했다.

"만약 그것이 그리스도의 몸이라고 믿지 않는다면 그런 일을 할 수 없을 것입니다. 아무리 많은 돈을 준다 할지라도 할 수 없을 것입니다. 가난한 사람들에게, 그중에서도 가장 가난한 사람들에게 마음을 바쳐 봉사할 수 있는 것은 우리가 만지고 있는 누더기가 된 그 몸이 굶주리고 고통당하는 그리스도의 몸이라고 보기 때문입니다."

로마, 사랑의 선교회 인가

1950년 10월 7일, 새로운 수도회 '사랑의 선교회'에 대한 로마 교황청의 인가가 내렸다. 테레사 수녀와 반 엑셈 신부, 앙리 신부, 그리고 젊은 자매들은 이 소식을 듣고 더없이 기뻐하고 감격했다. 그리고 하느님께 감사하면서 찬미의 노래를 불렀다. 테레사 수녀가 로레토 수도원을 떠난 지 2년 2개월 만이었다.

'사랑의 선교회'의 회헌은 '총장'을 '마더Mother'라고 부르기로 했으므로 이날부터 '테레사 수녀Sister Teresa는 '마더 테레사'가 되었다. 그리고 이날 스바시니 다스는 '아녜스Agnes 수녀'가 되었고, 막달레나 고메스는 '제르트루다Gertrude 수녀'가 되었다.

교황의 정식 인가를 받은 날, '사랑의 선교회'는 페리에 대주교가 집전한 미사를 통해 하느님께 봉헌되었다. 그리고 이 미사에서 반 엑셈 신부는 다음과 같은 교황의 칙서를 읽었다.

"가난한 사람들 가운데서도 가장 가난한 사람들을 사랑해야 하는 사명을 다하기 위해

– 온 세계의 도시와 마을에 살고 있는, 특히 더러운 환경 속에 사는 가장 가난한 사람들, 버림받은 사람들, 병든 사람, 불구자, 나병환자, 죽어 가는 사람들, 절망에 빠진 사람, 추방당한 사람들을 찾아다니며

– 그들을 돌보고

– 그들을 도와주고

– 부지런히 그들을 방문하고

– 그들에게 그리스도의 사랑을 실천하며

– 하느님의 위대한 사랑에 응답하도록 그들을 일깨워 준다."

교황의 칙서도 사랑의 선교회의 회헌과 마찬가지로 '가난한 사람들에 대한 사랑'으로 가득 차 있었다.

6. 죽어 가는 사람들의 집(니르말 흐리다이)

. . . .
비참하게 죽어 가는 사람들

1952년 8월 22일에 문을 연 '죽어 가는 사람들의 집'은 '사랑의 선교회'가 벌인 최초의 큰 사업이었다. 마이클 고메스는 이 새로운 일이 어떻게 시작되었는지를 다음과 같이 증언했다.

"어느 날 우리들의 집 가까이 있는 캠프벨 병원Campbell Hospital 근처의 길가에서 한 남자가 죽어 가고 있는 것을 보았습니다. 병원에 부탁해 보았지만 환자를 받아들여 주지 않았습니다. 할 수 없어 약방에 가서 약을 사 가지고 돌아와 보니 그는 죽어 있었습니다. 개나 고양이도 이처럼 비참하게 죽지는 않았을 것입니다. '그들은 사람보다도 자기의 애완동물을 더 소중하게 여긴다'고 마더 테레사는 감정을 억누르지 못하면서 말했습니다. 마더 테레사는 경찰 당국자를 찾아가 이런 비참한 실정을 호소했고, 그것이 결국은 '죽어 가는 사람들의 집'이 되었습니다."

죽어 쓰러진 짐승처럼 길 위에서 죽어 간 사람을 본 것은 그것이 처음은 아니었다. 특히 인도가 분할된 후 콜카타에는 난민이 넘쳐나고 수많은 사람들이 죽어 갔다. 마더 테레사는 길가에서 쥐와 개미에게 몸이 반쯤 먹혀 버린 여인을 본 적도 있었다. 가장 가까운 병원으로 데리고 갔으나 그 여인을 받아 주려고 하지 않았다. 마더 테레사는 받아 줄 때까지 가지 않겠다고 버티어서 가까스로 병원에 입원시킬 수 있었다. 그때도 마더 테레사는 그들을 위한 장소를 만들어 보기로 결심했다. 어느 때는 환자를 싣고 병원으로 달려갔으나, 복도와 대합실까지 병자들로 가득 차서 이 병원에서 저 병원으로 택시를 타고 돌아다닌 적도 있었다. 택시가 병자의 운반을 거절한 때도 있었다.

누구로부터도 버림받아 비참하게 죽어 갈 수밖에 없는 사람들을 보면서 마더 테레사는 결심했다. "하느님께서 만드신 사람을 더러운 도랑 속에서 저렇게 비참하게 죽게 해서는 안 된다"고. 그래서 마더 테레사는 모티즈힐에 방을 빌려서 죽어 가는 사람들이 그곳에서 죽음을 맞이하도록 보살펴 주기로 했다.

어느 날, 마더 테레사는 시궁창에서 한 남자를 발견하고는 그를 끌어 올렸다. 얼굴만 빼고는 온몸이 상처투성이였다. 그를 데리고 와 돌보아 주자 그는 이렇게 말했다. "저는 거리에서 짐승처럼 살았습니다. 그러나 이제 사랑받고 보호받으니 천사처럼 죽을 것 같습니다." 그의 몸을 씻어 주고 상처를 소독하여 침대에 눕혔다. 3시간 후 그는 미소를 띤 채 죽었다.

그러나 모티즈힐에 빌린 방은 곧 차 버려서 더 이상의 여유가 없었다. 그들을 돌볼 더 큰 새로운 장소를 찾지 않으면 안 되었다. 마더 테레사와 자매 수녀들은 기도하기 시작했다. 그리고 시 당국을 찾아가 호소했다. 벵골 주의 보건담당 장관 아메드 박사는 현장을 찾아와 보고는 두 가지 점에서 놀랐다. 첫째는 이미 손을 쓸 수도 없을 정도로 죽음에 이른 사람들을 데려다가 보살펴 주는 데 놀랐고, 둘째는 교육을 받은 인도의 양가良家 출신 처녀들이 사회 맨 밑바닥의 버림받은 사람들을 위해 헌신적으로 봉사하는 데 놀랐다. 인도의 카스트 제도로 보아 상식으로는 상상할 수 없는 일이 벌어지고 있었다.

'니르말 흐리다이'

아메드 박사는 마더 테레사에게 콜카타 시의 칼리Kali 신전 옆에 있는 순례자들의 숙소가 쓸 만할 것으로 생각한다면서 그 건물을 보여 주었다. 칼리란 힌두교의 여신을 가리키는데, 그 여신의 이름을 따서 사람들은 그곳을 칼리가트Kalighat라고 불렀다. 이곳은 콜카타에서 가장 인구가 밀집된 곳 중의 하나였다.

큰 네거리에 있는 이 건물은 우선 긴급한 필요를 위해 손색이 없었다. 60개의 침대를 놓을 수 있는 넓은 방이 두 개 있었고, 전기도 들어오고 음식을 만들 수 있는 취사용 시설도 갖추고 있었다. 그리고 제법 큰 뜰도 있었다. 마더 테레사는 이곳이 힌두 교인들의 신앙과 예배의 장소라는 것을 잘 알고 있었으나 그것을 기꺼이 받아들였다. 그리고 일시적으로 그곳을 빌려 쓰기로 허가받았다.

그로부터 24시간도 못 되어 '죽어 가는 사람들의 집'이 그곳에서 본격적으로 시작되었다. 사랑의 선교회의 수녀들은 길거리에서 병자들을 데려와 몸을 씻어 주고 치료해 주고 먹을 것을 주었다. 이곳에는 카스트 제도도 인종도 종파도 없었다. 길가에 버림받은 사람, 병원에 갈 수 없는 사람들, 치료될 가망이 없어 병원에서조차 받아 주지 않는 사람들이 있을 뿐이었다. 마더 테레사는 이 집을 '니르말 흐리다이Nirmal Hriday', 즉 성모의 '순결한 마음의 장소Place of Pure Heart'로 이름 지었다. 그래서 이 집은 '죽어 가는 사람들의 집Home for the dying destitutes'이라고도 했고 '칼리가트'라고도 했으며, '니르말 흐리다이'라고도 불렸다. 이 '죽어 가는 사람들의 집'이 문을 연 지 두 달 뒤 페리에 대주교가 이곳을 찾아왔다. 그는 이곳에서 본 수녀들의 헌신적인 봉사 활동에서 깊은 감명을 받았다. "비참한 사람들이 그토록 많지만 테레사 수녀님이 이끄시는 수녀님들의 인정 넘치는 모습을 보고 얼마나 깊은 감동을 받았는지 숨길 수 없다"면서, "하늘에서 큰 보상을 받으실 것"이라고 격려해 주었다.

이 집에 오는 사람들은 거의가 너무나 지쳐 있어서 입조차 열지 못했다. 그래서 그들이 실려 오면 이름을 몰라 '익명'으로 기록되었으며, 음식을 좀 먹어 가까스로 기운을 차리고 사랑과 관심을 받게 되면 겨우 말할 수 있게 되어 자기 이름을 대고는 했다. 수녀들은 이름과 나이와 종교를 물어 카드에 적어서 그것을 침대 머리맡에 붙여 놓았다. 종교를 적어 놓는 것은 그들의 종교를 존중해 주는 동시에 그들이 세상을 떠날 때 거기에 맞는 종교 예식을 해 주기 위해서였다. 힌두교도가 죽을 때는 갠지스 강의 물을 입에 적셔 주고, 죽은 뒤에는 화장터로 옮겨 힌두교식 장례를 치러 주었다. 이슬람교도들에게는 코란을 읽어 주고 회교도 묘지로 보내 주었으며 가톨릭교도는 사제의 집전으로 장례식을 치러 주었다.

마더 테레사는 신앙심이 깊은 가톨릭 신자지만 다른 종교에 대해 '열려 있는' 입장을 취해 왔다. 마더 테레사는 이렇게 말했다.

"하느님은 한 분밖에 없고 그분은 모든 사람의 하느님입니다. 따라서 모든 사람은 하느님 앞에 평등합니다. 우리는 힌두교도가 좀더 나은 힌두교도가 되고 회교도가 좀 더 나은 회교도가 되며 가톨릭 신자가 좀 더 나은 가톨릭 신자가 되도록 도와주어야 합니다. 우리는 종교를 설명하지 말고 행동이나 헌신을 통해 신앙을 보여 줘야 합니다."

마더 테레사는 다른 종교인들을 개종시키려 한다는 말에 이렇게 대답했다.

"우리는 누구든 개종을 강요해서는 안 됩니다. 신앙을 갖는 것도,

개종하는 것도 하느님의 은총만이 할 수 있는 일입니다.”

‘죽어 가는 사람들의 집’에는 매일 아침 기도시간이 있었다. 그때 어떤 사람은 성서를 읽고 어떤 사람은 다른 경전을 읽었다. 그러나 함께 기도할 때 종교가 다르다는 이유로 문제가 생긴 일은 없었다. ‘죽어 가는 사람들의 집’에서는 그들이 어떻게 해서 거리에 살게 되었는지 묻지 않았으며 그들의 옛날을 판단하지 않았다. 그들이 원하는 것은 사랑과 배려이고 그것이 충족되면 그만이기 때문이다.

사람들이 오면 우선 몸부터 씻어 주었다. 너무 상태가 안 좋을 때에는 바로 침대로 데려가 얼굴을 씻겨 주고 링거 주사를 맞게 했다. 몸이 심하게 부패된 사람, 구더기가 있는 상처를 가진 사람이 있는가 하면 설사를 하는 사람도 있었다. 결핵 환자도 있었고, 피를 흘리며 들어오는 사람도 있었다. 침대에 눕자마자 죽는 사람도 있었다. 물론 완쾌되어 집으로 가는 사람도 있었다. 집이라야 고작 길거리일 뿐이긴 하지만. 집에 갔다가 아프면 다시 돌아왔다. 그래서 나아서 나가는 사람들에게는 침대를 마련해 놓겠으니 필요할 때는 언제든 다시 오라고 말해 주었다.

‘죽어 가는 사람들의 집’이 열린 초기에는 수녀들이 온갖 정성을 다 쏟아도 대부분의 사람들이 죽어 갔다. 그러나 1955~56년쯤 되어서는 가까스로 반 수 정도가 살아남았고, 그 후에는 살아서 나가는 사람들의 수가 죽는 사람들을 넘어서게 되었다.

누더기처럼 되어 악취가 나는 몸을 씻어 주는 것은 쉬운 일이 아니었다. 마더 테레사는 사랑의 선교회 자매들에게 이렇게 말했다.

"여러분은 미사를 드리는 동안에 신부님께서 얼마나 깊은 사랑으로, 얼마나 조심스럽게 그리스도의 몸(성체-글쓴이)을 만지는가를 보셨을 것입니다. 여러분도 꼭 그와 같이 하십시오. 왜냐하면 예수님께서 그런 비참한 모습을 하고 그곳에 계시기 때문입니다."

비참한 사람들을 그리스도로 보라는 것, 실제로 그리스도가 바로 그곳에 와 계시다고 의문의 여지 없이 믿으라는 마더 테레사의이 말은 선교회의 자매들에게 하나의 신앙이 되었다. 환자의 몸을 3시간 동안 씻어 준 한 부유한 집 출신의 자매는 이렇게 말했다.

"사람들이 길에서 한 남자를 데려왔는데, 온몸에 구더기가 끓었습니다. 그 몸을 씻기는 것은 정말 어려운 일이었지만, 저는 예수님의 몸을 씻기고 있다는 것을 깨달았습니다."

· · · · · ·
오해와 반대

예상하고 있었지만, 마더 테레사의 '죽어 가는 사람들의 집'은 오해와 반대에 부딪히는 시련을 겪어야 했다. 오해란 마더 테레사가 힌두교의 중심지에 와서 힌두교도들을 그리스도교로 개종시키려 한다는 것이었고, 반대란 성스러운 신전 경내에 죽어 가는 사람들을 끌어들여 거룩한 곳을 더럽히고 있다는 것이었다.

여기에는 죽음을 더럽고 부정한 것으로 보는 힌두교의 전통적인 관념이 크게 작용하고 있었다. 전통적인 힌두교 신자들은 죽음을 출산과 마찬가지로 부정한 것으로, 오염汚染되는 것으로 받아들였다. 인간의 행복과 불행, 고통을 보는 눈도 많이 달랐다. 모든 것을 카르마業와 윤회전생輪廻轉生으로 보는 사고방식은 인도인의 정신생활의 거의 모든 면에 침투해 있었다.

아무튼 이러한 오해와 반대 때문에 마더 테레사는 힌두교도들의 데모대와 맞서지 않으면 안 되었다. 한 힌두교인 남자가 마더 테레사에게 다가와 이곳을 떠나지 않으면 죽이겠다고 소리치면서 위협해 오기도 했다. 그러나 마더 테레사는 협박 같은 데에는 조그만 동요도 보이지 않았다. 마더 테레사는 웃으면서 말했다. "우리를 죽이면 우리는 하느님 계신 곳에 일찍 들어갈 뿐입니다."

종교적인 오해로 인해 적의를 품게 된 젊은 학생들이 떼 지어 몰려온 일도 있었다. 그들 가운데 지도자로 보이는 젊은이가 '죽어가는 사람들의 집' 안으로 들어왔다. 그는 그곳에서 수녀들이 거의 뼈만 남다시피 한 사람들의 더러운 몸을 씻어 주고 상처를 치료해 주는 것을 보았다. 그는 그것을 보고 마음이 바뀌었다. 그곳에서 나온 그는 기다리던 젊은이들에게 말했다. "마더 테레사와 수녀들을 칼리가트로부터 쫓아낼 수는 없다. 다만 조건이 있다. 만일 여러분의 어머니나 누이들을 이곳으로 데려와 매일 그들이 하고 있는 똑같은 일을 할 수 있다면 쫓아내도 좋다." 이 말을 듣고 그들은 아무 말 없이 돌아갔으며 두 번 다시 오지 않았다. 마더 테레사의

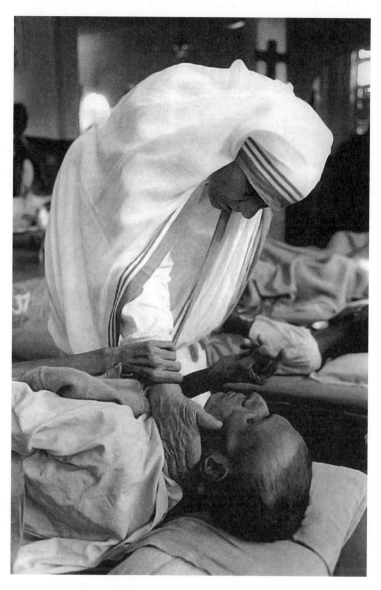

고된 일과 중에도 죽어 가는 사람을 찾아 사랑의 손길로 보살펴 주는 마더 테레사.

지극한 '사랑의 실천'은 종교가 다른 사람들의 마음도 움직였던 것이다.

그러나 반대는 쉽게 진정되지 않았다. 힌두교도들의 불평의 소리는 거듭 경찰 당국의 귀에까지 들어갔고, 그래서 경찰위원이 현장을 찾아와 보지 않을 수 없었다. 악취가 진동하는 곳에서 죽어 가는 사람들의 몸을 씻어 주고 간호해 주는 것을 본 그는 큰 충격을 받았다. 깊은 감동을 받은 그 경찰 당국자는 불평을 말한 사람들을 불러 놓고 이렇게 말했다. "나는 그 외국 여자를 이곳에서 쫓아내겠다고 말했었다. 그러나 그러기 전에 여러분은 여러분의 어머니와 자매들을 이곳으로 데려와서 그 여자가 하고 있는 일을 대신 하게 하라. 이 사원에는 검은 돌로 만든 칼리 여신상이 있다. 그러나 나는 여기 우리 앞에 살아 있는 칼리 여신이 있는 것을 보았다."

힌두교의 가장 성스러운 사원 문 앞에서 그리스도교 공동체가 활동을 벌이고 있는 것은 긴장을 일으키지 않을 수 없었다. 그러나 사랑의 선교회와 칼리 사원 승려들 사이의 긴장은 다음과 같은 사건이 있은 후 사라져 버렸다. 칼리 사원의 승려 가운데 결핵 말기 환자가 한 사람 있었다. 그는 여러 병원을 전전했으나 치료될 가망이 없었으므로 받아들여 주는 병원이 없었다. 그러나 그는 '니르말 흐리다이'에 받아들여져 다른 사람들과 똑같이 따뜻한 간호와 치료를 받았다. 이를 체험하고 난 후 사랑의 선교회에 대한 그의 적대감은 점점 없어지게 되었으며, 자신의 질병에 대한 불안도 사라지게 되었다. 그러던 어느 날 아침 마더 테레사가 환자들의 몸을 씻어 주고 있는데, 그 승려가 방 안으로 들어왔다. 그는 손을 머리

위로 올린 다음 엎드려 절하면서 이렇게 말했다.

"지난 30년간 저는 이 사원에서 칼리 여신에게 봉사해 왔습니다. 지금 그 여신께서 인간의 형상으로 제 앞에 와 계신다는 것을 알게 되었습니다. 오늘 제 눈앞에 나타나신 칼리 여신을 경배하게 된 것은 저에게 큰 영광입니다."

칼리 사원의 승려들도 사랑의 선교회의 수녀들이 아무런 보상도 바라지 않으면서 그들의 동료를 씻어 주고 먹여 주고 따뜻하게 치료해 주는 것을 보고 깊은 감명을 받았다. 그리고 그들은 적대감을 버렸다.

인간 품위의 회복

영국의 언론인 맬컴 머거리지는 마더 테레사에게 '니르말 흐리다이'에서는 무엇을 하고 있으며, 또 앞으로 무엇을 하고자 하느냐고 물은 일이 있다. 그때 마더 테레사는 이렇게 대답했다.

"우선 그들이 필요 없는 사람이 아니라는 것을 알고 느끼게 해 주고 싶습니다. 이 사람들을 소중하게 생각하고 있고, 또한 그들과 함께 있고 싶어 하는 사람들이 있다는 것을 알게 해 주고 싶습니다. 적어도 살아 있는 몇 시간만이라도 그들이 사람에게도, 하느님에게도 소중한 사람으로 생각되고 있다는 것을 알게 해 주고 싶습니다. 그들 또한 하느님의 자녀로서 잊혀져 있는 사람이 아니라는 것을 알게 해 주고 싶습니다."

수많은 사람들이 이 '죽어 가는 사람들의 집'을 지나갔다. 칼리 신전의 신관神官도, 창녀도, 나이만 짐작될 뿐 그 밖의 것은 아무것도 알 수 없는 어린 소년들도 이곳을 지나갔다. 약 10만 명이 이곳을 지나갔다. 이곳에서 따뜻한 간호와 치료를 받고 살아나기도 했고 또는 죽어 가기도 했다. 그들은 이곳에서 자신이 한 인간으로 인정받고 대접받고 있으며, 사람으로 중요하게 취급받고 있다는 것을 알았다. 여기에 온 대부분의 사람들에게 그것은 이제까지 겪어보지 못한 최초의 체험이었다. 그들은 자신들이 마음으로부터 사랑받고 있다는 것을 체험했고, 그리하여 사랑이 무엇인지를 알게 되었다.

어느 날, 마더 테레사는 함께 일하는 동료와 함께 콜카타의 거리를 걷고 있었다. 그때 한 젊은이가 다가오더니 몸을 굽혀 마더 테레사의 발에 입 맞추는 것이었다. 마더 테레사가 일으켜 세우자 그는 힘찬 목소리로 계속 무어라고 중얼거렸다. 그는 아주 행복해 보였다.

그가 마더 테레사에게 이야기해 준 것은 그날이 그의 결혼식 날이라는 것, 지난날 그가 걸식을 하다가 굶어 죽게 되었을 때 '죽어 가는 사람들의 집'에서 그를 데려다가 간호해 주고 치료해 주었다는 것, 그리하여 몸이 다 나아서 새 생명을 얻었다는 것, 그리고 수녀들의 보살핌으로 구두닦이가 되어 스스로 살아갈 수 있게 되었다는 이야기였다. 그리고 마침내 한 사람의 시민이 되어 결혼하고 조그만 가정을 꾸려 가게 되었다는 이야기였다. 그 젊은이를 보고 기뻐하는 마더 테레사의 모습 역시 눈부시게 아름다웠다고 그 동행자는 전했다. 죽어 가던 한 사람의 젊은이가 생명을 다시 얻고 '품위를 지닌 인간'으로 다시 태어나게 되었다는 이 이야기는 사랑을 실천하는 마더 테레사의 활동이 거둔 결실의 한 전형으로 이야기되고 있다.

'니르말 흐리다이'에서는 많은 사람들이 죽어 갔다. 그러나 그들은 아무도 돌보는 이 없이 홀로 죽어 가지는 않았다. 그들은 사람의 안타까워하는 눈길 속에서 죽었고, 하느님의 자비를 느끼며 죽었다. 많은 사람들이 마지막 숨을 거두는 순간 하느님을 생각하며 하느님과 함께 하면서 죽어 갔다.

죽음이란 무엇인가?

마더 테레사는 수많은 사람들이 죽어 가는 것을 보았다. 누구보다도 많은 죽음을 보았을 것이다. 이 죽음을 보고 무엇을 생각했을까? 마더 테레사에게 죽음이란 무엇인가? 마더 테레사는 이렇게 말했다.

"죽음은 고향으로 가는 것입니다. 그러나 사람들은 죽으면 어떻게 될지 두렵기 때문에 죽기 싫어합니다. 죽음에 수수께끼가 없다면 두려워하지 않을 것입니다. 양심의 문제도 있습니다. '좀 더 좋은 일을 하면서 살걸' 하고 말입니다. 죽음은 삶의 계속이고 완성입니다. 육신을 포기하는 것이지 영혼은 영원히 삽니다. 사람은 죽지 않습니다. 종교마다 영원, 즉 내세를 말합니다. 현세는 종말이 아닙니다. 현세가 마지막이라고 믿는 사람은 죽음을 두려워합니다. 죽음이 고향으로 하느님을 찾아가는 것일 뿐이라는 사실을 올바로 이해한다면 그다음에는 두려움이 없어질 것입니다."

"우리는 매일 죽음에 대해 묵상합니다. 죽음이란 그들을 사랑하는 유일한 분께로 되돌아가는 것이기 때문에 가난한 사람들이 존엄한 모습으로, 그리고 행복한 모습으로 죽는 것을 보면 아름답습니다. 가진 것이 많은 사람들은, 재산이 많은 사람들은 그 소유물에 사로잡혀 있습니다. 그들은 가장 중요한 것이 재산이라고 생각합니다. 그래서 그들은 모든 것을 놓고 가기를 싫어합니다. 그러나 아무것에도 구애되지 않는 가난한 사람들은 이 경우에도 훨씬 쉽습니다. 얽매이는 데가 없으니 편안하게 떠날 수 있기 때문입니다."

"우리는 죽어 가는 사람들에게 하느님의 자비가 참으로 진정한 것임을 확신시켜 줍니다. 그리고 그들이 하느님의 자녀라는 확신을 가지고 하느님께 돌아가도록 권유합니다."

마더 테레사는 사랑의 선교회가 돌보아 주던 불쌍한 사람들이 모두 천국에 들어갔으며, 그곳에서 하느님의 극진한 사랑을 받고 있을 것이라고 믿었다. 마더 테레사는 '죽어 가는 사람들의 집'에서 죽은 사람들과 관련하여 다음과 같은 이야기를 들려 준 일이 있다. 사랑의 선교회가 활동을 시작한 지 얼마 안 되는 어느 날 마더 테레사는 정신이 혼미해질 만큼 고열로 신음하는 가운데 베드로 성인 앞에 나아가는 꿈을 꾸었다고 한다.

"천국의 문 앞에서 베드로 성인과 마주쳤습니다. 베드로 성인은 나를 막으시면서 이렇게 말했습니다. '돌아가라, 천국엔 빈민굴이 없어!' 그래서 나는 몹시 화가 나서 이렇게 말했습니다. '좋습니다. 그렇다면 제가 천국을 가난한 사람들로 가득 채워 드리겠습니다. 그렇게 되면 천국도 빈민굴을 갖게 되겠지요!'

가엾은 베드로 성인! 그때부터 그분은 우리 때문에 잠시도 쉴 수 없었습니다. 우리 가난한 사람들이 온갖 고통을 견디면서 천국에 자리를 예약해 놓았기 때문에 들여보내지 않을 수 없었거든요.

가난한 사람들은 표만 보여 주면 거기에 들어갈 수 있었습니다. 우리 집에서 죽은 수많은 가난한 사람들이 천국에 들어가는 표를 얻으리라는 기쁨으로 고통을 견디어 냈습니다. 이미 5만 명이 저 위 천국에 있다고요. 누군가 죽으면 그 사람은 고향으로 하느님을 찾아가는 것입니다. 그곳이 우리 모두가 갈 곳입니다."

마더 테레사는 '죽어 가는 사람들의 집'에서 세상을 뜬 이 5만 명의 영혼이 사랑의 선교회의 가장 강력한 후원자라고 믿었다. 마더 테레사는 그들이 지금도 '우리와 우리의 일을 위해 기도하고 있다'고 믿었으며 '우리의 사도 직분에 그렇게 많은 은총을 가져온 것도 바로 그 기도 덕분'인 것으로 생각한다고 말했다.

마더 테레사는 가난한 사람들이 죽어 가는 것을 보면서 그들 가운데 놀라운 인간성을 지닌 사람들이 많다는 것을 발견하기도 했다. 그래서 "이들처럼 아름다운 가능성을 갖지 못했거나 가져본 적이 없는 사람들에게 그들의 이야기를 전해야 한다"고 생각했으며 "그것이 우리가 하는 일에서 얻은 가장 큰 위안 중의 하나"라고 말했다.

마더 테레사는 자신의 체험을 이렇게 소개했다.

"어느 날 밤, 거리에서 한 여인을 데리고 왔는데, 이 여인은 최악의 상태에 있었습니다. 구더기가 이 여인의 몸을 파먹고 있었습니다. 나는 내가 사랑으로 할 수 있는 일을 다 했습니다. 그 여인을 침대에 눕히자 내 손을 꼭 잡았습니다. 얼굴에는 아름다운 미소가 흘렀습니다. 일찍이 사람의 얼굴에서 그런 미소를 본 적이 없었던 것 같습니다. 그 여인은 '감사해요'라는 말 한마디를 남기고 숨을 거두었습니다.

잠시 그 여인을 쳐다보면서 생각에 잠겼습니다. 그리고 자신에게 물었습니다. '내가 만일 그 사람이었다면 나는 어떻게 했을까?' '나한테만 관심을 가져 달라'고 하지 않았을까? '나는 추워요' '나는 배가 고파요' 또는 '나는 죽어 가고 있어요'라고 말하지 않았을까?

그러나 이 훌륭한 여인은 그렇게 말하지 않았습니다. 이 여인은 내가 해 준 것보다 더 많은 것을 나에게 주었습니다. 그 여인은 나에게 남을 이해하는 마음을 갖게 해 주었고 나에게 사랑을 주고 갔습니다. 이들이 바로 우리의 가난한 사람들입니다."

마더 테레사는 죽을 때만이 아니라 일상생활에서도 그들을 다시 발견했다. 가난한 사람들이 비록 가진 것은 없지만 가진 사람들보다 훨씬 많은 사랑을 지니고 있는 것을 보았다. 그 실례를 다음과 같이 소개했다.

"어느 날, 아이가 8명이나 있는 힌두교 가족이 오랫동안 먹지 못하고 있다는 이야기를 듣고 그 가정을 찾아갔습니다. 그 집 아이들의 작은 얼굴에는 굶주림이 역력했습니다. 그러나 그 아이들의 엄마는 우리가 가져간 쌀을 주저 없이 반으로 나누더니 밖으로 나갔습니다.

아이들의 엄마가 돌아오자 나는 물었습니다. '어디 가셨습니까?' 그 엄마는 '그들 역시 굶고 있답니다'라고 대답했습니다.

그 여인의 이웃에는 많은 아이를 가진 회교도 가정이 있었습니다. 그 엄마는 그 사람들 역시 굶고 있다는 것을 알았습니다. 나를 감동시킨 것은 그 여인이 앞으로 굶주릴 것을 알면서도 그 얼마간의 쌀을 이웃에게 나누어 주었다는 것입니다. 얼마나 아름다운 일입니까. 이것이야말로 살아 있는 사랑이 아닌가요? 그 여인은 굶주리면서도 남에게 먹을 것을 주었던 것입니다."

마더 테레사는 이처럼 가난한 사람들 가운데서 훌륭한 인간성을 보았으며, 그래서 가난의 의미를 다시 되새겨 보게 되었다. 물론 가난은 결핍이며 고통이다. 그러나 그것은 하느님의 축복이기도 하다는 것을 알게 되었다. 왜냐하면 가난은 인간을 겸허하게 만들고 하느님께 더 가까이 다가가게 하며 하느님께 의지하게 만들기 때문이다.

그들은 내세울 것도, 지킬 것도 없는 사람들이다. 그들은 사람이나 하느님 앞에서 티를 내지 않고 젠체하지 않는다. 가진 것이 없어 홀로 남겨질 때 사람은 하느님에게 의지할 수밖에 없다. 그런 의미에서 가난은 축복이라 볼 수도 있는데, 그 사람들이야말로 정말로 중요한 것이 무엇인지 알고 있기 때문이라는 것이다.

마더 테레사는 영혼이라는 측면에서 보면 물질적으로 '가진 것이 많을수록 줄 수 있는 것은 적다'고 보았다. 그리고 가난은 인간을 자유롭게 한다고도 생각했다. 그래서 마더 테레사는 "가난은 놀라운 선물로서 우리에게 자유를 줍니다. 그것은 우리가 하느님께 나아가는 데 장애물을 적게 갖는다는 것을 뜻합니다"라고 말했다.

7. 마더 하우스

'사랑의 선교회'에 참가하는 수녀들이 27명으로 늘어남에 따라 크리크 레인에 있는 3층의 방들은 매우 비좁아졌다. 마더 테레사는 옥상에까지도 방을 만들었지만 더 넓은 공간이 필요하기는 마찬가지였다. 그래서 이런 사정을 아는 앙리 신부와 반 엑셈 신부가 다시 자전거를 타고 집을 구하러 나서게 되었다.

그러던 어느 날 한 남자가 선교회로 찾아와서 팔려고 내놓은 적당한 건물이 있다고 알려 주었다. 그는 마더 테레사를 로어 서큘러 로드Lower Circular Road 54a번지에 있는 그 집으로 안내하여 주인을 만나게 해 주었다.

이슬람교도인 집주인은 관리를 지낸 사람이었는데 곧 다카로 이사할 예정이었다. 집주인은 집을 팔려고 하는 것은 자기 아내밖에 모르는데 어떻게 이 사실을 알았느냐고 물었다. 마더 테레사를 안내해 준 그 남자는 어느새 자취를 감추고 없었다. 집주인은 마더 테레사의 활동에 대한 이야기를 듣고는 감동한 것 같았다. "돈만이 모든 것은 아닙니다"라고 그는 말했다.

그 집은 나무랄 데가 없었다. 마더 테레사는 반 엑셈 신부, 페리에 대주교와 상의했다. 이 집을 보러 간 반 엑셈 신부에게 집주인은 "이 집은 신이 나에게 주신 것인데 나는 그것을 다시 신에게 돌려드린다"고 말했다. 대주교는 대리인을 시켜 이 집에 대해 알아보도록 지시했다. 집주인은 이 집을 거의 땅값만 받다시피 싼 값으로 팔았다.

마더 테레사는 이 집을 사기 위해 교구로부터 무이자로 12만 5천 루피(1953년 당시 약 1만 파운드, 한화로 약 1천7백만 원)를 빌렸고, 그 후 10년 동안에 걸쳐 매달 1천~3천 루피씩 모두 갚아서 1루피도 남기지 않았다.

1953년 2월, 사랑의 선교회의 자매 자매들은 로어 서큘러 로드에 새로 마련한 3층 집으로 이사했다. 방이 2~3개에 지나지 않았던 예전 집에 비하면 넓고 좋은 집이었다. 크리크 레인의 집에서도 방 하나에 제대를 만들고 기도실로 썼지만 새로 이사 온 집에 마련된 기도실은 아주 훌륭했다. 그들은 이곳에서 미사를 봉헌하고 기도를 드렸다.

사랑의 선교회는 이 집에 마더 하우스Mother House, 즉 모원母院라는 이름을 붙였다. 이 집은 그 이후 선교회의 활동 중심이 되어 자매들과 고락을 함께해 왔으며 세계적으로 유명한 집이 되었다. 그러나 이곳으로 이사 온 1953년 당시만 해도 이 건물이 40여 년 뒤

사랑의 선교회 본부인 마더 하우스.

인도와 세계 120여 개국 이상에서 성스러운 활동을 벌이는 세계적인 조직의 중심이 되리라고는 아무도 생각하지 못했다.

하루의 일과 그리고 기도

마더 테레사와 그 자매들은 사랑의 선교회가 발족된 이래 다음과 같은 일과표를 크게 변경하지 않고 지켜 왔다. 즉 매일 오전 5시 전에 일어나 30분 동안 묵상과 기도하는 시간을 갖고, 5시 30분 미사를 드린 다음 각자 수도원 내에서 맡은 일, 즉 식사를 준비하거나 청소, 사무처리 등의 일을 한다. 오전 8시 전에 아침 식사를 마친 다음 각자 맡은 일을 위해 거리로 흩어져 나간다. 낮 12시가 되면 점심 식사를 하며 오후 1시부터 30분간 휴식을 취한다. 하루 종일 바쁘게 일하기 때문에 30분간의 휴식(이때 잠깐 잠을 자기도 한다)은 활력을 회복시켜 주는 중요한 시간이다. 오후 2시에 다시 일을 시작하며 오후 6시에 일을 마치고 돌아온다. 그리고 1시간 동안 묵상하고 함께 모여 저녁 식사를 마친다. 저녁 식사 후 30분간 침묵 속에 기도드리고 오후 10시에는 잠자리에 든다.

그런데 오랫동안 큰 변화 없이 계속되고 있는 이러한 일과표 가운데서 마더 테레사가 매우 중요하게 생각해 온 것은 무엇일까? 그것은 묵상기도 시간과 미사를 드리는 시간이었다. 기도야말로 삶과 활동을 유지해 주고 힘과 용기를 주는 에너지의 원천이라 보았기 때문이다.

마더 테레사는 이렇게 말했다.

"나는 기도 없이는 한시도 살 수 없습니다. 나는 기도를 통해 하느님으로부터 힘을 얻는데 수도자들은 이것을 잘 이해할 수 있을 것입니다.

기도는 일을 잘할 수 있도록 힘을 주고, 지탱해 주고, 도와주고 온갖 기쁨을 가져다줍니다. 우리는 기도와 미사로 하루를 시작하고 성체조배로 하루를 끝맺습니다. 끊임없이 일하고 끊임없이 주기 위해서는 하느님의 은총이 필요합니다. 은총 없이는 살아갈 수 없습니다."

"나는 언제나 침묵 가운데서 기도를 시작합니다. 하느님은 마음의 침묵 중에 말씀하시기 때문입니다. 하느님은 침묵의 친구이십니다. 기도는 영혼을 자라게 합니다. 영혼과 기도의 관계는 몸과 피의 관계와 같습니다. 우리는 기도를 통해 하느님께 가까이 다가갈 수 있습니다. 기도를 하면 우리 마음이 깨끗해지고 순수해집니다. 마음이 깨끗하고 순수한 사람은 하느님을 볼 수 있고 하느님과 이야기를 나눌 수 있으며, 다른 사람들 안에서 하느님의 사랑을 볼 수 있습니다.

그저 그분께 모든 것을 말씀드리고 이야기를 나누십시오. 그분은 우리 모두의 아버지이십니다. 우리가 어떤 종교를 가졌든 상관없습니다. 우리 모두는 하느님의 창조물이고 그분의 자녀입니다. 우리는 그분을 사랑하고 그분을 믿고 그분을 위해서 일하고 그분께 자신을 내맡겨야 합니다. 기도를 하면 필요한 대답을 모두 듣게 됩니다."

"하루를 기도로 시작하고 기도로 끝내십시오.
　기도할 때에는 하느님이 주신 모든 선물에 감사를 드리십시오. 모든 것은 그분의 것이고 그분이 주신 선물입니다. 하느님과 기도의 힘을 믿는다면 의혹과 두려움, 고독을 극복할 수 있습니다."

많은 사람들이 기도하기를 원하되 그것이 쉽지 않다고 하는데 어떻게 해야 기도를 잘할 수 있을까? 마더 테레사는 이렇게 말했다.

"기도하는 법을 모르면 기도하기가 아주 어렵습니다. 우리는 기도하기 위해 자기 자신을 도와주어야 합니다. 가장 중요한 것은 내적 침묵입니다. 내적, 외적 침묵을 지키지 않고서는 직접 하느님 앞에 다가갈 수 없습니다. 그러므로 우리는 영혼의 침묵, 눈의 침묵, 혀의 침묵에 익숙해져야 합니다."

"예수님은 항상 침묵 속에서 우리를 기다리십니다. 침묵 속에서 그분은 우리에게 귀 기울이시고, 우리의 영혼에 말씀하시고 거기서 우리는 그분의 목소리를 듣습니다. 내적인 침묵은 대단히 어려운 것이나 우리는 노력해야 합니다. 이 침묵 속에서 우리는 새로운 활력과 참된 조화를 찾게 될 것입니다."

"침묵의 열매는 기도입니다. 기도의 열매는 믿음입니다. 믿음의 열매는 사랑입니다. 사랑의 열매는 봉사입니다."

. . . .
가난한 사람들처럼 가난하게

사랑의 선교회 수녀들은 가난한 사람들과 마찬가지로 가난하고 검소하게 사는 것을 원칙으로 삼아 왔다. 세 벌의 사리와 튼튼한 신발, 그리고 조그만 십자가, 묵주, 금속으로 만든 얇은 접시, 이런 것들이 그들이 가지고 있는 것의 전부였다.

험한 일을 하기 때문에 사리는 거의 언제나 해져 있었다. 마더 테레사의 사리가 대표적인 예인데, 사람들은 찢어진 곳을 수선한 자국을 자주 볼 수 있었다. 마더 테레사는 일을 하는데 가난은 필수적인 조건이라며 다음과 같이 강조했다.

"가난한 사람들처럼 살지 않으면서 어떻게 그들을 참으로 이해할 수 있겠습니까? 우리는 가난한 사람들이 음식에 대해 불평한다면 우리도 같은 것을 먹는다고 말할 수 있습니다. 가진 것이 많을수록 줄 수 있는 것은 적습니다. 고통 없이 일한다면 우리 활동은 사회 사업에 지나지 않을 것입니다."

가난한 삶을 실천하기 위해 수녀들은 가까운 곳은 반드시 걸어서 가며, 먼 곳을 갈 때에만 대중 교통수단을 이용해 왔다. 외출할 때는 반드시 2명씩 짝을 지어 다니는데, 그것은 예수께서 사도들을 보내실 때 반드시 두 사람이 함께 가도록 복음서에서 가르쳐 준 것을 따른 것이다.

그리고 한 잔의 홍차라 할지라도 대접은 사절하는 것을 규칙의 하나로 지켜 왔다. 사람들의 마음을 상하게 하지 않게 정중하고도 겸손한 말로 사양했다. 가난한 사람들은 그런 대접을 받지 못한다고 생각하기 때문이다. 마더 테레사는 이렇게 말했다.

"빈민가와 누추한 집에 사는 가난한 사람들은 대부분 아무런 대접도 받지 못하고 삽니다. 우리가 대접받기를 거절하는 것은 그들에 대한 존중과 연민 때문입니다."

그래서 수녀들은 더운 여름날이면 갈증 날 때 마시기 위해 병에 물을 넣어 가지고 다녔다.

마더 테레사는 같은 정신에서 세탁기를 기증하고 싶다는 호의도, 정전에 대비해 발전기를 기증하고 싶다는 제안도 모두 거절했다. 전화만은 여러 사람의 설득으로 그 필요성을 인정하여 한 대만을 쓰기로 하였다.

8. 때 묻지 않은 어린이들의 집(시슈 브하반)

버려진 아이들

'죽어 가는 사람들의 집'을 연 이후 마더 테레사는 의지할 곳 없는
어린이들을 위한 '집'이 반드시 필요하다는 것을 절실히 느끼고 있
었다. 어머니가 세상을 떠나 의지할 곳 없는 아이들, 집 없이 떠도
는 어린이들, 길가에, 도랑에, 쓰레기 더미에 버려진 아이들, 회복
하기 어려운 병에 걸려 누구도 돌볼 수 없게 된 아이들, 정박아, 장
애아들……. 마더 테레사는 이들이 아무도 돌보아 주지 않는 가운
데 비참하게 죽어 가는 것을 자주 보아 왔다. 그래서 1955년 사랑의
선교회 본부에서 그리 멀리 떨어지지 않은 곳에 '니르말라 시슈 브
하반Nirmala Shishu Bhavan(때 묻지 않은 어린이들의 집)'을 열었다. '죽어
가는 사람들의 집(니르말 흐리다이)'을 연 지 3년 만이었다.

어느 날 이른 아침, 30살쯤 되어 보이는 어느 여인이 4~5살 되는 남자아이를 안고 시슈 브하반의 현관 벨을 울렸다. 이 여인의 아이(이름은 '바피')는 난치병을 지닌 채 태어났다. 남편과 함께 병원이나 진료소를 찾아다녔지만 제대로 치료를 받을 수 없었다. 그러다가 2년 전에는 남편마저 사고로 세상을 떠나 병든 아들을 혼자 보살피며 살아가지 않으면 안 되었다. 의사들은 치료를 단념해 버렸다.

이 여인은 이른 아침부터 몇 집을 돌면서 세탁부로 일하고 있었는데, 일하는 동안 아이를 맡겨 둘 곳이 없었다. 고아원에도 상담해 보았지만 병든 아이를 책임지려 하지 않았다. 그러던 차에 마더 테레사의 '시슈 브하반' 이야기를 듣고 마지막으로 이곳을 찾아오게 되었다.

사랑의 선교회의 수녀들은 첫눈에 이 아이의 병이 다발성경화증이라는 것을 알았다. 이 병에 걸리면 팔다리를 움직이기 어렵고 나중에는 몸을 조금도 움직일 수 없게 된다는 것을 알고 있었다. 바피는 그때 이미 돌아눕지도 못하고 스스로 손을 움직일 수도 없었다. 그리고 말도 하지 못하는 최악의 상태에 있었다.

자기의 뜻을 전하는 방법은 눈동자를 움직이는 것뿐이었다. 기쁠 때에는 검은 눈동자를 크게 빛내고 슬플 때는 얼굴을 붉히면서 눈물을 흘렸다. 자기의 의사를 전하려고 하면 입을 크게 열고 숨을 헐떡이며 안간힘을 썼다. 수녀들은 바피의 '말'을 이해하려고 애썼다. 바피가 일어나고 싶은지 돌아눕고 싶은지, 화장실에 가고 싶은지 휠체어를 타고 싶은지도 그 표정을 보고 아는 수밖에 없었다.

8살이 되었을 때 바피는 속눈썹이 긴 아름다운 소년이 되어 있었다. 수녀들은 그때도 천천히 유동식을 먹였다. 10살이 되자 바피는 수녀들에게서 '말 거는' 훈련을 받았는데, 몸은 여전히 큰 경련을 일으켰다. 하지만 밝게 빛나는 표정을 자주 보여 주었다. 바피의 어머니는 더 이상 아들을 보러 오지 않았다. 수녀들은 그 어머니가 세상을 떠났을 거라고 믿었다.

그러던 어느 날 더 이상 바피를 볼 수 없게 되었다. 심한 기침과 고열에 시달리던 끝에 의사들도 치료를 할 수 없는 상태가 되어 20세를 끝으로 세상을 떠난 것이다. 부모가 힌두교도였던 바피의 시체는 화장되었다. '시슈 브하반'에서는 이런 슬픈 일이 많이 일어났다. 그러나 결코 슬픈 일만 일어나는 것은 아니었다. 사람들은 방에서 웃음소리가 그치지 않고 들려오는 것을 들을 수 있었다.

마더 테레사는 사랑의 선교회의 다른 시설들과는 달리 이 '어린이들의 집'에는 비품들을 풍부하게 갖추도록 했다. 부모를 잃은 아이들을 생각하여 특별히 배려했기 때문이다. '어린이들의 집'은 사랑의 선교회가 인도에 세운 어린아이들을 위한 모든 시설을 일컫는다. 선교회는 콜카타에 '집'을 처음 연 이래 인도의 주요 지역에 '어린이들의 집'을 늘려 갔다. 이 집들은 미숙아나 병든 아이들을 주의 깊게 돌보고 간호해야 하므로 되도록이면 수도회 건물 가까이에 두게 했다.

어린아이들의 수는 집의 크기에 따라 다른데, 가장 적은 곳은 20여 명, 많은 곳은 2백 명에 이르렀다. 델리 시에는 두 채의 집으로 된 시슈 브하반을 열어 약 50개의 침대를 놓았다. 새집은 어느 기업가가 마더 테레사에게 기증한 건물로, 여기에 2살 이상의 유아와 어린이 약 2백 명을 받아들였다. 공간에 여유가 있는 곳이면 유치원도 함께 열었다. 그리고 대개 어린이들을 근처의 유치원이나 초등학교에 다니게 했으며 옷(교복)이며 책 등의 교육비는 모두 사랑의 선교회에서 부담했다.

미숙아로 태어나거나 임산부가 마약 중독에 걸려 빈사 상태에 빠진 아기가 실려 오는 경우도 있었다. 우유도 받아먹을 수 없는 미숙아나 병든 아기, 영양실조로 다 죽게 된 아이, 수녀들의 필사적인 간호도 헛되이 곧 죽고 마는 아기도 적지 않았다.

마더 테레사는 단 한 시간밖에 살지 못하더라도 어떤 아이든 이곳으로 데려와 달라고 부탁했다. 곧 죽을 어린아이를 위해 그렇게 귀중한 시간과 비용을 쓰는 것이 과연 가치 있는 일인지 물어 오는 사람도 있었다. 자매들의 노력을 더 유효한 곳에 활용하는 것이 좋지 않느냐는 뜻이었다. 그러나 마더 테레사는 이렇게 대답했다.

"나는 이해할 수 없습니다. 비록 몇 분 동안밖에 살지 못할 아이라 할지라도 아무도 돌보아 주지 않는 가운데 혼자 죽어 가게 해서는 안 된다고 생각합니다. 아무리 작은 아이라 할지라도 사랑을 느끼고 싶어 하는 것은 당연합니다. 죽어 가는 아이에게 사랑을 주어 그 사랑 속에서 최후를 맞게 해 주는 것은 당연합니다.

콜카타에는 이런 농담이 있다고 합니다. '마더 테레사는 가족 계획(생리주기를 이용한 자연적인 가족 계획-글쓴이)을 이야기하면서도 본인은 그것을 조금도 실천하지 않는다. 시슈 브하반에는 매일 아

'어린이들의 집'에서 어린아이를 안고 있는 마더 테레사.

이들이 늘어나고 있으니까'라고. 콜카타 사람들은 내가 기꺼이 아이들을 받아들인다는 것을 잘 알고 있습니다. 나는 언제나 이렇게 말하고 있습니다. 만약 원치 않는 아이가 있으면 언제든지 우리에게 데려와 달라고. 결코 아이가 죽게 내버려 둘 수는 없다고요."

그래서 사랑의 선교회에서는 시의 여러 병원이나 조산원에 정기적으로 편지를 보냈다. 중증重症의 장애아든 미숙아든 어떤 아이도 받아들일 용의가 있으니 보내 달라는 편지였다. 사랑의 선교회는 미혼모나 의지할 곳 없는 가난한 임신부가 아기를 낳기까지 돌보아 주는 곳도 따로 마련했다. 그리고 아기가 태어난 뒤 만약 어머니가 키울 수 없을 경우에는 사랑의 선교회가 맡아서 길러 주기도 했다. 마더 테레사는 이렇게 말했다.

"우리는 낳아 준 어머니가 아기에게 쏟는 것과 꼭 같은 사랑을 아기에게 주지는 못합니다. 그러나 우리는 아기를 받아들이는 것을 거절한 적은 없습니다. 단 한 번도 없습니다. 모든 어린이는 보배입니다. 모두 하느님께서 지으신 사람이기 때문이지요."

마더 테레사는 세계의 버림받은 아이들, 원치 않는 아이들을 모두 받아들이고 싶다고 말했다. 물론 시슈 브하반의 수용 능력에 한계가 있기 때문에 그것은 불가능한 일이었다. 그러나 많은 어린이들이 다른 가정에 입양되어 갔고 입양되는 어린이의 수가 날로 늘어나면서 이런 문제는 자연스럽게 해결되었다.

양자로 입양될 수 있는 나이가 지난 소년들은 '소년의 집'에서 학교 교육과 직업 훈련을 받게 하여 사회에 내보냈다. 이 문제를 해결하는 데도 사랑의 선교회를 도와 준 많은 후원자들이 있었다고 마더 테레사는 말했다.

"입양될 수 있는 인연을 갖지 못한 어린이들에게는 형제나 자매가 서로 헤어지지 않게 하면서 교육비를 원조해 줄 후원자를 찾아

주고 있습니다. 현재 인도나 해외의 후원자들에게서 교육비를 원조
받고 있는 어린이들은 수천 명에 이르고 있습니다."

사랑의 선교회 자매들의 사랑과 정성 속에서 어린이들은 비교
적 구김살 없이 잘 자라났다. 대학에 진학한 사람도 많았다. 진학
하지 못한 여자들은 대개 결혼했는데, 결혼이 결정된 신부에게는
많지는 않지만 지참금을 준비해 주었다. 신부가 지참금을 준비하
는 것은 인도의 오랜 관습이었기 때문이다. 지참금이 없으면 결혼
하기가 어렵다는 것을 마더 테레사는 잘 알고 있었다. 사랑의 선교
회에서는 이 밖에도 2~3벌의 사리와 생활도구, 가구, 그리고 신부
이름으로 된 조그만 예금통장도 마련해 주었다.
　'시슈 브하반'에서 자라 행복한 결혼 생활을 하고 있는 여성은
많다. 콜카타에 사는 여성들은 친정인 마더 하우스를 자주 찾아왔
다. 특히 축일이 되면 마더 하우스는 활기에 넘쳤고 마더 테레사는
찾아오는 딸들을 반갑게 맞아들이고 축복해 주었다.

"낙태는 친어머니에 의한 살인"

원치 않는 아기가 있으면 언제라도 보내 달라고 마더 테레사는 병
원에 편지를 써 보냈지만 임신 중절은 줄어들지 않았다. 낙태를 반
대하고 혐오하는 마더 테레사의 생각은 흔들림이 없었다. 마더 테
레사는 낙태를 반대하는 가톨릭교회의 입장을 전폭적으로 지지했

다. 이 문제에 대한 마더 테레사의 대답은 조금도 변함이 없었다. 생리주기를 이용한 '자연적인 가족 계획'을 실천함으로써 서로 '사랑과 존경' 속에서 어린 생명이 죽어 가는 것을 막아야 한다는 것이다.

"교회는 자연스러운 가족 계획을 인정하지요. 평화롭고 폭력이 없으니까요."

"어떤 형태로든 죽이는 것은 악입니다. 많은 사람들이, 특히 가난한 사람들이 교회가 가족 계획을 도와주는 것을 감사하고 있어요."

"낙태란 두말할 것도 없이 살인입니다. 그것도 친어머니에 의한 살인입니다. 그것은 악입니다. 낙태는 하느님의 위대한 창조물인 생명을 죽이는 것입니다. 아기는 살 권리가 있습니다."

"우리는 입양으로 낙태와 싸우고 있어요. 어린이 수천 명의 입양을 주선했습니다. 인도에서, 또 외국으로도…… 그 예쁜 아이들을……."

마더 테레사는 여러 강연에서 평화를 파괴하는 것은 전쟁만이 아니라 임신 중절도 분명히 그 하나라고 강조해 왔다. 그래서 낙태를 '소리 없는 전쟁'이라고 비판했다.

"사람들은 인도나 아프리카에서 영양실조나 기아로 죽어 가는 어린이들에 대해서는 높은 관심을 보입니다. 그러나 실제로 많은 아기가 어머니 자신에 의해 살해되고 있는 데 대해서는 별 관심을 갖지 않습니다. 어머니가 자기 자식을 죽이는 것을 인정한다면 사람이 무슨 짓인들 못하겠습니까? 어머니가 자기 아이를 죽이는데 타인들끼리 왜 서로 죽일 수 없겠습니까?"

"우리는 전쟁을 두려워합니다. 새로 등장한 에이즈를 무서워합니다. 그러나 죄 없는 어린 생명을 죽이는 것은 두려워하지 않습니다. 임신 중절이야말로 현대의 평화 파괴라고 나는 생각합니다."

마더 테레사는 미처 태어나지 않은 아기는 '가난한 이들 가운데서도 가장 가난한 이'라고 주장했다.

"태아는 가장 가난한 이들입니다. 버림받고 죽임을 당하니까요. 어느 아기나, 비록 태어나지 않은 아기일지라도 모두 위대한 창조물입니다. 사랑받고 사랑하기 위해 창조되었습니다. 그러니 우리는 온 힘을 다해 아기를 구해야 합니다."

마더 테레사에게 태아는 곧 그리스도였다.

"아기 하나만 죽여도 그리스도를 죽이는 것입니다. 그 아기는 바로 그리스도의 형제 가운데 가장 보잘것없는 사람이기 때문이지요. 그 아기를 받아들인다면 바로 그리스도를 받아들이는 것입니다. 낙태를 하면 그때마다 예수님을 거부하는 것입니다. 그분을 원치 않는 것입니다."

국제 입양의 아름다운 이야기들

어쩔 수 없는 사정 때문에 키우고 싶어도 키울 수 없는 아기, 스스로 키우기를 원치 않는 아기, 쓰레기 상자에 버려진 아기, 사랑의 선교회 현관 앞에 놓인 아기, 교회의 제단 아래 두고 간 아기 등 사랑의 선교회에는 끊임없이 어린 아기와 고아들이 들어왔다. 경찰이 많이 데려오기도 했지만 미혼모, 병원 등 아기를 맡기는 사람은 다양했다. 어린 아기 가운데는 정도가 심한 신체장애나 정신장애도 적지 않았다.

사랑의 선교회의 제한된 시설과 인력을 가지고 그 많은 아이들을 어떻게 다 수용하여 돌볼 수 있을까?

"기적이 일어나고 있습니다. 매일 한두 가정이 찾아와서 입양 신청을 합니다. 그중에는 높은 카스트의 힌두교도도 있습니다. 힌두교도의 율법에 의하면 양자라 할지라도 재산 상속을 받을 수 있는 법률적인 권리를 인정받고 있습니다."

입양을 원하는 사람들의 생각도 많이 달라졌다. 지난날엔 입양이라면 남자아이만을 대상으로 했고, 특히 피부색이 밝고 코가 잘

생긴 남자아이들을 좋아했다고 한다. 그러나 이제는 큰 변화가 일어나고 있다고 한 수녀는 이렇게 말했다.

"그러나 지금은 달라졌습니다. 눈으로만 판단하지 않고 데려가는 사람도 많아졌습니다. 여자아이를 원하는 사람들도 늘어났고요. 몇 년 전만 해도 입양을 비밀로 하고 싶어 어머니가 일부러 병원에 입원하면 우리가 몰래 아기를 데려다 주고 친히 낳은 아기처럼 세상에 보이게 했습니다. 그러나 지금은 공개적으로 많이 입양해 갑니다."

남자아이를 좋아하는 경향은 인도에서 역사가 오래된 풍습이었다. 전통적인 힌두교 사회에서는 여자는 출가하면 '다른 사람의 재산'이 되어 버리는 것으로 생각했다. 그러나 점차 중산층 가정에서 여자아이를 입양하는 사람들이 늘어났으며, 특히 신체장애아를 적극적으로 받아들이는 사람도 다수 생겨났다.

사랑의 선교회의 해외 입양도 훌륭한 성공을 거두었다. 해외 입양을 '어린이 매매'로 보는 신문, 잡지들의 비판적인 기사와 여론에 휩쓸려 사랑의 선교회도 한때 시련을 당했지만, 마더 테레사의 사랑의 정신과 그 순수성, 그리고 입양의 훌륭한 결과들은 사랑의 선교회에서 입양하는 데 의문을 가질 수 없게 만들었다. 유럽 여러 나라의 가정이 신체장애아들을 기꺼이 받아들인 놀라운 일에 대해 사랑의 선교회의 한 수녀는 이렇게 말했다.

"프랑스 인, 스위스 인, 캐나다 인들은 편견이 적습니다. 그들은 소아마비나 사라세미아 병(지중해성 빈혈)에 걸린 아이, 또는 심한 신체장애가 있는 아이를 기꺼이 받아들입니다. 잘생긴 아이, 못생긴 아이를 기준으로 선택하지 않습니다. 그들은 자신이 낳은 아이들이 있는데도 신체장애아를 받아들입니다."

스위스에 살고 있는 루더스 올리버 씨. 38살인 그는 컴퓨터 회사에 다니고 있고, 그의 아내 마르그리트는 직장을 그만두고 가정을 돌보고 있다. 햇빛이 잘 들어오는 작은 집, 장난감이 가득한 방에서는 아이들이 놀고 있다. 올리버 씨 부부는 자신들이 낳은 아이가 있는데도 왜 또 입양한 것일까? 마르그리트는 이렇게 말했다.

"사람은 평등하다고 하는데도 세계엔 가난한 사람들이 많이 있습니다. 불공평하지 않아요? 자기가 낳은 아이만을 기르는 것은 이기주의라고 생각했어요."

올리버 씨 부부가 처음 입양한 아이는 유고슬라비아 태생의 여자아이였다. 2년 뒤에는 인도 아이인 다도우를 데려왔다. 당시의 다도우는 4~5살. 인도 중부 소도시의 거리에 버려진 것을 사랑의 선교회 수녀들이 데려다 기르고 있었다. 이 아이는 두 팔과 다리가 모두 소아마비에 걸려 있었는데, '어린이들의 집'이 작성한 치료 보고서에는 "이 아이는 걷지 못하게 될 것"이라고 적혀 있었다. 올리버 씨 부부는 이 아이를 입양하기로 결심했다. 다도우는 입양된 뒤 곧 수술을 받았는데, 그 빠른 회복 속도에 의사들도 놀랐다.

의사들은 휠체어가 필요할 것이라고 말했지만 지팡이만 있으면 혼자서도 걸을 수 있을 것으로 본다고 했다. "그 아이는 머리가 좋은 아이입니다. 프랑스 어를 두 달 동안에 깨우쳤다면 믿으시겠어요?"라고 마르그리트는 말했다.

하지만 올리버 씨 부부는 두 아이의 입양만으로는 만족할 수 없었다. 그래서 가벼운 소아마비에 걸린 3살의 남자아이 알렉시스를 입양했고, 중증의 사라세미아 병에 걸린 1살박이 카밀을 양녀로 받아들였다. 의사들은 카밀이 일 년밖에는 살 수 없을 것이라는 선고를 내렸었는데, 5살의 카밀은 병이 거의 다 나아 아름다운 어린이로 성장해 있었다. 의사들은 카밀의 성장이 어머니로부터 받은 유전병의 한계를 뛰어넘은 것 같다고 설명했다. 그들의 가정은 완벽해 보였다. 종교를 갖고 있느냐는 질문에 부부 모두가 종교를 갖고 있지 않으며 교회에도 나가지 않는다고 했다.

인도에서 입양한 경우에는 마더 테레사의 사랑의 선교회로부터 온 아이들이 많다. 스위스의 로잔에 살고 있는 한 중년 부부는 양자를 맞아들이기로 결심을 굳혔을 때 갑자기 딸 둘을 낳게 되었다. 하지만 입양하려던 결심을 실행에 옮겨 사랑의 선교회에서 아이를 데려왔다. 그들이 입양한 아이는 남자아이로 3주마다 한 번 수혈을 받지 않으면 반 년밖에 살 수 없는 상태에 있었다. 이 아이는 태어나면서부터 난치병인 사라세미아 병을 앓고 있었다. 혈액 속에 있는 철분이 줄어드는 것을 막기 위해서는 정기적인 수혈과 치료약의 투여가 필요했다.

인도의 의사들은 아이에게 너무 애정을 쏟지 않는 것이 좋겠다고 일러 주었다. 이 아이가 언제까지 살아 있을지 몰라서 마음의 상처를 덜 받게 하기 위해서였다. 그런 경고를 받은 지가 벌써 여러 해 전이지만 이 아이가 다른 아이들처럼 살아갈 수 있을 것이라는 희망을 그 부부는 갖고 있었다.

아이를 입양하여 가족이 희생을 치른 경우도 있었다. 운전기사인 아이의 아버지는 그런대로 생계를 꾸려 가고 있었으나 자식의 치료비를 감당하기 어려웠다.

"은행예금도 다 없어져 버렸습니다. 그래서 차를 팔아 버릴 수밖에요. 달리 방법이 없었습니다. 아이의 생명이 무엇보다도 중요했으니까요. 아내에게도 나에게도 아이들의 존재는 무엇과도 바꿀 수 없이 중요합니다."

제네바 근처에 살고 있는 보르슈트라트 씨는 장애아 전문가. 이 부부는 3명의 친자녀가 있었으나 방을 2~3개 더 만들 공간의 여유가 있었다. 그래서 아이들을 입양하기로 결심했다.

이 부부는 처음엔 사비타라는 심리적 장애를 지닌 여자아이를 입양했다. 그리고 그 뒤 마야라는 7살 난 여자아이를 또 데려왔다. 마야는 네팔에서 태어났으나 부랑아로 콜카타 거리를 방황하는 것을 사랑의 선교회의 수녀들이 데려다 기르고 있었다.

그 뒤 이 부부는 거의 앞을 볼 수 없게 된 아이와 사리도마이드 기형아(임신 중 수면제를 복용하여 낳은 기형아)를 또 입양했다. 그리하여 이젠 방의 여유가 없다고 생각하고 있었는데 프렘 쿠마리라는 소녀 이야기를 듣고는 마음을 바꾸었다. 아름다운 소녀 프렘 쿠마리는 인도 동북부의 산 속에서 발견되었다. 두 손과 두 발이 없었다. 이 소녀는 숨기지 않으면 안 될 어떤 사고로 수족을 절단할 수밖에 없었다고 한다. 보르슈트라트 씨가 이 아이의 이야기를 들었을 때 프렘 쿠마리의 나이는 10살이었다. 입양하기엔 이미 나이가 너무 많았지만 이 부부는 자신들이 맡아 기르는 수밖에 없다고 확신했다. "마치 하느님의 계시처럼 생각되었습니다. 이 아이의 이야기를 들었을 때 곧 맞아들여야겠다고 생각했습니다."

마더 테레사는 또 라니라는 아이의 이야기도 들려주었다. 여자아이인 라니는 제네바 근처의 마초우드 가에 입양되었다. 마초우 씨는 라니 외에 이미 6명의 아이를 입양하고 있었다. 처음엔 전쟁 고아인 소년 2명과 어머니가 다른 형제 등 4명의 남자아이를 입양했으나 그 후 여자아이도 데려왔다. 6살 먹은 기타는 피부가 검은 여자아이로 누구도 데려가고 싶어 하지 않을 만큼 낯가림이 심한 아이였다. 3살 난 빈도우는 델리의 길가에서 주워 온 아이로, 귀가 들리지 않아 말도 할 줄 몰랐다.

"빈도우가 우리 집에 왔을 때는 상태가 아주 좋지 않았습니다. 배가 고파도, 추워도, 무엇을 원하는 것이 있어도 표현할 줄을 몰랐습니다. 옷을 입히거나 음식을 먹이는 데 몇 시간이나 걸렸습니다. 그때부터 지금까지 먼 길을 걸어오고 있습니다."

소년들도 수화를 배워 빈도우에게 어머니의 말을 전하고 있었다. 이들의 방에서는 때때로 밝은 웃음소리가 들려왔다. 마초우드 가의 태양은 갓난아기 때 인도의 다르질링에서 주워 온 여자아이 라니였다. 듣지 못하는 라니는 4살 때 입양되었는데, 10살이 되었 는데도 키가 잘 자라지 않아 6살 이상으로는 보이지 않았다. 의사 는 이 아이의 키가 1미터를 넘지 못할 것이라고 말했다. 하지만 그 래도 좋았다. 지금 라니는 사랑이 가득한 가정의 일원으로 즐겁게 살아가고 있기 때문이다. 이 아이의 웃음소리가 방에서 들려올 때 마다 이 가정의 모두에게 라니가 얼마나 소중한 존재인지를 알 수 있었다.

한때 마더 테레사는 입양되는 아이를 직접 데려다 주기 위해 동 행한 시기가 있었다. 그러나 여행 비용이 점점 많아지자 마더 테레 사는 자신과 수녀들에게 무료 탑승권을 줄 수는 없겠느냐고 인도 정부와 항공회사에 편지를 보냈다.

마더 테레사는 이 편지에서 "내가 탑승할 때에는 여승무원 일을 하겠다"고 제안했다. 그랬더니 회답이 왔는데, 우선 에어 인디아 (국제선)에서 무료 탑승권 하나를, 인디언 에어라인(국내선)에서 둘 을, 그리고 알리탈리아와 팬암PANAM, 에티오피아 항공회사가 각 각 하나씩을 보내왔다고 마더 테레사는 밝혔다.

9. 사랑의 선교회를 돕는 사람들

· · · · · · ·
정성 어린 기부금

마더 테레사와 사랑의 선교회의 활동이 점점 세상에 알려지면서
각계각층의 뜻있는 사람들이 헌금을 통해 이 일에 참여했다. 그들
은 마더 테레사에 대한 전폭적인 신뢰와 존경 속에서 그를 돕는 것
이 이 세상의 선한 일에 참여하는 것이며 사랑을 실천하는 것이라
고 믿었다.

  사랑의 선교회에 보내온 기부금 가운데는 아름다운 사연을 가
진 것들이 많았는데, 그 가운데서도 마더 테레사가 전한 다음과 같
은 이야기는 아주 특별하다.

  "어떠한 희생이든 그것이 사랑에서 나온 것이라면 가치 있는 것

입니다. 나는 이 사랑을 사람들 안에서 매일 봅니다. 언젠가 거리를 걷고 있는데 거지 한 사람이 찾아와서 말했습니다. '마더 테레사, 사람들은 당신에게 무언가를 드리고 있습니다. 나도 무언가 드리고 싶습니다. 오늘 하루 종일 29페이즈밖에 벌지 못했는데, 그것을 드리고 싶습니다.' 나는 잠시 생각했습니다. 내가 그것을 받는다면 오늘 저녁 이 사람은 먹을 것이 없을 것이다. 그렇다고 받지 않으면 상처를 받을 것이다. 그래서 나는 손을 내밀어 돈을 받았습니다. 나는 그 사람의 얼굴이 기쁨으로 빛나는 것을 보았습니다. 그렇게 환하게 웃는 모습을 좀처럼 보지 못했습니다. 거지 역시 무언가를 줄 수 있어 기뻤던 것입니다. 햇볕이 쨍쨍 내리쬐는 길가에 하루 종일 앉아 29페이즈밖에 벌지 못하다니! 그걸 주었다는 것은 엄청난 희생입니다. 29페이즈라는 돈은 매우 적은 액수였고 그것으로는 거의 아무것도 살 수 없었지만, 그는 그것을 포기했고, 나는 받았습니다. 그는 그것을 엄청난 사랑과 함께 주었기 때문에 수천 페이즈나 다름없었습니다.

또 어느 날 미국의 한 어린이에게서 편지를 받았습니다. 큰 글씨만 보고도 어리다는 것을 알 수 있었는데, 거기에는 '마더 테레사, 나는 당신을 매우 사랑합니다. 내 용돈을 보내 드립니다'라는 내용과 함께 3달러짜리 수표가 들어 있었습니다.

그리고 런던의 킬번의 집에서 있었던 일인데, 어느 날 어떤 소녀가 문을 두드리더니 동전이 가득 든 가방을 내밀면서, '가난한 사람들에게 주세요'라고 말하더라는 것입니다. 마더 테레사를 위해서, 또는 사랑의 선교회를 위해서라고 말한 것이 아닙니다. 그 소녀는 길 건너편에 살고 있었는데, 그 '집'에 살고 있는 사람들을 본 것입니다. 그저 본 것뿐인데……. 다른 사람들도 그럴 것입니다. 그들은 무언가를 보고 좋다는 것을 알면 거기에 이끌립니다.

최근 한 젊은 남녀가 결혼했습니다. 결혼식은 힌두식이 아니었기 때문에 간소했습니다. 신부는 단순한 사리를 입고 양가의 부모님들에게만 선물을 보냈습니다. 그리고 결혼식에 들었을 비용을 모두 우리에게 주었습니다. 자신들의 사랑을 가난한 사람들과 함께 나눈 것입니다. 이런 일은 매일 일어나고 있습니다. 우리는 자발적으로 가난해짐으로써, 좀 더 깊이, 좀 더 아름답게, 좀 더 온 마음으로 사랑할 수 있게 됩니다."

"사명을 주실 때는 수단도 함께 주십니다"

마더 테레사는 하느님에 대한 전폭적인 신뢰 속에서 모든 것이 잘 되리라는 낙관을 갖고 일해 왔다. "하느님을 위해 일하기 때문에 그분께서 우리를 보살펴 주신다"고 믿었다. "그분께서는 어떤 사명을 맡기실 때는 그 일을 할 수 있는 수단도 함께 주십니다. 그 수단이 주어지지 않으면 그분께서 원하시지 않는다고 생각하면 됩니다"라고 마더 테레사는 말했다. 사랑의 선교회는 단 5루피로 시작하지 않았는가? 마더 테레사는 이렇게 말했다.

"나는 내가 하는 일이 하나의 사업이 아니고 사랑의 활동이기를 원합니다. 하느님께서는 결코 우리를 못 본 체하시지 않으리라는 확신을 가져 주시기 바랍니다. 하느님의 말씀대로 믿고 우선 하느님의 왕국을 만들도록 해 보십시오. 그러면 그 밖의 모든 것은 그 위에 채워질 것입니다. 기쁨과 평화와 화합은 돈보다 더 중요한 것입니다. 만약 내가 무슨 일을 하기를 바라시면 그분은 나에게 돈을 주십니다……. 돈, 나는 그것에 대해 걱정하지 않습니다. 주님께서 그것을 보내 주십니다. 우리는 주님의 일을 하고 있습니다. 주님은 그 수단을 마련해 주십니다.

그분이 우리에게 수단을 마련해 주시지 않으면 그것은 그분이 그일을 원하시지 않는다는 것을 뜻하는 것이지요. 그러니 우리가 왜 걱정하겠습니까?"

마더 테레사는 많은 가난한 사람들을 만나 왔지만 줄 것이 없다는 이유로 그냥 돌려보낸 일은 없다면서 이렇게 말했다.

"우리는 결코 미래의 일에 몰두해서는 안 됩니다. 그렇게 할 이유가 없습니다. 우리는 단 하루도 누구를 거절한 적이 없었고 식량이 떨어진 적이 없습니다. 우리는 월급도 안 받고 수입도 없고 아무 가진 것이 없어도 양식은 항상 거기에 있습니다. 우리는 자유롭게 받고 자유롭게 줍니다. 이것은 너무나도 아름다운 하느님의 선물이었습니다."

마더 테레사는 사랑의 선교회에 보내온 기부금이 어떤 희생과

정성으로 보내진 것인지를 잘 알고 있었다. 어느 날, 한 젊은 벵골인이 처음 받은 급료 600루피를 들고 찾아온 적도 있었다. 마더 테레사에게 가져다 드리라고 조언한 사람은 그의 어머니였다고 한다. 그것은 오랜 노고 끝에 얻은 것으로, 중산층의 가정에서 한 달의 급료가 얼마나 중요하며 큰 돈인지도 잘 알고 있었다. 깊은 감동을 느낀 마더 테레사는 그 청년의 머리에 손을 얹고 축복해 주었다.

마더 테레사는 이렇게 말했다. "우리에게 보내준 돈은 사업(비즈니스)을 위한 것이 아닙니다. 하느님께 바쳐진 것입니다. 돈을 기부해 주신 분들은 많은 것을 희생하여 보내 주셨습니다. 그들은 돈을 아끼느라 옷도 값싼 옷을 입고, 음식 값을 절약하여 그것을 보내 주십니다." 그러기에 사랑의 선교회는 절약정신을 철저하게 실천하면서 살아 왔다. 방 안의 전등도 밝은 조명은 사용하지 않는다.

기부금은 약품을 구입하는 데에, 그리고 밀가루, 우유 등의 식료품을 조달하는 데 많이 사용되었다. 기부금이 아주 많은 금액일 때도 있었다. 어느 한 사람이 낸 기부금의 규모가 3백만 스위스 프랑(한화 약 18억 7천500만 원)에 달한 경우도 있었다. 유럽의 한 대규모 슈퍼마켓 체인 회사는 회사의 방침으로 점포 전체 이익의 1%를 해마다 자선기금으로 기부하고 싶다고 제안해 온 일도 있다. 마더 테레사는 이 제안을 받아들였다.

마더 테레사가 노벨 평화상을 받기 전에는 그 이름도 활동도 세상에 그리 널리 알려지지 않았다. 그러나 그때에는 '하느님의 기적'이 자주 일어났다고 한다. 마더 테레사는 델리 시의 '시슈 브하반(어린이들의 집)'에서 있었던 일을 이야기해 주었다. 어느 날, 이 어린이들의 집에 먹을 것이 거의 떨어져 버렸다. 가장 값싼 콩마저도 살 돈이 없었으므로 아주 조금밖에 없는 쌀과 소금만으로 견디는 수밖에 없었다. 그런데 바로 그때 인디라 간디 인도 수상의 집에서 차를 보내 주었다. 간디 수상 장남의 부인인 소니 여사가 신선한 야채와 식료품을 가득 싣고 찾아와 주었던 것이다. "그날은 어린이들도 수녀들도 실컷 먹을 수 있었다"고 마더 테레사는 말했다.

마더 테레사는 사랑의 실천이라는 본래의 목적을 잊지 않기 위해 모금하는 일에 마음을 빼앗기지 않으려고 했다. "하느님께서 알아서 보살펴 주시니 간섭해서는 안 된다"는 것이다. 그래서 특별한 경우를 제외하고는 기금을 설정하는 일도, 모금 활동도 하지 않았다.

자원봉사자들의 도움

곳곳에서 보내준 기부금이나 성금이 사랑의 선교회의 활동을 유지시키고 발전시키는 데 토대가 되었듯이 스스로 자원하여 이곳의 봉사 활동에 참여한 수많은 사람들의 노고 또한 선교회가 발전하는 데에 크게 이바지했다. 이들 자원봉사자의 인적人的인 도움이 없었던들 선교회 수녀들의 인력만으로는 그 많은 일을 감당해 낼 수 없었을 것이다.

사랑의 선교회는 단기간의 자원봉사자, 즉 2~3주 또는 2~3개월 동안 스스로 와서 일하는 자원봉사자들을 '컴 앤 시즈Come and Sees' 라고 불렀다. 즉 와서 보고 체험한다는 뜻이다. 그러므로 그들은 수도회에 소속될 필요도 서원을 해야 할 의무도 없다. 사랑의 선교회는 자원봉사자들이 오면 우선 이렇게 일러 주었다.

"여러분은 불구자, 병자, 죽어 가는 사람들 안에 계신 예수님을 위해 일하러 왔습니다. 우리는 도구에 지나지 않고 일하시는 분은 우리를 통해 일하시는 그리스도라는 사실을 잊지 마십시오. 중요한 것은 얼마나 많은 일을 하느냐 하는 것이 아니라 얼마나 많은 사랑으로 하느냐 하는 것입니다."

이들은 대체로 아픈 사람들이나 죽음을 맞고 있는 사람들, 그리고 어린이들을 위해 힘든 일을 맡았다. 선교회의 한 수녀는 자원봉사자들을 두고 다음과 같이 말했다.

"그들은 아낌없이 내어 주는 아름다운 사람들입니다. 예수님을 가까이에서 느끼고 가난한 사람들과 사랑을 나누기 위해 큰 희생을 치른 사람들이 많습니다. 그러나 이러한 희생을 통해 그리스도에 대한 개인적인 사랑이 깊어진 사람도 있습니다."

자원봉사자들은 그곳의 수녀들이 "우리는 자원봉사자들이 없으면 일을 할 수 없습니다. 그들은 우리에게 아주 큰 도움이 됩니다"라고 말할 만큼 사랑의 선교회에 크게 기여해 왔다. 그러나 그들은 자신들이 준 도움 못지않게 그 자신들도 많은 도움을 받았다. 그들은 그곳에서 일하는 동안 자신의 삶에 큰 변화가 일어나는 것을 느졌다. 불결한 모습을 보더라도 충격받지 않게 되었고, 자신도 가난한 사람을 위해 실제로 도움을 줄 수 있다는 것을 깨닫게 되었다. 한 사람에게 해 주었던 일을 다른 사람들에게 할 수 있다는 것을, 집으로 돌아와 이웃의 불행한 사람들에게 자신도 사랑을 줄 수 있다는 것을 깨달았다. 그들은 이곳에서의 영적인 체험을 통해 자신의 신앙이 새로워지는 것을 체험했다. 신앙을 가지고 사랑한다는 것이 무엇인지 알게 되었다. 한 봉사자는 이렇게 말했다.

"나는 체험을 통해 수녀님들이 얼마나 훌륭한지 알게 되었습니다. 그분들은 스스로에 대해서는 생각하지 않습니다. 그분들은 정말로 하느님의 손에 있었고 그런 모습은 아름다웠습니다. 그렇게 완전히 바쳐진 모습은 정말 보기 드물었습니다. 그것은 오래도록 나에게 영향을 미쳤습니다. 복음서에서 말하듯이 나는 내가 준 것보다도 더 많은 것을 받았습니다."

자원봉사자들은 이제까지 겪어 보지 못한 특별한 체험을 하게 되었다. 이기주의가 충만한 세계에, 타인의 희생 위에 자신의 행복을 세우려는 악한 세상에 자기를 버리고 남을 위해 사는 사람들이 있다는 것을 직접 볼 수 있었다. 그들은 대부분의 세상 사람들이 살아가는 것과는 반대로 살아가는 사람들이 있는 것을 보았다. 세상 사람들이 가치 있다고 생각하는 것들이 가치가 없으며, 무가치하다고 보았던 것들이 높은 가치로 빛을 발하는 것을 보았다. 이 지상地上에서도 현실적인 것과 초월적인 것이 함께 공존하며 조화

스코페의 초등학교 시절 크리스마스 이브에 연극을 마치고 친구들과
함께 사진을 찍은 아녜스 곤히야(화살표).

스코페에서 두 친구와 함께.

친구들과 함께 네레지미아에 여행 가서 언니(파라솔을 든 사람)와 함께(뒷줄 맨 오른쪽).

프란시스 마이클 수녀와 함께 소풍 간 테레사 수녀(오른쪽).

다르질링 근교로 소풍 가서. 뒤에 히말라야 산맥의 웅장하고 아름다운 모습이 보인다.

로레토 학교의 강당(위)과 쉬는 시간의 학생들 모습(아래).

엔탈리에 있는 로레토 수도원의 정문(위)과 내부 모습(아래).

'죽어 가는 사람들의 집(니르말 흐리다이)'.

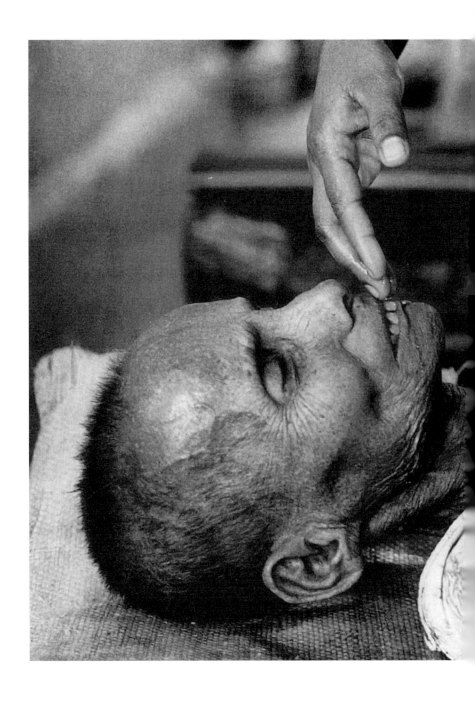

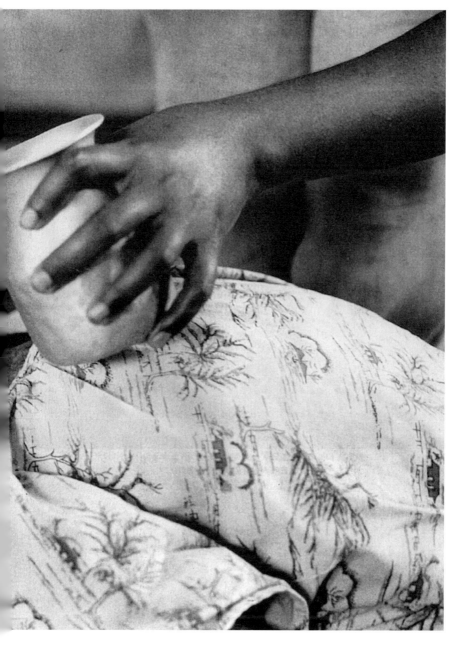

'죽어 가는 사람들의 집'에서 보살핌을 받고 있는 환자.

잡은 손에 사람의 감촉이 전달된다.

어린 동생을 보살피고 있는 어린이. 가난해도 먹을 것이 있으면 동생과 함께 웃을 수 있다.

어린이들을 돌보는 일은 '가난한 사람들 가운데 가장 가난한 사람'을 사랑하는 마더 테레사의 활동의 중심이었다.

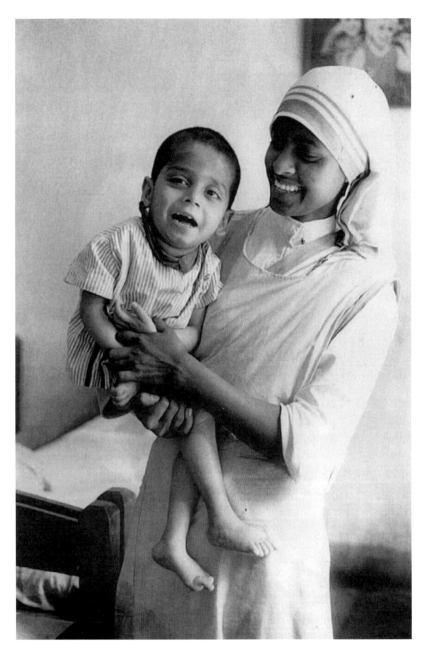

프렘 단에서 장애아를 안고 있는 수녀.

사랑의 손을 잡고 삶의 계단을 오르고 또 올라('어린이들의 집').

사랑의 선물(프렘 단).

진지한 표정으로 석판에 글씨를 쓰고 있는 어린이.

배식을 기다리는 어린이들.

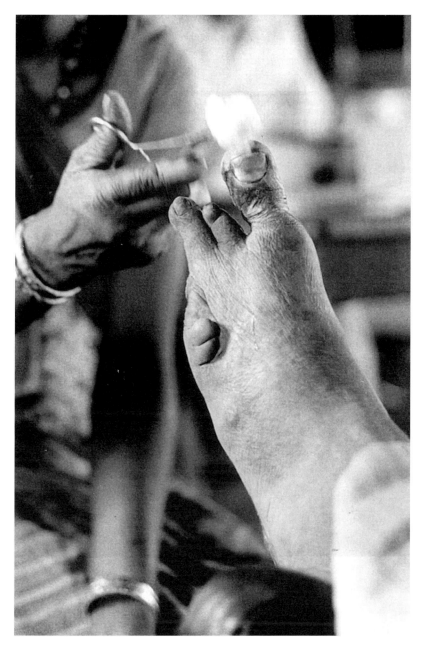

나병 환자의 발을 치료해 주고 있다(티타가르 나병치료센터).

질병, 실업, 기아…… 슬럼에서의 활동은 그래서 슬프고 고통스럽다.

아침기도 시간의 모습.

마더 하우스는 오전 5시 아침기도로 하루가 시작된다.

교황 요한 바오로 2세(오른쪽)와 함께.

인도 대통령(왼쪽)으로부터 인도 최고의 상인 '바라트 라트나(인도의 보석)' 상을 받고 있는 마더 테레사.

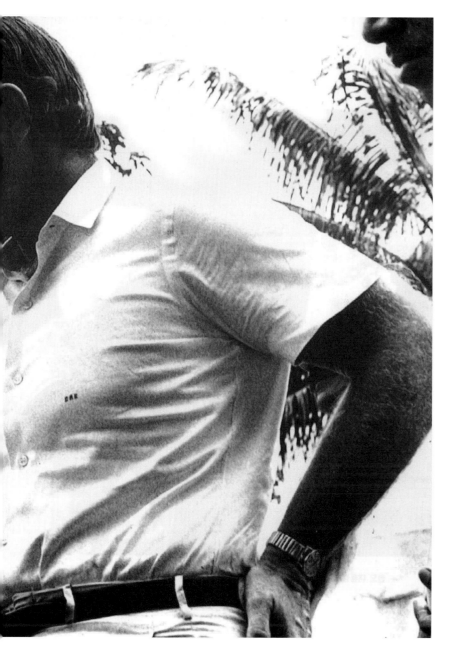

방글라데시의 난민수용소를 방문했을 때 에드워드 케네디 미국 상원의원(오른쪽)과 함께.

미국 백악관을 방문했을 때 레이건 전 미국 대통령 부부와 함께.

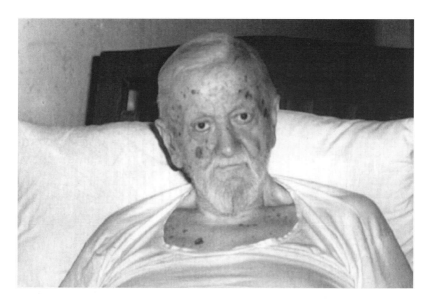

반 엑셈 신부.

마더 테레사가 1981년 서울 김포공항에 도착, 김수환 추기경과 함께 환영 인파의 인사에 답례하고 있다.

지스카르 데스탱 전 프랑스 대통령(오른쪽)과 함께.

마더 테레사의 후계자가 된 니르말라 총장 수녀.

마더 테레사의 후계자인 니르말라 총장 수녀(앞줄 오른쪽에서 두 번째, 안경을 쓴 사람)를 비롯한 사랑의 선교회의 수녀들이 마더 테레사의 시신 둘레에 모여 경의를 표하고 있다.

가족과 조국을 버리고 반세기 동안 인도와 세계 곳곳을 다니며 사랑을 실천한 마더 테레사의 발과 샌들.

God is Love
and He loves you
Love others as
He loves you.
and through this love
bring Peace in the
World.
God bless you
M Teresa m

마더 테레사의 친필 글씨.

와 일치를 이룰 수 있다는 것을 알게 되었다. 그들은 이 지상에서 천상의 세계를 사는 사람들이 있는 것을 보았다.

자기를 버림으로써 참된 '자아'가 어떻게 나타나며, 어떻게 더 '높은 자아'가 실현되는지도 보았다. 그들은 사람을 '사랑한다'는 것이 무엇이며, 그것이 얼마나 위대한 힘을 발휘하는지, '성스럽다'는 것이 무엇인지, 성인이 누구인지를 알게 되었다. 자원봉사자들은 이러한 체험을 통해 적지 않은 사람들이 사랑의 선교회의 수녀가 되거나 수사가 되었다.

10. 평화의 마을, 샨티 나가르

추방당한 사람, 나환자

칼은 인도의 어느 나병 환자의 별명이다. 그의 나이는 약 70세. 그의 몸은 머리와 몸통밖에 없는 사람처럼 심하게 변형變形되어 있다. 다리의 끝부분은 겨우 조금 남아 있을 뿐이다. 몸통과 큰 머리를 가진 어린아이처럼 보인다. 지극히 불행한 인생임에도 불구하고 칼은 언제나 밝다. 하지만 참으로 오랫동안 그의 인생은 고통과 굴욕의 연속이었다.

칼은 인도 남부의 어느 유복한 농가의 4형제 중 한 사람으로 태어났다. 등에 반점이 나타난 것을 안 것은 젊은 시절의 어느 날이었다. 의사에게 진찰을 받았더니 나병이라고 했다.

칼은 자신의 귀를 의심했다. 그리고 공포에 휩싸였다. 그는 어느 사원으로 뛰어가 비슈누 신에게 매달렸다. 신이여, 전생에 무슨 죄를 지었기에 이런 가혹한 벌을 내리시느냐고 비탄에 몸을 떨면서 엎드려 빌었다.

그가 믿는 신은 예언자의 모습으로 나타나 그에게 특별한 약을 사서 먹으면 몇 주일 동안에 치료될 것이라고 일러 주었다. 그는 그 특별하다는 약도 사 먹고 점성술사를 찾아가 비약秘藥도 사서 먹었다. 마을 사람들이 자신의 병을 눈치 채지 못하도록 될 수 있는 한 먼 곳을 찾아다니며 좋다는 약을 알아보고 사서 먹었다. 친구들에게도, 형제들에게도 자신의 비밀을 밝힐 수는 없었다. 나병이라고 진단해 준 의사에게도 자기의 집안이 탄로날까 봐 두 번 다시 찾아가지 않았다.

그렇게 2년 동안 병을 감추고 살아 왔는데, 어느 날 마침내 오른쪽 손에 반점이 나타났다. 그는 다시 공포에 몸을 떨었다. 2~3년 전 한 마을 사람이 나병에 걸리자 마을의 장로들이 환자는 물론 그 가족까지도 마을에서 추방했던 사건이 떠올랐다. 만약 자신의 병이 알려진다면 그의 가족도 마을에서 살 수 없을 것이다. 그의 두 딸도 결혼조차 하지 못하고 부끄럽게 살아갈 수밖에 없을 것이다.

마침내 형제들이 알게 되어 그를 지하실에 격리시켰다. 그곳은 누구도 가지 않는 곳이므로 당분간은 병을 숨길 수 있을 것이라고 그들은 생각했다. 그의 형제들은 그를 마치 닭이나 개처럼 취급했다. 그를 침상에 앉혀 놓고 움직이지 못하도록 쇠사슬로 묶어 놓았다. 그리고 약간의 음식을 알루미늄 밥그릇에 담아 그 앞에 놓아 주는 것이었다.

칼은 고통과 굴욕을 더 이상 참을 수 없어 사슬을 끊고 도망쳤다. 그리고 다시는 돌아가지 않았다. 그는 병든 짐승처럼 버스 정류장, 철도역, 절 등을 돌아다니며 먹을 것을 빌었다. 두 번 경찰에 체포되어 나병 환자들을 수용하는 감옥에 갇힌 적도 있었다. 부정기적으로 치료를 받았기 때문에 병은 악화되기만 했다. 2~3년 후엔 손가락 신경이 마비되더니 헐기 시작하여 마침내 손을 잘라 내지 않으면 안 되었다. 손을 잘라 낸 곳은 어느 교도소의 병원에서였다.

그는 너무나도 비통하고 참담하여 죽을 것만 같았다. 그는 어느 날 델리 시를 향해 걷고 있었다. 그러다가 마침내 거기서 마더 테레사의 나병 환자의 집이 있다는 것을 알게 되었다. 그는 마더 테레사의 나환자 마을로 갔다. 그리고 그곳에서 살면서 친구도 얻어 옛날의 밝은 성격을 되찾게 되었다. 지난날엔 짐승처럼 살았지만 이제는 마음의 평화를 얻고 인간의 존엄을 되찾아 '사람'으로서 살아가게 되었다.

이동진료소의 시작

마더 테레사가 나병 환자들을 위해 무슨 일이든 하지 않으면 안 된다고 생각한 것은 1957년의 일이었다. 어느 날 나병 환자 5명이 사랑의 선교회의 '마더 하우스'를 찾아온 것이 그 계기가 되었다. 숨겨 왔던 병이 드러나자 직장에서 쫓겨나고 가족들에게도 거절당한 끝에 의지할 곳이 없어 찾아온 것이다. 그들은 마더 테레사에게 하나의 '상징'이었다. 나병 환자는 누구보다도 '가난한 사람들 가운데서도 가장 가난한 사람'이었기 때문이다.

마더 테레사는 우선 미국의 독지가가 기부한 헌금으로 이동진료차를 구입했다. 그리고 때마침 나병과 피부병의 권위자인 센Senn 박사가 마더 테레사를 돕겠다고 나선 것도 큰 축복이었다. 센 박사는 어느 큰 병원에서 정년퇴임한 이름 높은 의사였는데, 마더 테레사를 찾아와 자신의 경험과 능력을 살려 마더 테레사를 돕고 싶다고 말했던 것이다. 그는 보수 같은 것은 전혀 필요치 않다는 말도 덧붙였다. 그는 전부터 마더 테레사가 자신의 모든 것을 바쳐 불우한 사람들을 위해 일하는 데에 큰 감명을 받고 있었다.

차車와 전문의도 갖추어졌으므로 1957년 9월 최초의 이동진료차가 페리에 대주교의 축복 속에서 활동을 시작했다. 나병 환자들이 모여 사는 곳들을 순회하면서 진료를 시작했다. 치료는 물론 무료였다. 먹을 것이 없거나 영양실조에 걸린 사람들에게는 음식까지 나누어 주었다. 센 박사는 자신이 직접 환자들을 치료했을 뿐만 아니라 수녀들을 훈련시켜 나병 치료의 전문가로 만들어 갔다.

이동진료차는 매주 날짜를 정하여 같은 장소를 같은 시간에 찾아가 치료해 주었다. 환자들 기록을 반드시 보관하고 환자가 행방을 감추었을 때는 수녀들이 여러 곳을 추적하여 그들을 찾아내기도 했다. 이동진료차는 1주일에 1백 명 이상의 환자들을 진료했다. 그리고 이듬해인 1958년에는 순회진료소를 여덟 군데로 늘렸다.

콜카타에서 32km 떨어진 티타가르의 나환자들까지 이 이동진료소를 찾아왔다. 티타가르는 콜카타 교외의 공업지대인데, 나환자들이 이곳의 철도 주변에 허름한 집을 짓고 질병과 빈곤과 천대 속에서 살고 있었다.

마을 사람들이 그들을 추방하여 마지막으로 철도 주변의 습지로 내몰렸던 것이다. 마을 사람들도, 공무원도, 경찰도 감염을 두려워하여 이곳엔 접근하려 하지 않았다. 밀수를 하거나 밀주를 만드는 것도 나환자들 사이에서 일어나면 묵인해 주었다. 이 일대에서는 폭력 사건도 자주 일어났다.

그들을 치료해 주려는 사람도, 병원도 거의 없었다. 이러한 티타가르의 나환자들이 약을 구하러 콜카타에 왔다가 마더 테레사의 이동진료차 이야기를 듣게 되었고, 그래서 이 진료소를 찾아오게 되었던 것이다.

그러나 티타가르의 많은 환자들은 차를 탈 돈이 없어서 매주 와서 치료를 받을 수 없었다. 무임승차를 하다가 들켜서 도중에 내려야 하는 경우도 있었다. 감염은 신생아에게까지도 미쳤는데, 어머니가 아이를 데리고 콜카타에까지 오는 것은 더욱더 어려웠다. 그리하여 환자들은 마더 테레사에게 티타가르에도 진료소를 열어 달라고 간청했다.

티타가르 나환자 치료센터

마더 테레사는 티타가르를 방문하고는 이곳에 나환자 치료센터를 세우기로 결심했다. 나환자들을 구하려는 마더 테레사의 뜻은 외롭지만은 않았다. 나환자를 도와야 한다는 호소를 들은 많은 사람들이 관심을 갖게 되어 마리아회 같은 부인단체를 비롯해 여러 시민단체들이 모금 활동에 나섰다. 마더 테레사도 거리로 나가 모금에 나섰다. 구호는 "당신의 온정으로 나병 환자들을 만나 주십시오"였다.

그리고 아주 효과적인 상징을 사용했는데, 그것은 종소리를 울리는 것이었다. 이 종소리는 옛날부터 더러운 사람, 나병 환자의 상징이었다. 그것은 '배제排除'와 경계를 뜻했다. 아주 오랜 옛날부터 나환자들은 일반인들에게 자기들을 경계하고 피해 달라는 뜻으로 종소리를 울려야 할 의무가 있었다.

이 조그만 종소리가 이제 고통과 공감을 함께 나누는 사랑의 상징이 되었다. 이러한 구호와 상징은 이동진료차에도, 포스터에도 신문에도 널리 사용되었다.

반응은 아주 좋았다. 모금에 호응해 준 시민들의 뜻도 훌륭했지만 무엇보다도 놀라운 것은 나환자 자신들의 변화였다. 그들은 자신들이 '영원히 추방당한 자'가 될 수 없다는 것을 깨달았고, 자신들의 병을 치료하기 위해 스스로 무엇인가 하지 않으면 안 된다는 것을 알았다.

마더 테레사는 2~3개월 후 티타가르의 철도 옆 쓰레기장의 부지를 얻어 간단한 오두막집을 짓고 치료센터를 열었다. 그리고 2~3명의 수녀들이 이곳에 와서 여러 문제들을 처리해 나갔다. 해결해야 할 문제는 많았다. 환자들의 비위생적인 생활환경을 개선하고 뱀이 나오는 늪지를 사람이 사용할 수 있는 공간으로 바꾸어 놓아야 했다. 이곳엔 배수로나 하수도도 없었고, 안심하고 마실 물도 전기도 없었다. 몬순 계절에 내리는 큰 비에도 대비해야 했고, 겨울철의 바람을 막아 줄 지붕도 만들어야 했다.

그리고 현지 폭력단의 방해에 부딪히는 등 다른 난관도 넘어서야 했다. 돌을 던지는 사람들도 있었다. 지역 주민은 생활개선파와 반대파로 양분되어 험악한 분위기에 휩싸였다. 개선파는 벽돌을 만들어 2~3개월에 걸쳐 집을 지었다. 사랑의 선교회의 참뜻이 이해되기 시작하면서 일을 도우러 오는 사람도 늘어나 집이 완성되었을 때는 저항하는 사람이 없었다. 폭력단도 가 버리고 주민들 간의 악의도 사라졌다. 남성도 여성도 아이들도 모두 건설공사에 참여하여 늪지를 메우고 여기에 커다란 탱크를 만들었다.

이렇게 만들어진 나환자들의 공동체에 사랑의 선교회의 의사가 와서 본격적인 치료를 시작했다. 치료가 시작되자 진료를 받으러 오는 환자들이 늘어났다. 그리고 그 환자 자신들의 손으로 벽돌을 만들어 병동을 지었다. 남녀 병동을 따로 짓고 식당과 조그만 부속건물도 지었다. 그러고는 약 50대의 직조기를 들여와 공장을 만들고는 오그라든 손으로 침대 시트와 베개 커버 등을 짰다. 수녀들이 입을 사리도 짰다. 돼지도 닭도 기르고 양어장도 만들고 뜰을 가꾸었다. 그런 육체노동은 그들에게 자신감과 품위를 가져다주었다. 나환자들의 자활을 추진한 마더 테레사의 뜻이 성공을 거두어 이 공동체는 이윽고 자급자족할 수 있는 단계에까지 이르게 되었다.

티타가르의 이 나환자 공동체에는 '간디지 프렘 니바스'라는 이

가족과 사회로부터 버림받은 나병 환자. 노인의 웃음에는 안주할 곳을 찾은 안도감과 기쁨이 들어 있다(티타가르 나병치료센터).

름이 붙여졌다. '간디의 사랑의 집'이라는 뜻이다. 마하트마 간디
가 4백만 명에 이르는 인도의 나환자들에 대한 사회적인 차별과
맞서 싸운 사람이기 때문이다. 그래서 간디가 암살당한 1월 30일
(1948년)을 나환자의 날로 기념하고 있다. 사랑의 선교회는 간디가
아슈람에서 나환자를 돌보는 모습을 그린 포스터를 프렘 니바스
의 곳곳에 붙였다.

마더 테레사는 언젠가 "나병 환자는 없다. 나병이라는 질병이
있을 뿐이다. 그리고 그것은 치료될 수 있다"고 선언했는데, '간디
지 프렘 니바스'는 이런 선언에 담긴 마더 테레사의 정신과 실천이
이룩해 낸 하나의 '기적'이었다.

· · · · · · · · ·
'샨티 나가르'의 기적

그러나 마더 테레사는 나환자와 그 가족들이 치료도 받고 함께 일
하며 자활하는 더욱 큰 공동체를 꿈꾸고 있었다. 그리고 그 꿈은
기적처럼 이루어졌다. 콜카타에서 320km 떨어진 곳에 만들어진
'샨티 나가르Shanti Nagar(평화의 마을)'가 바로 그것이다.

샨티 나가르는 마더 테레사의 숭고한 정신을 살리기 위해 서벵
골 주정부가 1961년 비하르 주와의 경계에 있는 약 14만 평방미터
의 땅을 제공함으로써 본격 추진되었다. 형식상으로는 30년간의
대여에 상징적으로 1년에 1루피의 세금을 내는 조건이었지만, 사
실상 주정부가 영구히 기증한 것이나 다름없었다.

서벵골 주지사는 청렴결백한 정치가로서 마더 테레사를 비롯한 사랑의 선교회 수녀들의 요청에 대해 한번도 '노no'라고 대답한 적이 없었다. 왜냐하면 그들의 요청이 자기 자신들을 위한 것이 아니라 고통당하는 사람들을 구하기 위한 순수한 인도적 목적에서 나온 것이기 때문이다.

1961년 주정부로부터 땅을 기증받았을 때만 해도 이곳은 정글과 다름없는 미개척의 땅이었다. 토지는 마련되었으나 돈이 없었다. 그런데 그때 기적이 일어났다. 1964년 교황 바오로 6세가 국제성체대회에 참석하기 위해 뭄바이(옛 이름은 봄베이)를 방문하게 되었는데, 그때 미국의 인디애나 주에 있는 노트르담 대학교에서 최고급 승용차 중의 하나인 링컨 컨티넨털을 기증했다. 교황은 뭄바이에 체류할 때 이 흰색 리무진을 사용했다. 마더 테레사의 '죽어가는 사람들의 집'을 방문할 때에도 그는 이 리무진을 타고 왔다.

교황은 '사랑의 선교회'가 벌이고 있는 활동을 보고 깊은 감명을 받아 인도를 떠날 때 이 차를 마더 테레사에게 기증했다. 그러나 이 차는 마더 테레사에게 아무 쓸모가 없는 것이었다. 그래서 차를 최대한 비싸게 팔아(복권을 붙여 팔았다) 46만 루피(한화 약 1억 580만 원)를 마련할 수 있었고, 이 돈을 즉시 '샨티 나가르(평화의 마을)'의 치료센터를 짓는 데 투입했다. 이 병원을 짓는 데는 독일의 어린이들까지 기부금을 보내왔다.

2년에 걸쳐 주요 건물이 지어졌다. 1968년에는 쾌활한 성격의 프란치스코 사비에르 수녀가 이 미개의 땅에 오게 되어 새로운 전기를 맞게 되었다. 마더 테레사와 같이 유고슬라비아 출신인 이 수녀는 개척자, 선구자 정신이 가득 찬 사람이었다. 유능하고 젊은 몇 사람의 수녀들과 함께 이 수녀는 어려운 일들을 척척 처리해 나갔다. 가까운 멕함 댐에서 물을 끌어오고 여러 과일나무도 심었다. 밀과 야채도 심고 망고 과수원도 만들었다. 아름다운 꽃들도 심었다. 큰 못에 방류한 물고기는 환자들의 단백질 음식원으로 삼았다.

이렇게 준비가 갖추어지자 환자들을 받아들이기 시작했다. 나환자 치료센터가 열렸을 때는 어느 정도의 자급자족체제가 갖추어져 있었다. 나환자 재활센터나 환자들이 살 집은 환자 자신들의 손으로 지었다.

마더 테레사는 나환자 가족들도 경제적으로 자립하는 것이 좋겠다고 생각하고 있었으므로 그들에게 일터를 마련해 주도록 적극 주선했다. 환자들도 치료를 받으면서 아직 남아 있는 손과 발을 써서 일을 하고 그로부터 수입을 얻을 수 있도록 도와주었다. 몸을 돌보면서도 일하는 보람을 통해 남은 삶을 평화와 기쁨, 그리고 인간의 존엄 속에서 보내게 해야 한다는 마더 테레사의 생각이 실현된 것이다. 그리고 어린이들이 부모로부터 감염되는 것을 막기 위해 어린이들의 집 '시슈 브하반'을 이곳에도 만들었다. 그리고 조그만 병원도 따로 지었다. 나환자들은 이곳에서 의안義眼과 의족을 만들기도 했다.

주민들은 쌀농사를 짓고 닭과 돼지를 기르고 상자를 만들며 과수원을 가꾸었다. 코코넛 나무도 수백 그루 심어 여기에서 자양분 많은 '우유'를 뽑아내고, 볏짚이나 밀짚의 섬유를 이용하여 '매트'도 만들었다. 티크 나무는 집의 건축자재로, 가구의 재료로 사용되었다. 그리고 마을의 체제를 갖추기 위해 일종의 '의회'도 만들고 촌장도 뽑았다.

영국의 언론인 맬컴 머거리지는 마더 테레사와 함께 샨티 나가르를 방문하고 깊은 감명을 받아 이렇게 썼다.

"나환자 마을에서 군중들에게 휩싸인 채 마더 테레사와 함께 걷는 동안 나는 수많은 사람들이 '마더'라고 중얼거리는 소리를 들었다. 그것은 마더 테레사에게 무언가 할 말이 있어서가 아니라 다만 마더 테레사와 이어지고 싶은 소망을 나타낸 것이었다."

"나 자신으로 말하면 나환자들 가운데 있으면서 마음이 3개의 관문을 지나가고 있음을 느꼈다. 처음엔 동정이 섞인 공포였다. 그다음엔 순수하고 단순한 연민이었다. 그리고 마지막으로는 연민을 훨씬 넘어서는 어떤 것, 일찍이 내가 경험하지 못했던 그 무엇을 느꼈다. 이 죽어 가는 사람들, 버림받은 남녀들, 손 대신 그루터기 몽당손을 가진 환자들, 누구도 원치 않는 어린아이들, 이들이 가엽고 혐오스러우며 비참한 존재라기보다는 오히려 사랑스럽고 기쁨으로 맞이해야 할 사람이라는 깨달음이었다. 마치 오래 기다렸던 친구들이나 형제자매들을 만나는 것 같았다. 그것을 어떻게 설명해야 할까? 이것이야말로 그리스도교 신앙의 핵심이요 신비가 아닐까? 찌그러진 늙은 나환자의 머리를 만져 주며 위로해 주는 것, 가난한 몽당손을 잡아 주는 것, 쓰레기통에 버려진 어린아이들을 가슴에 안아 주는 것, 그것은 바로 예수 그리스도의 머리를 만져 주는 것이고, 그분의 몽당손을 잡아 주는 것이라고 믿는 신앙 말이다. 그리고 '누구든지 나의 이름으로 어린이를 받아들이는 것은 나를 받아들이는 것'이라고 했던 그 말씀을 믿는 신앙 말이다."

사랑의 선교회는 해마다 크리스마스 때가 되면 나환자들에게 파티를 열어 주었다. 어느 해 크리스마스 때 마더 테레사는 나환자들에게 "그들의 병은 하느님의 선물이며 하느님은 그들을 특별히 사랑하신다"는 것과 하느님께 감사해야 한다는 것, 그리고 그들의 병은 결코 "죄의 대가가 아니라"는 것을 이야기해 주었다. 이야기를 마치자 형체를 알아볼 수 없을 만큼 얼굴이 문드러진 한 노인이 테레사에게 다가오려고 애쓰며 이렇게 말했다.

"한 번만 더 그 말씀을 해 주세요. 제게는 도움이 되는 말씀입니다. 저는 늘 하느님은 우리를 사랑하지 않는다고 들어 왔어요. 하느님이 우리를 사랑하고 계신다는 것을 아는 것은 정말 놀라운 일입니다. 제발 다시 한 번 말씀해 주세요."

나환자들에게 하느님의 사랑을 이야기하면 그들은 "나를 이처럼 고생시키는데도 사랑하시는 하느님이라고요? 난 손도 발도 없다고요"라고 말하곤 했다. 나병은 '하느님의 선물'이라는 마더 테레사의 말은 무엇을 뜻하는 것일까? 하느님은 버림받은 사람, 고통받는 사람, 그래서 마음이 가난한 사람, 자기를 비운 사람, 하느님을 갈망하는 사람에게 특별히 더 가까이 계신다는 것을 뜻하는 것일까? 사람은 고통을 통해서 깨달음을 얻고 성장하며, 그래서 그것을 통해 완전에 다가간다는 것을 뜻하는 것일까?

사랑의 선교회 자매들은 나병으로부터 자신들을 보호하기 위한 예방조치를 다해 왔다. 건강하여 면역력이 있고 또한 적절한 교육을 받으면 나병은 거의 감염되지 않는다고 한다. 그러나 환자들을 돌보다가 나병에 걸릴 수도 있다는 것을, 그것이 하느님의 뜻이라면 감염될 수도 있다는 것을 모두 각오하고 있었다. 그러나 나병 환자를 위해 일하고 싶은 사람은 손들어 보라고 하면 모두가 손을 든다. 나병 환자들을 치료해 주려는 사랑의 선교회의 노력은 놀라운 결실을 거두었다. 그들 가운데 상당수가 완치되었기 때문이다. 나병 퇴치는 치료법이 발전을 거듭하여 큰 성공을 거두고 있다. 특히 나병은 조기에 발견하면 완전히 치유하여 정상적인 사회생활로 복귀할 수 있다.

나병은 오늘날에도 에이즈와 함께 사람들이 가장 두려워하고 혐오하는 질병이다. 그러나 마더 테레사는 그보다도 더 무서운 병이 있다고 다음과 같이 말했다.

"현대의 가장 큰 병은 나병이나 암, 폐결핵이라기보다는 자기를 필요 없는 사람이라고 생각하는 것, 아무도 돌보아 주지 않는다는 생각, 그리고 자신이 버림받고 있다는 생각일 것입니다. 가장 큰 악은 사랑과 자비의 부족, 길거리에서 살고 있는 이웃에 대한 얼음같이 찬 무관심, 그리고 착취와 부패, 가난과 질병에 사람이 희생되도록 버려두는 것입니다. 이러한 병들은 심지어 아주 부유하게 살아가는 가정에서조차 발견됩니다. 뉴욕 시라면 한 조각의 빵에 굶주린 사람은 거의 없을 것입니다. 그러나 어디에서나 쓸모없는 사람이라는 무서운 허기가 존재합니다. 이것이야말로 진정한 가난입니다……. 오늘날의 굶주림은 빵의 문제만이 아니라 하느님에 대한 굶주림, 사랑에 대한 굶주림입니다……."

11. 사랑의 선교 수사회의 탄생

· · · · · ·
앤드류 수사

사랑의 선교회의 활동 범위가 점점 더 넓어지자 남성이 하지 않으면 안 될 일들이 더욱 더 많아지게 되었고, 그래서 마더 테레사는 남자 선교회의 필요성을 절실히 느끼게 되었다. 반 엑셈 신부나 앙리 신부와 같은 사람들이 헌신적으로 도와주었지만 여자 수도회와 같은 정신을 가지고 함께 일할 남자들이 필요했다.

그래서 1961년 어느 날 마더 테레사는 반 엑셈 신부를 찾아갔다. 마더 테레사는 신부에게 '시슈 브하반'의 어린이들이 성장해 감에 따라 여성만이 돌보기에는 어려운 점이 많다는 것, 그리고 나병 환자들을 돌보는 데도 힘 있는 남성의 도움이 필요하다는 것을 설명했다. 따라서 남자 수도회가 발족되었으면 좋겠으며 반 엑셈 신부가 콜카타 대주교에게 허락을 받아 주셨으면 좋겠다고 말했다.

좋은 생각이라고 판단한 반 엑셈 신부는 곧 페리에 대주교의 후임자가 된 앨버트 빈센트 콜카타 대주교를 찾아갔다. 빈센트 대주교는 "그것이 하느님의 뜻이라는 것을 어떻게 아는가?"라고 물었던 페리에 대주교와는 달랐다. 반 엑셈 신부가 마더 테레사의 생각을 전하자 빈센트 대주교는 한동안 침묵 속에서 듣고 있더니 이렇게 간단하게 대답했다.

"인도에서는 신부나 수녀들의 사명에 대해서는 잘 알고 있지만, 수사修士들의 사명에 대해서는 잘 알지 못합니다. 수사들의 사명도 중요합니다. 수도회는 필요합니다. 남자 수도회의 창립을 준비하도록 마더 테레사에게 전해 주십시오."

마더 테레사는 기뻤다. 그래서 젊은 수사를 몇 사람 뽑아서 될 수 있는 한 빨리 보내 주었으면 좋겠다고 반 엑셈 신부에게 부탁했다. 이리하여 2~3주 내에 새로운 활동을 시작할 몇 사람의 젊은 수사가 콜카타로 오게 되었다. 그들은 도착하자마자 '시슈 브하반'에서 일하게 되었는데, 그들이 돌보는 어린이들 가운데는 갓난아기가 적지 않았다.

남자 수도회가 발족되어 활동하기까지는 적지 않은 문제가 남아 있었다. 우선 로마로부터 정식 수도회로서 인가를 받으려면 구성원의 수가 충족되어야 하고 또한 조직화된 활동의 실체도 있어야만 했다. 그리고 남자 수도회의 책임자에 여성이 취임하는 것도 있기 어려운 일이었다. 그래서 이런 여러 문제를 해결하기 위해 1년 이상을 기다리지 않으면 안 되었다.

마더 테레사는 전부터 아는 사이인 유고슬라비아 예수회의 가브릭 신부에게 콜카타로 와 줄 수 없느냐고 부탁해 보았다. 하지만 예수회는 그를 보낼 준비가 되어 있지 않았다. 그래서 다음으로 프랑스인 인 판 앙투안 신부에게 의사를 물어보았는데, 그 또한 자신의 수도회를 떠나고자 하지 않았다. 그러다가 마침내 아이언 트래버스 볼Ian Travers Ball이라는 오스트레일리아 인이 선택되었다. 이 젊은 수사는 앤드류라는 수도명을 갖고 있었는데, 예수회는 그를 보내 주기로 허락했다. 인도에 머물면서 일하기를 간절히 바라고 있다는 이 수사는 마더 테레사에게는 전혀 미지의 인물이었다.

1미터 80센티미터의 키에 명석한 머리를 갖고 있는 그는 별로 혼란에 빠지거나 주저함이 없는 명쾌한 사람이었다. 1954년에 수사修士로서 인도에 왔으며, 비하르 주의 석탄 채굴장에서 일할 때에 가난한 사람들에 대해 관심을 갖게 되었다고 했다. 1963년 그는 예수회에서 신부 서품을 받았다. 그가 마더 테레사를 만난 것은 그의 나이 38살 때였다.

그는 자신이 예수회의 신부로서 가난한 사람들을 위해 봉사할 수 있을지를 알아보기 위해 다른 수사 12명과 함께 시슈 브하반에서 우선 한 달 동안 일하기로 했다. 이 수사들의 영적 생활은 앙리 신부가 담당하고 있었다. 트래버스 볼 신부는 사랑의 선교회에서 일하면서 수녀들의 가난한 삶, 단순한 삶에 깊은 감명을 받았다. 그리고 그곳에 자신의 모든 시간을 바칠 사제가 필요하다는 것을 알게 되었다.

마더 테레사는 때를 놓치지 않고 볼 신부에게 남자 수도회의 책임자가 되어 줄 수 없느냐고 청했고, 볼 신부는 예수회가 허락한다는 조건으로 이 제안을 받아들였다. 로마의 예수회는 그에게 3가지 조건 중에 하나를 선택하도록 요청했는데, 가장 중요한 것은 예수회와의 관계를 끊고 '사랑의 선교회'의 남자 수도회에 참가하는 것이었다. 볼 신부는 이 선택을 받아들여 남자 선교회의 창립자가 되었다. 이 수도회는 '사랑의 선교 수사회Missionaries of Charity Brothers' 라는 이름으로 1963년 정식 발족되었다. 볼 신부는 수사회의 총장 General Servant이 되었고 앤드류 수사로 불렸다.

마더 테레사는 앤드류 수사에 대해 이렇게 말했다.

"우리는 서로 많이 다릅니다. 그러나 우리 두 사람은 같은 정신을 갖고 있습니다."

남자 수도회가 발족된 후 수사들은 콜카타의 하우라 역을 중심으로 활동하기 시작했다. 이 역의 큰 지붕 아래에서는 수백 명의 소년들이 잠을 자며 생활하고 있었다. 그들의 대부분은 고아였다. 가출한 아이도, 보호관찰을 벗어나 도망쳐 온 소년도 있었다. 어린 소년들 가운데는 전염병이 그치지 않았다. 즉시 의사의 치료를 받아야 할 아이들도 적지 않았다. 수사들은 그들을 도와주었다.

저녁 식사를 주어 하루에 한 번은 영양 있는 음식을 제공하는 한편 이들에게 직업 훈련을 시키고 '시슈 브하반'에 있던 나이 든 소년들과 함께 콜카타 시내와 교외에 만든 '집'에 수용했다. 결핵에 걸린 소년이나 정신적 장애를 가진 소년들을 위해서는 콜카타에서 약 30km 떨어진 곳에 농장을 구입하여 여기에서 간단한 농사 일을 하게 했다.

특히 수사들은 나병 환자를 구하려는 진료 활동에 적극적으로 참여하여 처음엔 이동(순회) 진료소의 활동을 도왔다. 그 후 콜카타의 나병치료센터에서 정기적으로 환자들을 돌보았으며, 뒤이어 티타가르에 세운 나병치료센터에 가서 수녀들을 도왔다. 그들은 이곳에서 여성이 할 수 없다고 생각되는 어려운 일들을 떠맡아 문제들을 해결해 나갔다.

이 선교회의 활동은 그 후 집 없는 소년이나 알코올 중독자, 마약 중독자들을 위한 수용시설과 식사 배급소의 운영 등으로 확장되었다. 사랑의 선교 수사회의 수도자들은 수녀회와 같은 정신으로 서원하고 일했다. 그들은 석 달에서 열두 달에 걸친 '와서 보는 시기Come and See'를 보낸 후 2년 동안의 수련기를 거쳐 수사가 되었다. 수사들은 청원기를 거쳐야 할 의무는 없었다.

사랑의 선교 수사회의 사무실에는 다음과 같은 힌두교의 잠언이 걸려 있었다.

"만약 그대가
두 개의 빵을 갖고 있다면
하나는 가난한 사람에게 내어주고
또 하나는 팔아

히아신스 꽃을 사십시오.

그대의 영혼을

사랑으로 가득 채우기 위해."

12. 해외에서 부르는 소리

. . . .
교황청 관할 수도회가 되어

1952년 '죽어 가는 사람들의 집'이 문을 연 후 마더 테레사의 활동과 이름이 세상에 알려지기 시작하자 사랑의 선교회는 해외의 여러 곳에서 도와 달라는 요청을 받게 되었다. 그 가운데서도 특히 베네수엘라 주교는 아주 간절하게 호소했다.

베네수엘라는 가장 가난한 나라라고는 할 수 없지만 주교가 사목하고 있는 지역은 아프리카에서 이주해 온 사람들의 후손들이 동銅 광산에서 일하는 궁핍한 곳이었고, 의료 혜택도 제대로 받을 수 없는 곳이었다.

주교는 이곳의 자원개발이 가난한 사람들의 희생 위에서 이루어지고 있는 것을 안타깝게 여겼으며, 그 가운데서도 특히 여성들이 놓여 있는 비참한 상태를 가슴 아프게 생각하고 있었다. 그러므로 그들과 함께 살면서 도와 줄 선교 단체가 와 주었으면 좋겠다는 뜨거운 소망을 품고 있었다.

그러던 차에 2차 바티칸 공의회가 로마에서 열리게 되어 전 세계의 주교들이 모이게 되었다. 베네수엘라의 주교는 뉴델리 주재 교황청 대사였던 녹스 대주교를 이 회의에서 만나 자신의 이러한 소망을 자세히 설명해 주었다. 녹스 대주교는 베네수엘라의 주교에게 사랑의 선교회의 수녀들이 아주 가난하게 살면서 극빈자들을 돕고 있다는 이야기를 들려주었다. 이리하여 사랑의 선교회 수녀들을 파견해 주었으면 좋겠다는 베네수엘라 주교의 요청이 녹스 대주교를 통해 마더 테레사에게 전달되었다.

그러나 이러한 요청을 받아들이는 데는 곤란한 문제가 있었다. 1950년 교황청이 사랑의 선교회를 인가할 때 그 설립과 활동의 범위를 인도 국내로 제한해 놓았기 때문이다. 그러므로 선교회가 수녀들을 해외로 파견하려면 세계 어느 곳에서도 일할 수 있는 수도회로 교황청이 새롭게 인가해 주어야 할 필요가 있었다.

사랑의 선교회가 인도에서 하고 있는 활동을 감명 깊게 보고 있던 녹스 대주교는 이 일을 적극적으로 주선하게 되었고, 여기에 힘입어 보기 드물 만큼 빠른 시일 내에 교황청이 직접 관할하는 수도회가 되었다.

물론 인도 각지에서 올라오는 사랑의 선교회에 대한 보고가 바티칸에 접수된 것도 큰 영향을 끼쳤을 것이다. 선교회가 교황청의 새로운 인가를 받은 것은 1965년 2월 1일이었고, 이때 사랑의 선교회의 수녀들 총수는 3백 명이 넘었다. 베네수엘라 주교의 초청을 받은 마더 테레사는 1965년 7월 26일 수녀들을 이끌고 베네수엘라로 떠났고, 현지에서 그 참상을 목격한 마더 테레사는 이곳에 가난한 이들을 위한 '집'을 열기로 결정했다.

인도의 궁핍과 참상도 문제였지만 버림받은 가난한 사람들을 돌보아 달라는 해외의 부름도 마더 테레사는 외면할 수 없었다. 베네수엘라의 '집'은 사랑의 선교회가 가난한 사람들을 돕기 위해 해외에 파견한 최초의 '집'이었다. 처음 이곳에 파견된 수녀는 모두 4명이었다. 모두 인도인인 이들은 마더 테레사와 함께 바티칸을 방문하여 교황의 축복을 받고 베네수엘라로 갔다.

마더 테레사는 해외의 두 번째 '집'을 1968년 로마의 빈민가에 열었고, 1969년에는 오스트레일리아의 두 군데에 '집'을 설립했다. 하나는 알코올 중독자와 약물 중독자를 위한 것이었고, 또 하나는 원주민들을 위한 것이었다.

1970년에는 런던과 요르단에 '집'을 여는 한편, 베네수엘라에는 특히 두 군데에 '집'을 더 열었다. 그 후 뉴욕의 브롱크스 지구, 방글라데시, 북아일랜드, 이스라엘의 가자 지구, 예멘, 에티오피아, 시칠리아, 파푸아뉴기니, 필리핀, 파나마, 일본, 포르투갈, 브라질, 부룬디에 잇따라 '집'을 세웠다. 그런데 영국과 미국, 구소련, 그리고 동유럽의 여러 곳에 '집'을 연 것은 특별한 의미가 있었다.

한국에는 1977년 7월 5일 사랑의 선교 수사회의 지원支院이 설립되어 불우한 사람들을 돌보게 되었고, 1981년에는 사랑의 선교

1981년 한국을 방문했을 때 어린이들과 함께.

수녀회가 진출했다. 마더 테레사는 1981년과 85년 두 차례 한국을 방문했다. 1985년 방한했을 때는 특히 나환자촌인 '성 라자로 마을'을 방문하기도 했다.

마더 테레사는 그때 특별히 판문점을 찾아갔다. 마더 테레사는 북한이 공산주의 국가인 것을 알고 특별한 의식을 행하자고 했다. 성모 마리아 메달을 북한 땅에 던지자는 것이었다. 마더 테레사는 그 전에도 서독에서 동독으로, 마카오에서 중국 땅으로 메달을 던진 적이 있고, 그 결과 수녀를 파견하게 되었다고 설명했다. 눈이 무릎까지 쌓인 가운데 판문점까지 간 마더 테레사는 "성모님이 먼저 가셔서 저들을 돌보아 주십시오"라고 기도했다. 경비관계로 북한과의 경계선까지는 가지 못해 메달을 미군 장교에게 주며 "북한 땅에 던져 달라"고 부탁했다.

특히 마더 테레사는 1980년, 그리던 고향 스코페를 방문하여 이곳에 '집'을 열었다. 1928년에 고국을 떠나왔으니 52년 만에 찾아온 것이다. 고국 땅에 수도원과 구호시설을 세울 수 있어 특히 감회가 깊었다. 그러나 마더 테레사가 다시 찾았을 때의 스코페는 옛 모습을 찾아볼 수 없었다. 마더 테레사 자신도 이미 소녀 시절의 모국어(알바니아 어)를 거의 잊어버린 상태였다.

마더 테레사가 바티칸에 '집'을 여는 과정에서는 다음과 같은 조그만 일화도 있었다. 로마의 노동자들이 살고 있는 지역 세 군데에 이미 '집'을 설립했던 마더 테레사는 그러나 바티칸의 가난한 사람들이 사는 곳에도 '집'을 여는 것이 특히 의미 있다고 확신했다.

바티칸에 머무르고 있던 어느 날 마더 테레사는 교황 바오로 2세에게 자신의 생각을 고했고, 교황은 마더 테레사의 이야기에 귀를 기울여 주었다. 그다음 바티칸을 방문했을 때도 마더 테레사는 교황에게 '집'을 열게 해 달라고 다시 요청하게 되었는데, 교황은 이야기를 듣고는 곧 적당한 집을 찾아보라고 담당자에게 지시했다. 그러나 바티칸은 좁은 지역이어서 여유 있는 장소를 찾기란 그리 쉬운 일이 아니었다.

몇 달이 지난 후 마더 테레사가 또다시 바티칸을 방문한다는 이야기가 들려왔다. 마더 테레사가 온다면 또다시 그 문제를 꺼낼 것이 분명했다. 마음이 편치 않았던 교황은 담당자를 불러 진행 상황을 묻고는 "마더 테레사를 만나면 또다시 독촉해 올 것이 분명한데……"라고 걱정스럽게 말했다.

교황은 다시 독촉을 받기 전에 집을 마련하여 마더 테레사를 만날 때 그 집의 열쇠를 주고 싶다고 말했다. 마더 테레사가 과연 로마에 오자 교황은 축복을 내려 주고는 새 '집'의 열쇠를 기쁘게 넘겨주었다. 그 집은 바티칸의 오랜 건물로 집회용으로 쓰는 홀의 바로 옆에 있었다. 마더 테레사는 얼굴에 웃음을 가득히 머금고 기뻐하면서 말했다.

"가난한 사람들이 살 곳이 마침내 바티칸에도 마련되었습니다. 우리의 가난한 사람들은 표를 사지 않고도 바티칸에 들어갈 수 있는 특별한 사람들이 되었습니다."

마더 테레사는 '마리아의 집'이라고 불리는 이 '집'에 두 개의 식당을 만들고 각각 60명이 앉을 수 있는 자리를 마련했다. 그리고 노령의 여성들을 위한 숙소도 마련했다. 오후 6시가 되면 이 '집'에서는 저녁 식사 급식이 시작되는데, 식사를 하지 못하고 돌아가는 사람은 없었다. 이곳의 책임을 맡은 수녀는 음식을 어떻게 조달하느냐는 질문에 이렇게 대답했다.

"우리는 아무것도 살 필요가 없습니다. 처음엔 시장에 가서 야채며 생선이며 고기를 탁발하여 얻어 왔습니다. 하지만 지금은 모두 가져다줍니다."

사랑의 선교회는 호텔, 병원, 항공회사, 그리고 레스토랑과 식료품 체인 등 여러 곳에 남는 음식이나 식료품을 버리지 말고 사랑의 선교회로 보내달라고 요청했다. 그리고 이들은 이러한 청에 기꺼이 응해 주었다. 여행자들을 위한 항공기의 기내 음식, 고급 호텔이나 유명한 병원들이 값비싼 남은 음식을 보내 왔으며, 식료품 체인도 음식 재료들을 기꺼이 사랑의 선교회로 보내 주었다. 그래서 사랑의 선교회의 여러 '집'들은 식료품을 돈 주고 사지 않고 이런 훌륭한 음식을 나누어 줄 수 있었다.

부름이 있는 곳이면 어디에나

마더 테레사는 자신을 부르는 소리에 응답하려고 애썼다. 위험도, 전화戰火도 개의치 않았다.

1982년 여름, 이스라엘이 팔레스타인해방기구(PLO)가 있는 곳을 포격하여 서베이루트 시가가 불타고 있을 때 마더 테레사는 엄청난 위험을 무릅쓰고 베이루트에 들어갔다. 그곳의 '집'에는 장애아들과 돌보아야 할 어린이들이 많았기 때문이다. 그때 마더 테레사와 수녀들은 포화의 틈을 뚫고 들어가 수십 명의 장애아들을 안전지대로 구출해 낼 수 있었다.

그리고 1993년 10월에는 약 한 달 동안 중국을 여행했다. 중국에 사랑의 선교회의 수도원을 파견하는 것은 마더 테레사의 오랜 꿈이었다. "중국에 가시는 것이 소원이시라고요?"라는 물음에 마더 테레사는 이렇게 대답했다.

"예수님을 그리로 모셔 가고 싶어요. 하느님의 시계가 종을 치면 우리는 곧장 출발할 겁니다. 준비는 다 되어 있어요. 우리의 '집'이, 기형아들을 위한 집이 마련되어 있지요. 부족한 것은 입국비자뿐인데…… 느닷없이 '멈추라'는 거였어요. 하지만 우리는 멈추지 않습니다. 기도하고 또 기도하고…… 중국 일도 제가 결정할 것은 없어요. 아직은 적절한 때가 오지 않았습니다. 그때가 언제일지는 오로지 그분께서만 아십니다."

마더 테레사는 자신을 필요로 하는 곳이 많았으므로 세계에서 가장 바쁜 사람 중의 하나로 살아 왔다. 그가 찾는 곳에는 해결해야 할 일들이 쌓여 있었다. 그래서 매일 분주했으며, 새벽에 잠들고 새벽에 일어나는 날도 많았다. 병자들을 찾아 돌보고, 새로 짓는 시설의 건축을 살펴보아야 하며, 수많은 종교행사와 강연에 참석해야 했다. 사제나 주교가 찾아오는 일도 적지 않았다. 이러한 일과 중에도 기부금을 내러 오는 사람들을 만나야 하고, 상담을 구하거나 축복을 청하는 사람들을 만나 이야기를 나누고 함께 사진을 찍기도 했다. 마더 테레사는 나병 환자를 대하는 것보다 언론을 대하는 것이 더 힘들다고 토로했을 만큼 언론과의 인터뷰를 최대한 피해 왔고 사진을 찍는 것도 싫어했다. 그러나 나중엔 어쩔 수 없어 그것을 자기 희생의 하나로 바치기로 했다.

마더 테레사는 1995년 가을, 독일의 마르셀 바우어 감독의 간청으로 그 생애의 마지막이 된 영상 인터뷰를 가졌다. 인터뷰를 끝내며 감독은 "세계적으로 유명하고 또 인기도 높으신데, 이 사실이 수녀님 자신에게는 어떤 의미가 있습니까?"라고 물었다. 이에 마더 테레사는 이렇게 말했다.

"저에게는 희생이고…… 하지만 우리 '선교회'에는 축복이고 그렇지요. 전 그걸 희생으로 바치고 있어요. 실은 제가 하느님과 계약을 하나 맺었지요. 여러분이 제 사진을 찍을 때마다 불쌍한 영혼이 한 사람씩 천국으로 가게 해 달라고요. 제 사진을 찍는 일이 생길 때마다 그러는 것처럼 아마 오늘은 연옥이 텅 비었을 것입니다."

이렇게 사람들을 만날 때면 마더 테레사는 명함을 건네 주곤 했는데, 그 조그마한 카드에는 다음과 같은 말이 인쇄되어 있었다.

"침묵의 열매는 기도이고
기도의 열매는 신앙입니다.
신앙의 열매는 사랑이고
사랑의 열매는 봉사입니다.
그리고 봉사의 열매는 평화입니다."

마더 테레사는 많은 사람들에게 양심의 거울이 되었다. 사람들은 그를 만난 뒤 자신을 돌아보았다. 서벵골 주지사는 "마더 테레사를 만날 때마다 나는 사람들에게 봉사하기 위해 무엇을 하고 있나 묻고 반성하게 되었으며 부끄러움을 느꼈다"고 말했다.
사람들은 마더 테레사의 사랑의 실천을 보고 이웃을 사랑하는 것이 어떻게 하는 것인지를 알게 되었다.

마더 테레사의 사랑은 전염되었다. 마더 테레사는 이렇게 말했다.

"우리가 먼 길을 걸어오는 동안에 콜카타 사람들은 가난한 사람들을 이해하고 사랑하게 되었습니다. 이젠 죽은 채 길가에 방치된 사람이 없어졌습니다. 어디서 쓰러져 있는 사람을 보면 누군가 우리에게 데려왔습니다. 길 위에 쓰러져 있는 노인을 어린이들이 도와서 칼리카트로 데려온 일도 있었습니다. 믿는 종교가 달라도 모두 그런 일들을 함께 나누어 갖게 되었습니다. 그들은 이렇게 말합니다. '마더 테레사, 우리는 돕고 싶어요.' 그들은 이제 가난한 사람들과 함께하게 되었습니다. 어느 거리에서도 같은 일이 일어나고 있습니다."

13. 프렘 단(사랑의 선물)

사랑의 선교회는 1975년 영국의 유명한 제약회사 ICI(Imperial Chemical Industries)로부터 건물을 하나 기증받았다. 콜카타의 틸잘라에 있는 넓은 대지에 ICI가 중앙연구소로 지었던 근대적인 건물이었다. 마더 테레사는 이 집에 '프렘 단Prem Dan(사랑의 선물)'이라는 이름을 붙였다.

그리고 육체적, 정신적으로 건강상태가 좋지 않으나 회복될 가능성이 있는 병자들을 위한 장기 요양소를 열었다. 구내에는 병원 외에 재활센터와 작업장도 마련했다. 그리고 성인 정신병동과 뇌성 소아마비 어린이들을 위한 시설도 갖추었다. 가난하여 학교에 가지 못하는 어린이들을 위한 슬럼 스쿨도 이곳에 열었다.

작업장에서는 코코넛으로부터 섬유를 뽑아내어 매트나 로프를 만들었다. 코코넛은 인도의 거의 모든 거리에서 살 수 있는 흔한

과일인데, 사람들은 이 과일에서 즙만을 마시고 껍질은 거리에 버려 도로를 쓰레기장으로 만들어 왔다.

마더 테레사가 착안한 것은 이 많은 쓰레기였다. 코코넛 껍질에서 나오는 섬유로 제품을 만들기로 했다. 그리고 이 제품을 '죽어 가는 사람들의 집'이나 '프렘 단'의 병원에 납품하고 시장에 내다 팔았다. 여기에서 얻는 수입은 가난한 사람들의 실업대책도 되고 자원회수운동도 되며 쓰레기도 줄여 주는 일석삼조의 효과를 가져 왔다. 그러나 가장 중요한 것은 이러한 일을 통해 가난한 사람들의 자조의식이 싹튼 것이다.

'프렘 단'의 뜰 한 모퉁이에는 슬럼 스쿨을 열었다. 빈민가에서 어린이들을 모아 놓고 가르치는 일은 마더 테레사가 1948년 성 마리아 학교를 사임한 뒤 가장 가난한 사람들이 모여 사는 모티즈힐에 학교를 연 이래 계속되었다. 수업은 오전반, 오후반으로 나누어 하루에 두 차례 했다. 그리고 학생들에게 우유를 받아 마실 그릇을 들고 오게 하여 우유를 나누어 주었다.

어린이들의 가정은 몹시 가난했다. 평균 가족 수는 6~8명, 가구 당 한 달 평균 소득은 약 1백 루피(한화 2만 3천 원) 정도밖에 되지 않았다. 그래서 공책이나 연필을 살 돈이 없어 석판에 석필로 글자를 쓰는 어린이가 많았다. 연필이라야 거의가 몽당연필이었다. 이곳에 오는 어린이들은 대개가 영양상태가 좋지 않아서 사랑의 선교회에서 우유와 함께 비스킷을 급식해 주었다. 이것을 먹기 위해 학교에 오는 어린이도 적지 않았다. 선교회에서는 비스킷을 돈으로 바꾸는 일이 없도록 언제나 과자를 반으로 잘라서 주었다.

슬럼 스쿨.

사랑의 선교회는 1981년 콜카타의 8곳에 슬럼 스쿨을 열어 약 1천5백 명의 어린이들을 가르쳤다. 돈 없는 어린이들이 공부할 수 있는 곳이라고는 콜카타에서는 이곳밖에 없었다.

실다 무료 진료소

콜카타의 실다 역 근처에는 병에 걸려도 병원에 가지 못하는 사람들을 진찰하여 간단한 치료를 해 주고 약을 나누어 주는 무료 진료소 및 시약소施藥所를 열었다. 약을 타기 위해 아이를 안은 어머니들과 어린이들이 길게 늘어서 자기 차례를 기다렸다. 하루에 약 1천 명에 가까운 사람들이 이곳을 다녀갔다.

실다 역을 중심으로 한 주변 지역은 콜카타 시의 가난과 고통을 집약하고 있었다. 한때 이 역은 콜카타 시의 동쪽 현관으로 위용을 자랑한 적이 있었다. 그러나 인도가 분할된 뒤로는 동파키스탄(지금은 방글라데시)으로부터 끊임없이 난민이 몰려드는 관문이 되었고, 역구내와 주변 지역은 빈민가로 바뀌어 갔다. 난민들은 역내의 매점이나 의자, 음식점 등을 점령하는 것은 물론이고 승강장에까지 진출하여 여기에 조그만 집을 짓고 살기에 이르렀다. 그들은 이곳에서 밥을 짓고 몸을 씻었으며 배설물을 버렸다. 구호단체들이 그들에게 식품과 옷을 나누어 주고 살 곳을 주선해 주기도 했지만 사태를 개선하는 데는 큰 도움이 되지 못했다. 정부 기관의 적극적인 노력도 별 효과가 없었다.

무료로 약을 얻기 위해 먼 곳에서 모여든 사람들. 이른 아침 1천 명에 가까운 사람이 기다리고 있다(무료 진료소).

마더 테레사의 무료 진료소는 이런 곳에 자리 잡고 있었다. 사람들은 진료소 앞에서 절박한 표정으로 치료를 기다리고 약을 구했다. 사랑의 선교회는 사람들에게 진료 카드를 주어 이 카드를 보고어느 정도 그들의 상태를 지속적으로 파악할 수 있었다. 수녀들은이들에게 치료약과 비타민, 영양제도 나누어 주었다.

교도소에서 구출된 소녀들의 집 '샨티 단'

인도에는 '제일 걸jail girl'이란 말이 있다. 감옥에서 나온 소녀라는뜻이다. 사랑의 선교회는 이 소녀들을 수용하여 그들에게 직업을 가질 수 있도록 훈련을 시키는 '샨티 단(평화의 선물)'도 열었다. 이 '집'은 콜카타에 있는 사랑의 선교회의 일곱 번째 '집'이다.

인도의 법률은 비행 소년 소녀들을 사형시키거나 교도소에 수 감하지 못하게 하고, 그 대신 감찰원에 수용해야 한다고 규정하고 있다. 그러나 실제로는 많은 소년 범죄자들이 감옥이나 감옥이었 던 곳에 수감되었다. 인도의 정부 기관은 비행 청소년뿐만 아니라 걸식하는 아이들, 돌보아 줄 부모가 없는 아이들, 매춘부나 알코올 중독자, 또는 폐인이 된 사람들의 아이들, 감염되지 않은 나환자의 자녀들도 다수 이런 곳에 수용했다. 그리고 이들은 이런 곳의 열악 한 환경 속에서 더 비뚤어지고 나빠졌다.

마더 테레사는 수도회에 기증된 한 건물에 감옥에서 나온 소녀 들을 수용하여 이들에게 자활의 터전을 마련해 주었다. 그리하여 소녀들은 아름다운 뜰이 있는 집에서 자기 나이에 맞는 사리를 입 고, 재봉이나 자수를 배우면서 자활을 준비할 수 있게 되었다. 어 두운 옛날의 상처가 치유되기 위해서는 그에 못지않는 사랑이 필 요한데, 이들 소녀들은 선교회의 수녀들이 베푸는 따뜻한 사랑 속 에서 새로운 미래를 준비할 수 있었다.

이곳엔 매춘 때문에 갇혀 있던 소녀들도 구출되어 함께 살았다. 매춘을 강요당하자 그것을 피하려고 도망갔으나 매춘업자들이 그 들을 잡아 감옥에 집어넣었던 것이다. 이 밖에 정신장애를 지닌 여 인들도 함께 수용되어 살고 있다.

무료 급식소에서 자기의 차례를 기다리는 어린이들.

. . . . . .
무료 급식소

마더 테레사는 '시슈 브하반(어린이들의 집)'의 뜰에 무료 급식소를
열었다. 일요일을 빼고는 1주일에 6일 동안 매일 아침 가난한 사람
들에게 음식을 제공했다. 음식은 쌀과 콩에 카레를 넣어 끓인 것으
로, 약 1천 세대, 즉 7천여 명 분 이상의 음식을 매일 제공해 왔다.
아침이면 문을 열기 전부터 급식 카드를 손에 쥔 사람들이 줄을 서
서 기다렸다. 어린이들은 가족의 음식까지 얻어 가기 위해 큰 그릇
을 들고 왔으며, 어른이라 할지라도 일거리를 찾지 못한 사람들은

살아갈 길이 막막하므로 이곳에서 음식을 얻어 목숨을 이어갔다. 급식 받는 사람들이 해마다 늘어 가지만 세계 각국의 지원 단체들이 기부금을 보내와 끊임없이 활동을 계속하고 있다.

14. 국제적인 연대

・ ・ ・ ・ ・ ・ ・ ・ ・ ・
마더 테레사 협력자회

마더 테레사는 사랑의 선교회를 시작할 때부터 주변의 여러 사람들에게서 많은 도움을 받아 왔다. 최초의 협력자는 아마도 크리크 레인 14번지의 자기 집 방을 빌려준 고메스Gomes 형제일 것이다. 이동 진료소, 나환자 치료센터 등에서 무료 진료 봉사를 해 온 의사와 간호사들도 주요 협력자들이라고 할 수 있다.

그러나 이들은 개인적으로 사랑의 선교회를 도운 사람들로서 조직적인 후원자들이라고 할 수는 없다. 조직적인 협력자들의 모임은 1950년대 콜카타에서 사회봉사 활동을 해 온 앤 블레이키Ann Blaikie 여사에 의해 시작되었다.

영국인 사업가의 부인인 블레이키 여사는 불우한 인도의 여성들을 위해 일하는 자원봉사자의 한 사람으로 바쁘게 살고 있었다. 1954년 6월 유난히도 더웠던 어느 여름날, 임신 7개월의 그녀는 힘든 일을 견디기 어려워 자원봉사 활동을 일시 중단하고 자택의 베란다에 앉아 쉬면서 앞으로 무엇을 할 것인지 생각하고 있었다. 집에는 가사를 돌보아 주는 사람도 있었고 유모도 있었다. 그때 문득 마더 테레사를 위해 무엇인가 일을 해야겠다는 생각이 들었다.

블레이키 여사는《뉴 스테이츠먼New Statesman》지에 실린 기사를 읽고 마더 테레사의 활동을 알고 있었으며, 그 봉사 활동에 큰 감명을 받고 있었다. 그녀는 마더 테레사가 쓰레기 상자에서 아기를 구출하고, 빈민가에서 어린이를 가르치며, 또한 어린이들을 위해 크리스마스 파티를 열어 주고 있다는 이야기를 듣고 있었다. 1954년 7월 26일, 그녀는 친구들과 함께 칼리가트에 있는 '죽어 가는 사람들의 집'으로 마더 테레사를 찾아갔다.

이날의 만남에서 그녀는 어린이들의 크리스마스 파티를 위해 장난감을 만들어 주고 싶다고 제안했다. 마더 테레사는 이 제안을 받아들이면서도 장난감 대신에 셔츠나 바지 등 옷을 만들어 주었으면 좋겠다고 말했다. 그날 밤 집으로 돌아오면서 그녀의 인생에는 커다란 변화가 일어나고 있었다. 마더 테레사를 돕기 위한 모임을 만들기로 결심했기 때문이다.

블레이키 여사와 그 그룹은 몇 달 동안 '시슈 브하반'과 빈민가 어린이들에게 크리스마스 선물을 주기 위해 옷을 만드는 한편 옷을 모아들였다. 완구도 만들었다. 크리스마스가 끝나자 마더 테레사는 이 그룹을 찾아와 베풀어 준 도움에 감사를 표했다. 그러고는 또 "앞으로 열릴 이슬람교 어린이 축제를 위해 또다시 옷을 모아 줄 수 없겠느냐"고 청했다.

블레이키 여사는 그다음엔 힌두교 어린이를 위한 축제가 기다리고 있으며, 그것 또한 피할 수 없다는 것을 금세 알 수 있었다. 여사 앞에는 1년 동안의 일이 기다리고 있었다. 그녀는 그리하여 마더 테레사에게 '낚인 사람'이 되었다. 그리고 그 후로는 뒤를 돌아볼 여유가 없었다.

블레이키 여사와 그 동료들은 포대包袋를 말고 환약을 집어넣는 종이 봉지를 접는가 하면 나병 환자들을 위한 모금에도 나섰다. 그들은 열심히 일했다. 그러나 마더 테레사의 열의와 정성은 그들보다 앞서 있었다. 어느 날 블레이키 여사는 몸에 열이 있어 마더 테레사와 함께 갈 수 없겠다는 전갈을 보냈다. 그랬더니 마더 테레사는 이렇게 대답했다.

"나 역시 열이 있습니다. 그러나 저 세상에서 불태워지는 것보다는 이 세상에서 불에 타는 것이 훨씬 좋지 않겠습니까?"

그러나 블레이키 여사는 1960년 영국으로 돌아가지 않으면 안 되었다. 고국으로 돌아온 후 그녀는 서섹스 근처에 존 사우즈워즈라는 사람이 살고 있다는 것을 알게 되었다. 그도 콜카타에 머문 적이 있고 나병퇴치 운동에 관여한 적이 있는 사람이었다. 블레이키 여사는 그를 만난 뒤 자신들 이외에도 콜카타에서 마더 테레사를 도와 일한 사람이 있다는 것을 알게 되었다. 더욱이 그들 모두는 가까운 곳에 살고 있었다.

이들은 '마더 테레사 위원회'를 만들었다. 존 사우즈워즈가 위원장, 앤 블레이키 여사가 부위원장을 맡았다. 1960년에 마더 테레사가 영국을 방문한 것을 계기로 그들의 활동은 더욱 활기를 띠게 되었다.

'위원회'는 기도와 봉사 활동에 중심을 두었다. 처음엔 사랑의 선교회에 보낼 돈을 모으고 옷을 보내는 일 등을 주로 했다. 하지만 런던을 방문하여 이 도시의 '가난'을 본 마더 테레사가 콜카타를 돕기보다는 주변 사람들을 도우라고 권고한 후 이 모임은 노인을 위한 집을 열어 고독한 노인, 환자, 정신장애인들을 돕는 일을 적극적으로 펼쳐 나갔다.

마더 테레사는 이웃에 눈을 돌려 불행한 사람들을 보살펴 주는 것이 중요하다는 것을 거듭 강조했다. 이웃에 친절한 것은 대단한 일은 아닐지 모르지만 '해야 할 일', '중요한 일'이라고 말했다. 가족도 누구도 찾아 주지 않는 '외로운 사람들'이 주변에 얼마나 많은가. 누구로부터도 잊혀진 사람, 그 무엇도 아닌 '타인'들에게 '어떤 사람' '누군가가 되는 사람' '이웃'이 되어 주는 것 또한 중요한 사랑의 실천이라는 것이다. 마더 테레사는 서양 사회의 정신적인 빈곤이 콜카타의 물질적인 빈곤보다 더 심각할지도 모른다고 생각했다. 고독이라는 병은 약으로는 치료되지 않는다. 사랑만이 치료할 수 있다고 보았다.

마더 테레사는 런던의 빈민가 아파트에 살고 있는 한 여성의 이야기를 들려주곤 했다. 이 여인에게는 친척도 없는지 아무도 찾아

주는 사람이 없었다. 편지도 오지 않았다. 너무나 외로웠던 이 여인은 자신도 편지를 받아 보고 싶어서 자기 앞으로 편지를 써서 우체통에 집어넣곤 했다는 것이다.

블레이키 여사에 의해 콜카타에서 조용히 시작된 마더 테레사를 돕는 모임은 영국에서 조그만 조직으로 뿌리를 내렸다. 하지만 사랑의 선교회가 여러 나라에 구호시설인 '집'을 열어 가자 이 모임은 국제적인 '마더 테레사 협력자회'로 조직화되어 갔다.

함께 일한다는 뜻의 '협력자Co-workers'라는 말은 마더 테레사가 마하트마 간디로부터 빌려 쓴 말이라고 한다. 간디는 자신을 도와 함께 일하는 사람들을 '협력자'라고 불렀다. 그들은 대부분 인도 사회의 카스트 가운데 상층 카스트에 속한 사람들이었는데, 여성의 지위 향상, 나병 퇴치, 교육의 보급, 불가촉不可觸 천민에 대한 차별 철폐 등 사회운동에 참가하여 훌륭한 성과를 거두었다. 마더 테레사는 간디를 직접 만난 적은 없지만(간디는 마더 테레사가 사랑의 선교회를 시작한 1948년 암살당했다) 그를 매우 존경해 왔다.

'마더 테레사 협력자회'는 당연히 인도에도 여러 곳에 조직되었다. 2~12명 정도의 소그룹이 단위가 되고, 이 소그룹들이 모여 단계적으로 더 큰 조직으로 발전해 가는 방식이었다. 종교나 종파가 다를지라도 별로 문제 되지 않았다. '마더 테레사 협력자회'는 역시 영국에서 큰 결실을 거두어 그 회원이 약 3만 명으로 늘어났고, 미국에서도 그 수가 1만 명에 이르렀다. 유럽 각국에서는 약 2백~3백 명 정도의 회원들이 활동하게 되었다.

각계각층 사람들이 낸 기부금이 이 협력자회로 보내졌다. 많은 기부금을 보내오는 사람들도 있었지만 어린이들이 용돈을 절약하여 보낸 정성 어린 헌금도 있었다. 이 기부금은 즉시 필요한 곳에 쓰였다. 정기적으로 필요한 것은 약품, 분유, 단백질 식품, 의류 등으로, 협력자회는 이런 것들을 사서 각지의 사랑의 선교회에 보냈다.

그러나 마더 테레사는 기회 있을 때마다 분명히 밝혀 왔다. 즉 그들이 원하는 것은 재정적인 지원만이 아니라는 것이다. 즉 자신이 하고 있는 것과 같은 일의 정신과 비전을 함께 나누어 갖는 '영적인 가족spiritual family'을 만들어 달라는 것이었다. 그것은 '성 프란치스코의 제3회'와 같은 것이다. 이 '제3회'는 일반 가톨릭 신자들이 프란치스코회의 수도자가 되지 않고서도 세상에 살면서 프란치스코 성인의 영적인 길을 따라 살아가는 조직이다.

1969년, 마더 테레사는 여러 사람들의 도움을 받아 '마더 테레사 협력자 국제협회International Association of the Co-workers of Mother Teresa'의 헌장을 만들었다. 그리고 이 해 3월 26일, 이 조직의 수장首長으로서 헌장을 교황 바오로 6세에게 바쳤고, 교황은 여기에 축복해 주었다. 헌장은 이렇게 시작된다.

"'마더 테레사 협력자 국제협회'는 전 세계의 모든 종교, 모든 종파의 남녀, 젊은이, 그리고 어린이로 구성된다. 이들 구성원은 모든 계급에 속하는, 그리고 모든 신조를 가진, 가난한 사람 가운데서도 가장 가난한 사람들을 위해 온 마음을 다해 봉사하면서 사람들 속에서 하느님을 사랑하고자 하는 사람들이다. 또한 기도와 희생의 정신으로 마더 테레사 및 사랑의 선교회와 자신을 결합시키고자 하는 사람들이다."

마더 테레사 협력자들은 세계 어느 곳에 살든 매일 다음과 같은 기도를 드리면서 이 기도 속에서 사랑의 선교회와 하나가 되려고 했다. 그리고 선교회의 자매나 수사들도 같은 기도를 드렸다. 이 기도는 아시시Assisi의 성 프란치스코의 평화의 기도인데, 앞부분만 은 선교회에서 첨가한 것이다.

> 주님,
> 가난과 굶주림 속에서 살고 있고
> 또한 그 속에서 죽어 가는
> 전 세계의 모든 사람들에게
> 봉사하게 해 주소서.
> 우리의 손을 통해
> 그들에게 일용할 양식을 주시고
> 우리의 이해와 사랑을 통해
> 그들에게 평화와 기쁨을 주소서.
>
> 주님, 나를 평화의 도구로 써 주소서.
> 미움이 있는 곳에 사랑을
> 다툼이 있는 곳에 용서를

분열이 있는 곳에 일치를

그릇됨이 있는 곳에 진리를

의혹이 있는 곳에 믿음을

절망이 있는 곳에 희망을

어둠이 있는 곳에 빛을

슬픔이 있는 곳에 기쁨을

가져오는 자 되게 하소서.

위로받기보다는 위로하고

이해받기보다는 이해하며

사랑받기보다는 사랑하게 하여 주소서.

우리는 줌으로써 받고

용서함으로써 용서받으며

죽음으로써 영생을 얻기 때문입니다.

병자와 고통받는 사람들의 협력자회

마더 테레사는 건강한 사람만이 아니라 장애인, 병자, 그리고 나이가 많아 활동하기 어려운 사람들도 특별한 형태로 사랑의 선교회에 참가하는 조직을 만들었다. 사랑의 선교회를 '제2의 자신 自身'으로 생각하면서 정신적인 연대를 갖는 '병자와 고통받는 사람들의 협력자회 The Sick and Suffering Co-workers of Mother Teresa'가 바로 그것이다. 여기에 참가하고 있는 사람들은 기도를 통해, 그리고 질병으로 당하고 있는 고통을 하느님께 바치는 것으로 마더 테레사의 선교회에 참여했다.

자클린 드 데케르Jacqueline de Decker도 바로 그런 사람들 가운데 하나였다. 이 여인은 병자들과 사랑의 선교회를 이어 주는 다리 역할을 하여 '병자와 고통받는 사람들의 협력자회'가 탄생하는 데 매우 중요한 역할을 담당했다.

드 데케르는 벨기에의 유복한 가톨릭 가정에서 태어나고 자랐다. 그녀의 할아버지는 브라질에 커피 농장을 갖고 있고, 인도네시아에 고무농원을 갖고 있는 부유한 실업가였다. 그래서 어렸을 때는 할머니가 갖고 있던 성城 속의 큰 별장에서 살기도 할 만큼 부유한 어린 시절을 보냈다. 그러나 농장을 물려받은 아버지가 급작스런 물가변동으로 재산을 날리는 비운을 겪게 되자 삶에 큰 변화가 닥쳐 왔다. 루뱅 가톨릭 대학에서 사회학을 전공했지만, 그녀는 간호법과 구급 진료 자격을 얻었다.

드 데케르가 품은 큰 목표는 인도에서 가난한 사람들의 지위를 향상시키기 위해 일하는 것이었다. 원래 그녀가 자신이 해야 할 일에 대해 확신을 갖게 된 것은 17살 때였다고 한다. 한 예수회 신부와 만난 것이 계기가 되었는데, 그러나 막상 인도에 가려고 했을 때는 2차 세계대전이 일어나 갈 수 없었다. 그러다가 마침내 여행 준비를 마치고 배를 타려고 했을 때 한 통의 전보를 받았다. 신부의 죽음을 알려 주는 전보였다. 안내역을 맡아 주고 도와줄 신부가 세상을 떠났지만 이에 아랑곳없이 그녀는 자신의 계획을 실행에 옮겼다. 인도에 도착한 후 검소한 생활을 하면서 인도식 생활에 빠르게 적응해 갔다.

그녀는 마드라스에서 만난 예수회 신부를 통해 파트나에 있다는 한 수녀의 이야기를 들었다. 그 수녀는 서양식 관습을 버리고 사리를 입고 있으며, 자신처럼 인도의 가난한 사람들을 위해 일하고 싶어 하는 아름다운 혼을 가진 사람이라는 것이었다. 그 수녀를 만나기 위해 기차를 타고 긴 여행 끝에 파트나에 도착했다. 당시 테레사 수녀는 '의료 선교 수도회'가 파트나에서 운영하는 '성 가족 병원'에서 가난한 사람들의 진료를 돕기 위한 의료 수업을 받고 있었다.

그녀는 이곳에서 테레사 수녀를 만났고 곧 친해졌다. 그들은 서로 공통점이 많았기에 곧 가까워질 수 있었다. 하느님을 사랑하는 것, 가난한 사람을 사랑하는 것, 인도를 사랑하는 것이 서로 같았다. 테레사 수녀는 드 데케르가 자기와 함께 일할 최초의 협력자가 되어 주기를 바랐고, 드 데케르도 함께 일하는 것이 자신의 소망이라고 말했다. 그러나 드 데케르는 벨기에로 일시 귀국하지 않으면 안 되었다. 척추에 심한 통증을 느껴 치료를 받지 않을 수 없었기 때문이다. 회복되면 곧 콜카타로 돌아와서 테레사 수녀의 일에 참여하기로 하고 떠났다.

의사들은 드 데케르가 척추에 진행성 위축마비증을 앓고 있다고 진단했다. 팔에도, 눈에도, 다리에도 마비가 왔다. 이러한 진행성 위축을 막기 위해서는 척추를 이식하는 여러 차례의 수술이 필요하다고 했다. 고통이 아주 심한 대수술을 몇 차례 한 후 의사 한 사람은 "이렇게 큰 수술은 해 본 일이 없다"고 했다. 그녀는 여러 차례 척추 수술을 받았다. 그것은 꿈의 종말을 뜻했다. 이제는 인도로 돌아갈 수 없었다. 아름답고 우아한 여자 드 데케르는 이제 목에 깁스를 하고 철제 코르셋 속에 몸을 가두어야 했으며, 목발 없이는 움직일 수 없는 몸이 되었다. 격렬한 통증 때문에 계속 며칠 밤을 잘 수도 없었다.

마더 테레사는 그녀가 벨기에로 돌아간 후 1949년 5월 29일 첫 편지를 쓴 이래 용기를 잃지 않도록 거듭 격려하면서 자신이 하고 있는 일의 진행 상황을 편지로 알려 주곤 했다. 이 편지들은 사랑의 선교회의 초기 탄생 과정과 더불어 '병자와 고통받는 사람들의 협력자회'가 어떻게 만들어졌는지를 잘 보여 주고 있다. 1949년 5월 29일, 마더 테레사는 편지에서 이렇게 썼다.

친애하는 자클린에게,

자매님의 다정한 마음과 많은 선물에 하느님의 은총이 있으시기를 빕니다. 저를 돕기 위해 무리를 많이 하신 것 같습니다. 하지만 하느님께서 반드시 갚아 주실 것입니다. 기뻐해 주세요. 저에게 함께 일할 세 사람의 동료가 와 주었습니다. 모두 열심히, 그리고 아주 많이 일합니다. 5군데의 빈민가에 2~3시간씩 일하러 갑니다. 이 자매들이 온 후 그곳 빈민가 사람들의 얼굴이 기쁨으로 빛나고 있는 것을 당신에게도 보여 줄 수 있으면 얼마나 좋겠습니까? 이 사람들은 입을 것이 없어 몸은 벌거벗고 더럽지만 마음은 사랑으로 가득 차 있습니다.

친애하는 자매님, 부디 용기를 잃지 말고 밝은 마음을 갖도록 하세요. 어려울 때에는 우리 선교회를 생각해 주십시오. 그러면 우리는 함께 하느님의 뜻 속에서 결합될 수 있을 것입니다.

하느님의 은총이 함께하시기를, 언제나 하느님과 함께 있으시기를.

하느님과 함께, 테레사 수녀

그로부터 6달이 지난 뒤 마더 테레사는 드 데케르에게 다시 편지를 썼다. 수술이 끝나 회복 단계에 들어가고 있을 때였다. 1949년 11월 19일, 마더 테레사는 다음과 같이 썼다.

친애하는 자클린에게,

1949년 11월 8일자의 편지를 어제 받았습니다. 차도가 있다는 소식, 퍽 기뻤습니다. 더구나 건강에 좋은 그런 좋은 곳에 있다는 소식 반가웠습니다.

여기는 할 일이 아주 많습니다. 지금은 5명이 일하고 있어요. 사람이 더욱 많아졌으면 좋겠다고 생각하고 있어요. 그렇게 되면 이곳을 본부로 하여 콜카타 주위로 활동을 넓혀 가고 더 많은 빈민가를 찾아갈 수 있을 것입니다. 그때가 되면 하느님의 사랑이 콜카타 전체로 퍼져 나가겠지요.…… 진료소에서 활동하는 의사나 간호사들도 훌륭하게 일하고 있어요. 진료를 받으러 온 사람들은 마치 어느 나라의 임금님이라도 된 것처럼 정성스러운 간호를 받고 있습니다.

친애하는 자클린, 이 조그만 수도회와 이곳의 자매들을 위해 더 많은 기도를 해 주세요. 우리는 모두 각자 시험받을 준비를 하고 있습니다. 물론 우리는 가난한 사람을 사랑하며, 일하는 것을 사랑하고 있습니다. 당신이 이곳 빈민가에 와 있다면 어린이들의 노래 소리가 당신의 귀에도 들리련만.

부디 용기와 명랑한 마음과 기도를 잊지 마시기를.

예수 그리스도와 함께, 테레사 수녀

"당신의 일은 고통당하고 기도하는 것"

그 후 2~3년간 드 데케르는 여러 차례 대수술을 더 받았다. 조금만 움직여도 날카로운 통증이 온 몸에 퍼졌다. 이제 사랑의 선교회에 참여할 수 있는 희망은 사라졌다. 그때 마더 테레사에게는 새로운 아이디어가 떠올랐다. 1952년 10월 20일자 편지는 그때의 흥분을 다음과 같이 전하고 있다.

친애하는 자클린에게,

자매님의 병세가 차도 있는 쪽으로 호전되고 있다고 생각하고 있습니다. 늘 자매님을 생각하고 함께 있고 싶어 하며 자매님이 겪는 고통을 생각하면서 일하고 있습니다.

오늘의 이 편지를 읽으면 자매님도 틀림없이 기뻐하리라 생각합니다. 선교회에 들어오기를 바라는 당신의 마음, 지금도 우리 수도회를 깊이 사랑하고 있는 마음 잘 알고 있습니다.

그렇다면 자매님이 정신적으로 우리 회에 날아와 줄 수는 없을까요? 우리의 일은 빈민가에서 일하는 것, 당신의 일은 고통을 당하고 기도하는 것. 우리는 이렇게 해서 일과 기도를 함께 나누어 가질 수 있습니다.

여기는 할 일이 많습니다. 우리는 일할 사람이 필요합니다. 자매님처럼 일해 줄 사람이 필요합니다. 저의 정신적인 자매가 되어 선교회의 일원이 되어 줄 수는 없을까요? 몸은 비록 벨기에에 있어도 혼은 인도에 있는 것입니다.

지금 우리 동료는 24명이 되었습니다. 5명이 더 입회 신청을 해 왔습니다. 모두에게 당신 이야기를 해 주었습니다. 늘 자매님 이야기를 하고 있어요. 참가해 주신다면 더 많은 기도를 해 주셔야 합니다.

아직도 침대를 떠나실 수 없나요? 앞으로 언제까지 그런 상태로 있지 않으면 안 되나요? 하느님은 자신의 고통을 당신에게 주시어 당신에 대한 사랑을 보여 주고 계심에 틀림없습니다.

자매님은 행복한 사람입니다. 하느님이 당신을 선택하셨기 때문이지요. 용기를 잃지 마시고 기쁜 마음을 가지세요. 그리고 많은 기도를 드려 주세요. 자매님을 위해 저도 기도드리겠습니다.

하느님과 함께, 테레사 수녀

마더 테레사는 1953년 1월 13일 드 데케르에게 다시 편지를 쓰고 자신의 생각을 더욱 분명히 밝혔다. 그리고 이 편지에서 '병자와 고통받는 사람들의 협력자회'가 탄생했음을 알려 주고 있다.

친애하는 자클린에게,

자매님이 사랑의 선교회의 '고통받는 사람들'의 일원이 되어 주셔서 매우 기뻤습니다. 회의 목적은 빈민가에 사는 가난한 사람들을 도와주고 그들을 정화淨化시키는 것, 그리하여 십자가에 달리신 그리스도의 갈증을 풀어 드리는 것입니다. 당신처럼 심한 고통을 당하고 있는 사람만큼 이 일을 훌륭하게 해낼 수 있는 사람은 없습니다. 그리스도의 갈증을 풀어 드리기 위해 우리는 각자 사랑을 가득 담은 성작聖酌을 갖고 있지 않으면 안 됩니다. 당신처럼 고통당하는 여성, 남성, 어린이들, 노인, 젊은이, 부유한 사람, 가난한 사람, 이 모든 사람들을 위해 성작을 만들어 주시기 바랍니다. 이 일은 실제 고통을 느끼면서 침대를 떠나지 못하는 당신과 같은 분들이 돌아다니는 우리들보다 더 적임자입니다. 자매님과 나는 하느님의 힘을 받으면 무슨 일이든 할 수 있습니다.

만일 고해 신부님의 허락을 얻지 못한다면 서원을 할 필요는 없습니다. 우리에게 필요한 것은 정신일 뿐입니다. 하느님에게 모든 것을 의탁하는 것, 하느님을 신뢰하는 것, 그리고 언제나 밝은 마음을 갖는 것, 이것들을 지키는 것만으로도 당신은 '사랑의 선교회'의 회원이 됩니다. 하느님의 사랑을 사랑의 선교회에 운반해 드리고 싶어 하는 사람은 누구도 환영합니다. 저는 특히 힘없는 사람, 장애인, 불치의 병으로 고통당하는 사람들이야말로 이 회에 들어오셔야 한다고 믿고 있습니다.

사랑의 선교회의 자매들은 각자가 '제2의 자신自身'을 갖게 될 것입니다. 밖에서 활동하는 대신 기도하며, 고통을 느끼며, 생각하며 또한 편지를 쓰는 '제2의 자신'…… 자매님은 저의 '제2의 자신'이 되어 주셨습니다. 하느님께 감사드립니다.

나의 자매에게 하느님의 가호가 있으시기를.

하느님과 함께, 테레사 수녀

1956년 1월 9일, 마더 테레사는 고통받고 있는 협력자들에게 다음과 같이 자신들의 활동을 보고했다.

친애하는 형제자매들에게,

새해 인사를 드립니다. 올해도 사랑과 기쁨이 충만한 한 해가 되기를 충심으로 기원합니다. 수녀님들이나 저에게서 편지를 받지 못하셔도 실망하시지 마시기 바랍니다. 우리들의 사랑은 사라질 수 있는 것이 아닙니다. 오히려 점점 더 뜨거워지고 있습니다. 어느 날 당신과 우리들의 교류가 얼마나 친밀한 것인지를 아신다면 깜짝 놀라실 것입니다.

1955년은 결실을 많이 거둔 해였습니다. 우리 학교에 다니는 학생 수는 1,014명으로 늘어났습니다. 일요학교에는 1,416명이 다녀갔고요. 4만 8,313명의 환자를 치료해 주었고, 1,546명의 아픈 사람들을 간호해 주었습니다. 당신들이 받고 있는 고통이 이처럼 많은 사람들에게 큰 힘이 된 것입니다. 이러한 성과의 절반은 여러분들이 이루어 내신 것입니다.

하느님의 가호가 함께 하시기를.

예수와 함께, 테레사 수녀

다음은 1958년 5월 21일에 쓴 짧은 편지이다.

　친애하는 자클린에게,

　우리 선교회의 자매들은 현재 76명이 되었습니다. 곧 8명이 더 늘어날 예정입니다. 모두 각기 다른 길로 인도의 이곳저곳에서 온 자매들입니다. 언젠가 유럽이나 다른 나라들에서도 와 주실 것이라고 믿고 있습니다.

　우리가 나병 환자 구제 활동을 하고 있다는 이야기는 들으셨겠지요? 센터의 자동차로 순회진료를 하고 있습니다. 나병 환자들을 수용할 시설을 만들었으면 합니다.

테레사 수녀

그로부터 약 3년 후인 1961년 3월 10일 아그라에서 쓴 편지에서 마더 테레사는 사랑의 선교회의 자매들이 127명으로 늘었으며, '집'도 네 군데 새로 열었음을 알려 주었다.

마더 테레사는 약 1년 동안 편지를 쓰지 못했다.

　친애하는 자클린에게,

　저에게 무슨 일이 일어나고 있는 것이 아닌가 걱정하셨지요? 걱정 마세요. 자매들이 한시도 나를 떠나려 하지 않았기 때문입니다. 지금 우리 자매들은 127명이 되었습니다.

　델리와 란치, 아그라, 잔시, 그리고 콜카타에 새로운 '집'을 열었습니다. 다음 달엔 시무라에 갑니다. 자매님의 근황을 자세히 알려 주세요. 아그라에도 할 일이 많습니다.

델리에 있는 자매들도 일을 아주 잘해 주고 있습니다. 영국 사람, 독일인, 미국인, 몰타에서 온 수녀도 있습니다. 벨기에 사람이 오는 것은 언제일까요? 여러 가지로 도와주세요.

하느님의 가호가 있으시기를.

테레사 수녀

자클린 드 데케르는 약 50회에 걸쳐 필요한 수술을 받기로 되어 있었는데, 1965년까지 그 절반인 약 25회의 수술을 받았다. 1965년 4월 22일자의 편지에서 마더 테레사는 드 데케르가 수술 받는 횟수만큼 선교회의 '집'도 늘어나고 있다고 말했다.

"지난번 편지를 받은 후 꽤 많은 시간이 지나갔군요. 언제나 자매님을 생각하며 지냅니다. 저의 '제2의 자신'이 고통을 견디어 주시는 덕분에 저는 성장하고 활동을 계속할 수 있었습니다. 자매님은 아직도 침대에 있습니다.……

자매님이 수술을 받는 횟수만큼 우리들의 '집'도 늘어나고 있습니다.……

자매님은 병고를 참아 내고 있어요. 저는 3등차를 타고 이곳저곳 일하러 나갑니다. 현재 우리 선교회의 자매들은 235명입니다. 곧 30명이 더 입회할 예정입니다."

1972년 12월 16일, 마더 테레사는 병상에 있는 자클린을 걱정하면서 다시 다음과 같은 편지를 썼다.

친애하는 자클린에게,

늘 자매님을 생각하며 기도드리고 있습니다. 그렇게 고통스러운 몸으로 당신은 어머니한테까지 마음 쓰고 있습니다. 건강한 사람도 그렇게 하기가 어렵다는데.

저에게 힘을 주는 것은 자매님의 희생적인 삶입니다. 당신의 어머니는 고뇌하는 모습의 그리스도이십니다. 어머니를 걱정하는 자매님의 마음은 '니르말 흐리다이'에 있는 저에게도 전해집니다.

자매님이 수술을 받고 있는 동안에 당신을 대신하여 어머니를 돌보아 드릴 수 있으면 좋으련만. 우리들의 시간은 마치 빵처럼 사람들에게 먹히고 있습니다. 편지를 쓸 시간이 없어요. 저는 새벽 2시에 자고 새벽 4시 40분에 일어납니다. 자매들에게 나처럼 해 주기를 바랄 수는 없습니다. 저는 편지를 쓸 여유가 없습니다.

마더 테레사, M C.

자클린 드 데케르와 같은 마더 테레사의 '제2의 자신'들은 '병자와 고통당하는 사람들의 협력자회'를 만들어 마더 테레사와 사랑의 선교회를 위해 기도드리고 자신들의 고통을 바쳤다.

그들의 숫자는 약 5천 명, 속한 나라는 57개 나라로 퍼져 나갔다. 주요 나라별로 보면 영국인 4백 명, 프랑스 인 3백 명, 미국과 캐나다 인이 각각 2백 명에 이르렀다. 그리고 이미 세상을 뜬 2천5백 명이 하늘나라에서 사랑의 선교회를 돕고 있다고 마더 테레사는 믿었다.

사랑의 선교회에는 그 활동을 떠받쳐 주는 몇 개의 큰 기둥이 있었다. 그 가운데 하나가 이 '병자와 고통받는 사람들의 협력자회'였다. 그들이 드린 기도, 그들이 하늘에 바친 고통이 힘이 되어 오늘의 사랑의 선교회를 이루었다고 마더 테레사는 믿었다.

마더 테레사는 그 밖에도 "우리의 가장 훌륭한 후원자는 하느님을 완전히 받아들이고 하느님께 사랑을 바친 후 죽은, '죽어 가는 사람들의 집'에 수용되었던 5만 명의 사람들"이라고 믿었다.

'병자와 고통당하는 사람들의 협력자회'를 만드는 계기가 되었던 자클린 드 데케르, 이 여인은 마더 테레사를 돕는 것 말고 개인적인 하나의 소망을 품어 왔다. 그녀는 이렇게 말했다.

"마더 테레사에게 바라는 소망이 하나 있습니다. 만약 제가 죽거든 제 몸을 사리로 싸서 '사랑의 선교회'에 묻어 달라는 것입니다. 이 세상에서 이루지 못한 것을 죽어서라도 이루고 싶습니다. 저의 혼은 인도에 있기 때문입니다."

관상觀想 수도회와의 유대

1974년 프랑스를 여행한 마더 테레사는 그곳에서 조르주 고레 Georges Gorrée 신부를 만났다. 고레 신부는 마더 테레사가 자클린 드 데케르와 맺어 온 유대처럼 자신의 분신이라고 생각할 만큼 친밀한 교류를 가져 온 사람이었다.

그 고레 신부에게 마더 테레사는 하나의 소망을 말했다. 그것은 사랑의 선교회에 속한 수도원들이 세계 여러 곳의 다른 관상 수도회 수도원과 각각 영적인 결연結緣을 하는 것이었다. 마더 테레사는 고레 신부에게 국제적인 규모로 이러한 결연 조직을 만들어 달라고 부탁했다.

관상 수도회의 수도자는 세상으로부터 벗어나 고요 속에서 하느님께 기도하며 하느님께 자신을 바친다. 그는 바로 하느님의 현존 앞에 머문다. 그가 세상으로부터 떨어져 있다 하여 세상과 관계를 맺지 않고 살아가는 것은 아니다. 오히려 그는 세계 현실의 핵심 앞에 앉아 있다. 침묵의 기도 속에서 그는 세계가 부르짖는 소리를 들으며 세계의 고통을 느끼고 그 고통을 하느님께 바친다.

테이야르 드 샤르댕 신부는 그의 저서 『신의 영역 Le Milieu Divin』에서 어느 사막의 성당에 앉아 기도하는 수녀에 대해 말했다. 그 수녀가 기도하면 우주의 모든 힘이 그 기도하는 조그만 수녀의 소원대로 바뀌어 가는 듯하며, 세계의 축이 그 사막의 성당을 통과하는 것 같다고 했다. 샤르댕 신부는 "이 지상에서 순수함과 기도만큼 힘 있는 것은 없다"고 말했다.

사랑의 선교회의 수도자들은 세상의 밑바닥에 사는, 고통받는 사람들의 상처를 현장에서 어루만져 준다. 그리고 관상 수도회의 수도자들은 묵상 속에서, 하느님의 현존 앞에서 그들의 고통을 느끼고 함께 나누며 그들을 위해 기도한다. 멀리 떨어져 이 지상에서 서로 볼 수 없지만 이 두 수도회가 이처럼 함께 일하며 일치를 이

룬다면 얼마나 큰 힘이 될 것인가.

마더 테레사의 이러한 꿈이 멋진 현실로 나타났다. 겨우 1년 동안에 독일, 영국, 벨기에, 캐나다, 스페인, 프랑스, 이탈리아, 룩셈부르크 등에 있는 4백여 수도원이 기꺼이, 그리고 열의를 가지고 결연에 응해 온 것이다. 고레 신부는 '비할 데 없이 놀라운 일'이라고 경탄했다.

고레 신부가 세상을 떠난 후에도 이러한 노력은 계속되었다. 마더 테레사는 니르말라 수녀에게 그 역할을 맡아 주도록 부탁했다. 수도회 간의 영적 결연은 폴란드, 미국 등 여러 다른 나라로 확대되어 갔으며, 영국 국교인 성공회의 관상 수도원과도 맺어졌다.

그리고 사랑의 선교회도 관상 수도회를 만들었다. 관상 수도회의 수녀들은 공동체에서 일하는 몇 시간을 제외하고는 많은 시간을 기도하면서 보낸다. 니르말라 수녀는 사랑의 선교회의 관상수도원 원장에 취임했는데, 어느 날 가르멜회의 어느 수도원장에게서 편지를 한 장 받았다. 그 편지는 그 옛날 마더 테레사가 외롭게 사랑의 선교회를 새로이 탄생시키려 애쓰고 있을 때 먼 곳에 있는 어느 가르멜 수도원 수녀들의 남모르는 기도가 있었다는 놀라운 사실을 알려 주었다.

"수녀님도 마더 테레사도 이 일에 깊은 관심을 가지시리라 생각합니다. 아주 오래전 일이지만, 마더 테레사가 콜카타에서 (사랑의 선교회의 창립을 위한) 로마의 결정을 기다리고 있을 때 나와 우리 수녀들은 로레토 수도회의 마더 카니시아에게서 (마더 테레사의) 그 새로운 일을 위해 기도를 바쳐 달라는 부탁을 받았습니다. 1940년대의 그날부터 마더 테레사와 그분이 하시는 일을 위해 우리는 계속 기도했습니다. 그 새로운 일이 발전을 거듭할 수 있도록 사도적 관심을 가지고 마음을 모아 기도를 드렸습니다. 그때부터 우리 수도회는 귀회와 맺어져 있었습니다…….”

15. 세계의 눈에 비친 마더 테레사

마더 테레사와 국가 지도자들

1981년, 마더 테레사는 에티오피아를 찾아갔다. 에티오피아 북부에 심각한 가뭄이 들어 수십만의 인명이 심각한 위기에 놓여 있었기 때문이다. 마더 테레사는 약품과 식량을 가지고 현지를 다녀왔지만 그것은 바다 속의 물 한 방울이나 다름없었다. 재해는 갈수록 커져 갔다. 국제적인 구호기관은 많았지만 조직적인 구조 활동은 제대로 펼쳐지지 않았다. 구호물자는 오지의 조그만 마을에까지 이르지 못했다.

콜카타로 돌아온 뒤에도 마더 테레사의 마음은 편치 않았다. 그래서 더 이상 피해가 확대되지 않도록 자매들과 함께 기도하고 단식했다. 문득 생각이 떠올라 마더 테레사는 미국 대통령에게 편지를 썼다. 그로부터 약 1주일 뒤 미국의 백악관에서 전화가 걸려 왔다. 레이건 대통령의 전화였는데, 편지를 잘 받았다는 인사말을 건넨 뒤 그는 미국 국민들의 뜻을 모아 가능한 한 빠른 시일 내에 최선을 다해 구호물자를 보내겠다고 약속했다.

레이건 대통령의 말대로 빠른 구조 활동이 시작되었다. 미국 정부는 구호가 필요한 곳에 많은 약품과 식량을 보내 주었을 뿐만 아니라 다른 구호단체의 협력도 주선해 주었다. 그리하여 고맙게도 조그만 마을에 이르기까지 헬리콥터로 식료품과 구호물자가 막힘없이 공급되었다. 그 후 레이건 미국 대통령은 마더 테레사를 백악관으로 초대하여 오찬을 함께했다.

'마더 테레사는 언제라도 서벵골 주지사와 자유롭게 면담할 수 있다'는 말이 콜카타 시민들 사이에 퍼져 있었다. 이러한 화제 속에는 마르크스주의자이며 무신론자인 주지사가 하느님이야말로 자신의 모든 것이라고 믿는 마더 테레사를 어떻게 그렇게 파격적으로 대할 수 있느냐는 놀라움이 숨어 있었다. 그것은 주지사가 마더 테레사를 존경하고 전폭적으로 신뢰한다는 것을 뜻했다. 주지사는 마더 테레사가 자유롭게 자기를 방문할 수 있는 데 대해 자주 질문을 받았는데, 그의 대답은 언제나 한결같았다. "우리는 가난한 사람들에 대해 같은 사랑을 지니고 있기 때문"이라는 것이었다. 여러 해 전 지사가 심장병으로 입원했을 때 마더 테레사는 즉시 찾아가 문병했으며, 사랑의 선교회의 자매들은 그가 빨리 회복되도록 계속 기도했다.

자와할랄 네루 전 인도 수상의 집안과 마더 테레사는 오랫동안 인연을 맺어 왔다. 1960년, 사랑의 선교회가 콜카타 이외의 지역에 '집'을 열 수 있도록 허락받은 뒤 델리에 두 번째 '집'을 열었을 때 네루 수상이 기념식에 참석했다. 수상이 도착하자 마더 테레사는 네루 수상과 수행원들을 안내하면서 말했다. "먼저 이 '집'의 주인에게 인사를 드리시는 것이 좋겠습니다." 마더 테레사는 귀한 손님이 오면 언제나 이렇게 권하면서 기도실로 안내했다.

마더 테레사는 이들을 기도실로 안내하여 기도를 드리게 했다. 네루 수상은 두 손을 합장했다. 뒤이어 어린이들이 꽃다발을 증정하고 수상에게 하느님의 은총이 내리기를 기원하는 뜻에서 기도와 작은 예물을 하느님께 바쳤다. 그리고 마더는 수상에게 물었다. "저희들이 하는 일에 대해 말씀드려도 될까요?"

네루 수상은 대답했다. "아닙니다, 수녀님. 저에게 수녀님이 하시는 일을 설명하실 필요는 없습니다. 수녀님이 하시는 일이 저를 이곳까지 오게 했으니까요."

그 후 네루 수상은 마더 테레사를 인도 최고의 상賞인 파드마 슈리 상의 수상자로 추천했다. 네루 수상의 딸인 인디라 간디 전 인도 수상도 마더 테레사와 친밀하게 지냈으며, 마더 테레사가 편지를 쓰면 곧 답장을 보내오곤 했다. 인디라 간디는 마더 테레사에 대해 이렇게 썼다.

"마더 테레사와 만나면 겸손 그것을 느낀다. 동시에 다정함과 사랑의 힘을 느낀다."

인디라 간디 전 인도 총리(왼쪽)와 함께.

긴급한 사태가 일어났을 때 정부의 대응 문제를 놓고 인디라 간디 수상과 마더 테레사 사이엔 견해가 엇갈린 적도 있었다. 그때마다 마더 테레사는 편지를 보내 반대 의견을 말했다.

인디라 간디 수상은 1977년 총선거에서 패배하여 권력을 잃었는데 마더 테레사는 그때 즉시 간디 수상을 찾아가 위로했다. 왜 그토록 간디 수상을 걱정하는가라는 질문에 마더 테레사는 분명하게 대답했다. "친구이기 때문입니다."

마더 테레사는 정치와 관련을 맺지 않고 순수한 동기로만 일해 왔다는 것을 세계의 많은 사람들은 알고 있었다. 그 동기가 매우 투명했기 때문에 마더 테레사의 행동이 오해받는 일은 극히 드물었다. 마더 테레사는 인디라 간디 수상의 아들인 라지브 간디 전 수상도 언제나 자유롭게 만날 수 있었다.

마더 테레사의 방문을 기꺼이 환영하고 기다린 사람은 인도 국내의 인사들만이 아니었다. 마더 테레사는 필요하다면 세계 어느 곳의 누구든 만날 수 있었고 또 만나러 갔다. 왜냐하면 방문의 목적이 자기 자신의 이익을 위한 것이 아니라 고통당하는 사람들을 위한 동기에서 나온 것임을 누구나 알고 있었기 때문이다. 국가 지도자도, 정치인도, 독재자도, 사제도 그를 만나는 것을 큰 기쁨과 영예로 알았다.

프랑스의 미테랑 전 대통령, 영국의 메이저 전 총리, 미국의 레이건과 부시 전 대통령, 벨기에 국왕, 스페인 국왕 등 한 나라를 대표하는 사람들이 마더 테레사를 탁월한 벗으로 생각하며 존경했다.

반 엑셈 신부는 파키스탄의 전 대통령이자 독재자였던 지아 울 하크와 마더 테레사의 만남에 얽힌 이야기를 들려주었다. 마더 테레사는 파키스탄 현지의 주교로부터 초청을 받고 파키스탄을 방문하기로 결정했다. 인도 국적의 여권으로 뉴델리에 있는 파키스탄 대사관에 비자를 신청했는데, 비자만이 아니라 파키스탄의 어디든 자유롭게 여행해도 좋다는 대통령의 허가가 나왔다.

그뿐만 아니라 쾌적한 여행을 위한 배려로 대통령 전용 제트기까지 제공하겠다고 제안했다. 다만 파키스탄에 사랑의 선교회 수도원을 열고 싶다는 마더 테레사의 신청에 대해서는 인도인 출신이 아닌 수녀가 부임해 주었으면 좋겠다는 조건을 붙였다. "그러나 마더 테레사는 이 조건을 심각하게 고려하지 않았다고 봅니다. 왜 냐하면 파키스탄의 다른 수도원에는 이미 인도인 출신의 수녀들 이 몇 사람 있었기 때문이지요"라고 반 엑셈 신부는 말했다.

1991년 5월 초, 방글라데시의 해안 지대를 큰 폭풍우(사이클론)가 강타하고 거대한 파도가 일어나 약 30만 명이 목숨을 잃은 참사가 있었다. 이 소식을 듣고 마더 테레사는 급히 현장을 찾아갔다. 당 시 마더 테레사는 심장병 치료를 받고 요양 중이었는데, 의사들의 만류를 뿌리치고 자신의 결정을 실행에 옮겼다. 급히 여러 개의 상 자에 약품을 담아 가지고 수녀 둘과 함께 현지로 달려갔다. 이 나 라의 수도인 다카에 주재하고 있는 자매들에게도 알릴 시간이 없 었으므로 마더 테레사가 온다는 것을 아는 사람은 아무도 없었다.

현지에 도착하자 재해를 취재하러 온 해외의 여러 언론인들이 마더 테레사의 모습을 발견하고는 깜짝 놀랐다. 마더 테레사는 방 글라데시의 지아 총리와 동행하면서 그의 보살핌을 받고 있었다. 그리고 그들이 탄 헬리콥터가 악천후 때문에 긴급 착륙하게 되자 그 자체가 또 하나의 뉴스거리가 되기도 했다.

제3세계의 자연재해는 서방세계의 선진국들에게는 대단한 관 심사가 되지 못했다. 그러나 재해 현장을 보여 주는 뉴스에 마더 테레사의 모습이 나타나면 그것이 세계 곳곳에서 관심을 불러일 으켜 구호 활동이 펼쳐지곤 했다.

마더 테레사에게 깊은 인상을 준 사람 가운데는 하일레 셀라시 에 에티오피아 국왕도 들어 있다. 1973년, 마더 테레사는 에티오피아에 수도원을 열고자 했으나 많은 곤란에 직면해 있었다. 그래서 이러한 곤란을 해결하기 위해서는 국왕을 직접 만나지 않으면 안 되겠다고 판단했다. 국왕이 결정권을 갖고 있었기 때문이다.

그러나 국왕을 만나려면 왕비를 먼저 만나야 하는 어려운 절차가 있었다. 그래서 어떤 종교 단체나 자선 단체도 에티오피아에서는 성공을 거두지 못했다. 마더 테레사는 낙관하지 말라는 충고를 받았다. 마더 테레사는 국왕을 만나기 전에 왕궁에서 한 대신大臣을 만나야 했는데, 그와 이런 대화를 나누었다.

"우리 정부에 무엇을 원하십니까?"

"특별히 원하는 것은 아무것도 없습니다. 다만 우리가 가난한 사람들을 위해 일할 수 있도록 해 달라는 것입니다."

"수녀들은 무슨 일을 하시나요?"

"가난한 사람들 가운데서도 가장 가난한 사람들을 위해 마음을 다해 일합니다."

"그들은 어떤 자격을 갖고 있습니까?"

"우리는 사회가 필요로 하지 않는 사람들, 사랑받지 못하는 사람들에게 사랑과 자비를 가져다줍니다."

"당신들이 무슨 생각을 갖고 있는지 알겠습니다. 설교를 하고 사람들을 개종시키려는 것이지요?"

"우리가 하는 일은 고통당하는 사람, 곤란에 빠져 있는 사람들에게 하느님의 사랑을 가져다주는 것입니다."

마더 테레사는 마침내 국왕을 만날 수 있었다. 그러나 국왕의 반응은 사람들의 예상을 뛰어넘었다. 국왕은 아주 짧게 대답했다.

"수녀님이 하시고 있는 일에 대해 이야기를 들었습니다. 우리나라에 와 주셔서 기쁘게 생각합니다. 반갑습니다. 수녀님의 자매들을 에티오피아에 보내 주십시오."

그로부터 1년 후인 1974년 9월 12일, 81살의 셀라시에 국왕은 쿠데타로 권력을 잃고, 아디스 아바바의 감옥에 갇혔다. 감옥에서는 가혹한 대우를 받았다.

그래서 국제적인 탄원운동이 일어나 아프리카의 여러 나라를 비롯하여 유럽 나라들의 대통령과 총리가 에티오피아 군사정부에 편지를 보내 왕과 그의 가족에게 인도적으로 대우해 줄 것을 호소했다.

그러나 왕은 면회조차도 할 수 없었다. 감옥에 있는 왕과 그 가족들을 면회할 수 있도록 허락받은 사람은 오직 마더 테레사밖에 없었다. 셀라시에 왕은 감옥에서 세상을 떠났다. 마더 테레사는 그 후 왕의 가족들이 석방되도록 노력했다.

교황 요한 바오로 2세와 마더 테레사의 친밀한 관계도 주목할 만하다. 마더 테레사는 교황을 '성스러운 아버지'라고 불렀는데, 실제로 '아버지'처럼 존경했다. 교황 요한 바오로 2세는 '사랑의 선교회'가 교황청으로부터 빨리 인가를 받도록 배려하고 도왔다. 교황은 1982년 마더 테레사를 특사로 임명하여 전화戰火 속의 레바논

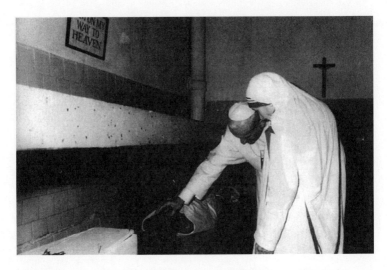

1986년, '죽어 가는 사람들의 집'을 방문한 교황 요한 바오로 2세와 마더 테레사.

을 방문해 주도록 요청하기도 했다.

교황 자신은 1986년 2월 초 콜카타를 방문하여 공항에서 승용차로 칼리가트의 '죽어 가는 사람들의 집'으로 직행했다. 그는 그곳에 있는 사람들을 한 사람씩 찾아 위로하고 축복해 주었다. 그리고 자신의 손으로 먹을 것과 물을 주었는데, 그때에 느낀 감동은 잊을 수 없는 것이었다고 한다. 교황은 크리스마스 때가 되면 가능한 한 자신이 직접 로마에 있는 사랑의 선교회의 '집'을 찾아가 가난한 사람들에게 봉사했다.

마더 테레사는 국가나 지역 간에 분쟁이 일어나 무고한 사람들이 희생될 위험이 있을 경우 그 당사국에 편지를 보내 자신의 의견을 말하곤 했다. 그럴 때는 답장을 보내 자신들의 입장을 설명해 주었다. 미국과 이라크 간에 걸프전이 일어났을 때인 1991년 1월

12일, 마더 테레사는 양국 대통령에게 편지를 보내고 이 전쟁의 피해자를 위해 탄원했다. 마더 테레사는 이 편지에서 "가까운 장래에 이 불길한 전쟁은 끝날 것이지만 쌍방의 공격으로 목숨을 잃고 상처입고 피해받은 사람들에게는 그 무엇도 보상이 될 수 없을 것"이라고 호소했다. 전쟁이 끝나자 뜻밖에도 이라크의 보건담당 장관에게서 편지가 왔는데, 그 편지엔 고아와 부상한 군인들을 도와줄 수녀들을 이라크에 보내 주기 바란다는 내용이 씌어 있었다.

정치 지도자들과 만날 때마다 마더 테레사는 가난하고 고통당하는 사람의 입장에 서서 아무 거리낌 없이 그들에게 긴급히 해결해야 할 문제들을 이야기해 주었다. 마거릿 대처 전 영국 수상에게는 주택 문제를, 레이건 미국 대통령에게는 핵무기 문제의 해결을 촉구했다. 이런 정치 지도자들과 만났을 때 마더 테레사가 가진 유일한 관심은 인간에 대한 사랑이었다.

마더 테레사는 정치 지도자들을 만날 때 가난을 해결하기 위해 정부가 해야 할 일에 대해 이야기하느냐는 질문에 이렇게 대답했다.

"저는 권력자들과 만나면 사랑에 관해서 말합니다. 사랑하지 않는다면 어떻게 인간을 돌볼 생각을 할 수 있겠어요."

그런 권력자들과 만나는 것이 불편하지 않느냐고 묻자 이렇게 대답했다.

"천만에요. 하느님께서는 그분들에게 뭔가 실행할 기회를 주십니다. 그리고 많은, 아주 많은 이들이 성실하게 노력하고 있어요."

세계에서 상을 가장 많이 받은 사람

마더 테레사가 하고 있는 일이 세상에 알려지자 바로 이런 사람에게 상을 주어야 한다는 움직임이 여러 곳에서 벌어졌다. 그래서 1962년부터 마더 테레사에게는 수많은 상이 잇따라 주어졌다. 한때 사랑의 선교회의 한 수녀가 마더 테레사의 수상 목록을 만들어 보려고 했지만, 그해에 받은 크고 작은 상만 해도 20개가 넘어 정확한 목록 작성을 포기했다고 한다. 그해엔 목록을 만들고 있는 중에도 수상 소식이 잇따라 전해졌다. 그래서 마더 테레사야말로 가장 많은 상을 받은 사람으로 기네스북에 기록될지도 모른다는 말까지 생겨났다.

마더 테레사가 하고 있는 일을 최초로 높이 평가한 나라는 인도였다. 마더 테레사가 활동을 시작한 지 14년째인 1962년 1월 26일 마더 테레사는 인도 공화국 기념일에 파드마 슈리 상의 수상자로 결정되었다는 소식을 인도 대통령으로부터 받았다. 인도 태생이 아닌 사람이 이처럼 권위 있는 상을 받은 것은 처음이었다.

수상 소식을 들었을 때 마더 테레사는 이 상을 받아야만 하나 고심했고, 그래서 처음에는 수상을 거부했다. 수상식은 뉴델리에서 거행될 예정이었다. 마더 테레사는 콜카타 대주교와 상의하면서 자신은 상을 받고 싶지 않으며 뉴델리에 가고 싶지 않다고 말했다.

대주교는 마더 테레사를 잘 아는 사람들에게 자문을 구한 뒤 마더 테레사가 명예나 영광 같은 것에는 관심이 없는 사람이라는 것이 잘 알려져 있는 만큼, 대통령이 그에게 주는 '영예'는 마더 테레사와 함께 가난한 사람들을 위해 헌신하는 모든 수도자들에게 주는 격려로 알고 받을 것을 권고했다. 인도 대통령은 "마더, 귀하는 오시지 않으면 안 됩니다"라고 수상을 권유했다. 마더 테레사는 상을 받기로 했다.

수상식 날 인도 대통령은 마더 테레사가 묵고 있는 뉴델리의 수도원으로 리무진 차를 보내 주었지만, 마더 테레사는 이것을 사양하고 사랑의 선교회에서 쓰고 있는 구급차 겸용의 밴을 타고 대통령 관저로 갔다. 멋진 옷을 입은 경비병들이 도열한 앞을 지나 샹들리에가 밝게 빛나는 식장에 마더 테레사가 모습을 드러냈다. 수상식에 참석했던 네루 전 인도 수상의 여동생 판디트 여사는 이날의 마더 테레사의 모습을 이렇게 전했다.

"화려한 의장대가 늘어서 있고 악대가 음악을 연주하는 장엄한 공간에 사리를 입은 조그만 여인이 등장하여 조심스럽게 단상으로 올라갔습니다. 그리고 상을 받았습니다. 마더 테레사는 받은 상을 마치 자신의 병든 아이나 죽어 가는 사람을 팔로 끌어안듯이 소중하게 가슴에 껴안고 있었습니다. 아마도 이 식장에 참석한 모든 사람들이 벅찬 감동으로 가슴이 뜨거웠을 것입니다. 대통령을 바라보니 그의 눈에도 눈물이 흐르고 있었습니다. 집으로 돌아와 나는 언니에게 '참으로 감동적이었지요?' 하고 말했습니다. 언니는 '흐르는 눈물을 참을 수 없었다'고 대답했습니다."

콜카타로 돌아온 마더 테레사는 수상식에서 받은 메달을 '죽어
가는 사람들의 집'에 있는 조그만 성모상의 목에 걸어드렸다. 처음
으로 받은 이 상이야말로 '성모님을 예찬하여' 주어진 것이라고 생
각했으며, 상을 받은 것이 자기라고는 생각하지 않았다. 파드마 슈
리 상의 메달은 그 후에도 언제나 성모상에 걸려 있어 그곳을 떠난
적이 없었다.

그로부터 2~3달 후 마더 테레사는 필리핀의 막사이사이 상을
받았다. 이 상은 필리핀의 막사이사이 전 대통령을 기리기 위해 설
립된 아시아 지역의 아주 권위 있는 상이다. 이 상을 받을 당시 마
더 테레사는 타지마할로 유명한 아그라에 나병 환자들을 위한 시
설을 만들기 위해 바쁘게 뛰어다니고 있었다. 그러나 자금난 때문
에 계획을 연기하지 않으면 안 될 어려움에 처해 있었다. 그래서
이러한 사실을 사랑의 선교회 자매들에게 알려 주기로 한 바로 그
날에 수상 소식이 날아들었다. 상금이 나병 환자를 위한 시설 자금
으로 쓰였으니 하늘이 때를 맞추어 상을 준 것이라고들 했다.

1971년엔 많은 상을 받았는데, 그 가운데 권위 있는 상은 교황
요한 23세 평화상이었다. 교황 바오로 6세로부터 상을 받았는데,
상금 2만 1천5백 달러(한화 약 2천4백만 원)는 샨티 나가르의 나병
환자센터 건설자금으로 쓰였다. 미국 보스턴에 있는 전국 가톨릭
발전회의가 주는 '착한 사마리아인 상'을 받은 것도 뜻 깊은 것이
었다.

1971년엔 또한 조지프 P. 케네디 2세 재단이 주는 상을 받았는데, 이 재단은 정신적, 지적 장애의 원인과 치료법을 연구하기 위해 만들어졌다. 케네디가家의 가족들이 모두 참석한 가운데 워싱턴에서 열린 수상식에서 에드워드 케네디 미국 상원의원은 이렇게 말했다.

"마더 테레사는 그분 나름의 특별한 '사랑의 지리地理'를 갖고 있었습니다. 그래서 어느 곳에 도움이 필요한지를 알고 있었습니다. 그리고 그분은 특별한 신앙을 갖고 있어서 사람의 도움이든 물질적 도움이든 그러한 필요에 있어야 할 수단이 주어지리라는 것을 믿어 의심치 않았습니다. 그분의 그러한 신앙이 더욱 풍성한 열매를 맺도록 뒷받침해 드리는 것은 우리들의 특별한 영예입니다."

마더 테레사는 1만 5천 달러(한화 1천6백75만 원)의 상금을 받았고, 이 상금은 콜카타에 신체장애 및 뇌성마비, 지적장애를 지닌 어린이들을 위한 '집'을 만드는 데 사용되었다. 마더 테레사는 이 '집'에 '니르말 케네디 센터'라는 이름을 붙였다.

1972년 11월엔 국제이해에 기여한 공로로 뉴델리에서 네루 상을 받았다. 인도 대통령 V. V. 지리 박사는 수상식에서 마더 테레사에 대해 다음과 같이 말했다.

"마더 테레사는 인종, 종교, 국적 등 모든 것을 뛰어넘은 자유로운 사람들 가운데 한 분입니다. 오늘과 같은 고뇌하는 세계에서, 수많은 충돌과 증오로 불행해진 세계에서 마더 테레사가 살아온 삶과 그분이 하신 일은 인류의 미래에 새로운 희망을 가져다주고 있습니다……. 아마도 어느 날 인류는 인간이 안고 있는 여러 어려운 문제들을 효과적으로 해결할 수 있는 방법을 찾아내게 될지도 모릅니다. 그러나 그날이 온다 할지라도 인간을 인간답게 하는 가치는 서로 공감하고 고통을 함께 나누는 데 있습니다. 도처에서 볼 수 있는 좌절된 사람들, 모든 것을 잃어버린 사람들의 희망은 그때에도 소수의 선택된 사람들, 철저하게 자기 자신을 내어 주는 사람들의 손에 달려 있게 될 것입니다. 그러한 자비의 사자使者 가운데 한 분이 바로 마더 테레사입니다."

영국 왕실의 사람으로 마더 테레사와 처음 만난 사람은 엘리자베스 영국 여왕의 남편인 필립 공이었다. 1973년 4월 25일, 필립 공은 마더 테레사에게 템플턴Templeton 상을 수여했다. 이 상은 '종교의 진보 및 인간이 신神에 대한 지식을 더 많이 얻도록 장려하기 위해' 조지 템플턴 부부가 출연한 많은 재산을 기금으로 하여 만들어진 것이다. 천주교, 개신교, 성공회, 불교, 이슬람교, 유대교, 힌두교 등 세계의 주요 종교계에서 보낸 심사위원 9명이 80개국의 2천여 명에 이르는 후보자 가운데서 마더 테레사를 첫 수상자로 뽑았다. 마더 테레사가 이 상을 받은 것은 인류가 종교 간의 벽이라는 넘기 어려운 경계를 돌파할 수 있다는 것을 힘 있게 증명한 상징적인 사건이기도 했다. 이 상의 상패에는 다음과 같은 말이 씌어 있었다.

"귀하는 신神에 대한 인간의 지식과 사랑을 확대하고 심화시키는 도구가 되어 왔습니다. 그리하여 귀하는 신을 반영해 주는 인간의 삶의 질을 더욱 높이는 데 공헌했습니다."

이날 수상식장인 런던의 길드홀Guildhall에는 세계의 여러 종교계를 대표하는 인사들과 인도 뭄바이의 대주교를 비롯하여 마더 테레사를 돕는 사람들이 초대되었다. 그리고 이브닝드레스를 입은 런던 사교계의 유명한 인사들로 식장은 가득 찼다. 필립 공은 마더 테레사에 대해 이렇게 말했다.

"마더 테레사는 사람이 굳센 신앙을 가졌을 때 무엇을 할 수 있는지를 자신의 삶으로 보여 주었습니다. 어떤 기준으로 보아도 이분이 행한 것은 선善입니다. 그리고 오늘의 세계는 이러한 종류의 선, 즉 실천하는 사랑을 절실하게 필요로 하고 있습니다."

마더 테레사는 수상 연설에서 이렇게 말했다.

"저에게 이 상을 주는 것은 저와 함께 세계 곳곳에서 일하고 있는 모든 사람들에게 주는 것이라 생각합니다. 그 옛날과 마찬가지로 오늘날도 예수님은 그분의 백성들 가운데로 오셨지만 사람들은 그분을 알아보지 못하고 있습니다. 예수님은 가난한 사람들의 허물어진 몸속에 와 계십니다. 그리고 부유한 사람들, 자신의 부富 때문에 질식당하고 있는 사람들 가운데에도, 그들의 외로움 속에도 와 계십니다. 아무도 그들을 사랑해 주지 않기 때문입니다. 자주, 매우 자주 우리는 예수님을 지나쳐 버립니다.

콜카타나 여러 다른 곳에서와 마찬가지로 이곳 영국에도 외로운 사람들이 많이 있습니다. 그들은 주소나 방 번호로밖에는 다른 사람들에게 알려져 있지 않습니다. 우리는 어디에 있는 것일까요? 우리는 그런 사람들이 있다는 것을 정말 알고 있는 것일까요?……

맬버른에 있는 어느 노인을 방문한 적이 있습니다. 그의 주위에는 그가 그곳에 살고 있다는 것을 아는 사람이 아무도 없었습니다. 그 노인의 방이 걱정스런 모습을 하고 있어서 저는 청소를 해 드리기로 하였습니다. 노인은 '나는 이대로가 좋다'면서 나를 만류했습니다. 제가 아무 말도 하지 않고 기다리고 있으니까 노인은 하는 수 없는지 '그러면 해 주세요'라고 허락했습니다. 그런데 방 안에는 훌륭한 램프가 먼지를 뒤집어쓰고 있었습니다.

'왜 이것을 켜시지 않나요?' 하고 저는 물었습니다.

'누구를 위해서 켜나요? 아무도 나를 찾아주는 사람이 없으니 램프는 필요 없어요.'

'수녀님들이 방문하면 램프를 켜시겠습니까?'

'아, 사람 소리가 들리면 램프를 켜겠습니다.'

그러고 나서 어느 날 그 노인은 다른 사람 편에 다음과 같은 말을 전해 왔습니다. '수녀님께서 제 인생에 밝혀 주신 등불은 아직도 타고 있습니다'라고요.

우리는 이런 사람들을 알아보고 관심을 가져야 합니다. 이런 사람들을 알게 되면 우리는 그들을 사랑하게 되고 그들을 위해 일하고 싶은 마음을 갖게 됩니다. 돈을 주는 것만으로는 충분치 않다고 생각합니다. 돈은 어떻게 해서든 얻을 수 있습니다. 이런 사람들에게는 무엇인가를 해 주는 당신의 손, 사랑해 주는 당신의 마음이 필요합니다.

많은 경우 그들은 돈 이외의 것을 받고 싶어 합니다. 물질적인 것은 얼마를 얻을 수 있습니다. 하지만 그들은 돈이나 물건을 주는 '사람', 즉 그런 것들을 줄 때 그들에게 닿는 사람의 손길, 따뜻한 미소를 보여 주는 상대, 자신을 생각해 주는 사람, 그 사람을 자기 앞에 보고 싶어 합니다. 이런 것들은 그들에게 커다란 의미를 갖습니다. 모든 사람들이 멀리하고 싶어 하는 오늘의 가난한 사람들, 그들 가운데는 (저 다마스커스에서 사울을 부르신 주님과 같은) 그리스도, 그 예수님, 바로 똑같은 그 주님이 계십니다.

세상은 이 사람들을 쓸모없는 사람들로 보며 그들을 위해 누구도 시간을 내어 주려고 하지 않습니다. 하지만 우리들이 갖고 있는 사랑이 정말로 참된 것이라면 저도, 그리고 여러분도 그들을 찾아 나서지 않으면 안 됩니다.

성서에는 이렇게 씌어 있습니다. '나는 나를 사랑해 줄 사람을 찾았으나 찾아내지 못했다'고. 만약 예수님이 우리를 위해 십자가에 달리신 채 오늘날도 우리를 향해 이와 똑같은 말씀을 하실 수밖에 없다면 그것은 얼마나 무서운 일이겠습니까."

이날 필립 공은 연회에서 마더 테레사를 생각하여 사려 깊게 생선 요리 하나만의 코스로 식사를 제공했다.

마더 테레사가 '첫 수상자'가 된 것은 이것만이 아니었다. 1975년, 그는 '생명을 경외한' 공로로 '알버트 슈바이처 국제 상'의 첫 수상자가 되었다. 1976년엔 미국 아이오와 주의 오키프 주교로부터 '지상의 평화 상'과 '가톨릭 이인종간異人種間 협의회 상'을 받았는데, 이 상은 마틴 루터 킹 목사가 받은 상이기도 했다.

1979년 3월, 마더 테레사는 로마 국립 아카데미가 주는 '발잔 상'을 받았다. 평화와 인도주의, 그리고 형제애를 실천하고 그것을 향상시킨 사람에게 주는 상이었다. 사랑의 선교회는 32만 5천 달러(한화 약 3억 6천3백만 원)에 이르는 큰 상금을 받았다.

· · · · · · · · ·
노벨 평화상을 받다

1979년, 노르웨이의 노벨상 위원회는 유엔 아동의 해를 맞아 노벨 평화상을 마더 테레사에게 주기로 결정했다. 마더 테레사는 '가난한 사람의 이름으로라면' 이 상을 받을 수 있다고 노벨상 위원회에 말했다.

마더 테레사가 노벨 평화상을 받은 것은 정치만이 평화를 가져다주는 것은 아니라는 것을 확인시켜 주는 사건이기도 했다. 그뿐만 아니라 지난날의 몇몇 수상자들에 대한 실망 때문에 이 상이 받았던 상처도 회복시켜 주는 결과를 가져왔다.

마더 테레사는 과거 아주 외롭게 사랑의 선교회를 시작했을 때 자신을 찾아와 이 수도회의 첫 입회자가 되었던 아네스 수녀와 두 번째 입회자였던 제르트루다 수녀와 함께 12월 9일 노르웨이의 오슬로에 도착했다. 그리고 이곳에서 오빠 라자르를 만났다. 수상 소식을 듣고 오빠가 그곳까지 찾아왔던 것이다. 수도자가 되기 위해 1928년 고향 집을 떠난 이후 약 50년 만에 처음 만나는 오빠였다. 라자르는 이곳에서 마더 테레사의 어린 시절에 대해 묻는 기자들의 질문에 대답해 주었다.

마더 테레사가 노벨 평화상을 받기 전까지 그의 이름은 세상에 널리 알려져 있지 않았다. 그러나 노벨 평화상 수상자로 이름이 알려진 뒤로는 사정이 전혀 달라졌다. 마더 테레사가 오슬로에 머문 4일 동안의 상황은 감당하기 어려운 것이었다.

도착하면서 귀국하기까지 세계 여러 나라의 보도기자들이 마더 테레사를 추적하여 취재하느라고 야단법석이었다. 수백 명의 신문, 텔레비전 방송 취재기자들과 카메라맨들이 몰려들어 바쁘게 뛰어다녔다. 마더 테레사는 그때처럼 세월이 길게 느껴진 적은 없으며, 당시를 생각하면 몸이 아파 온다고 했다. "취재 소동 때문에 나는 그만 하늘나라로 가고 싶었습니다"라고 마더 테레사는 말했다.

12월 10일, 오슬로 대학의 아울라 마그나에서 열린 수상식에는 노르웨이 국왕과 왕자 부부를 비롯하여 많은 고위 관리와 외교관들이 참석했다. 노르웨이의 노벨상 위원회 위원장이었던 존 산네

1979년 12월 10일, 노르웨이 노벨상 위원회의 존 산네스 위원장(왼쪽)으로부터 노벨 평화상을 받는 마더 테레사.

스 교수는 시상식에서 다음과 같이 마더 테레사를 찬양했다.

"1979년은 평화의 해는 아니었습니다. 여러 나라와 민족 간에, 그리고 이데올로기 사이에 논쟁과 충돌이 극단적인 비인간성과 잔인성을 띠고 일어났습니다. 우리는 전쟁을 겪고, 폭력이 제어되지 않은 채 행사되는 것을 목격했으며, 광신과 냉소를 보았고 인간의 생명과 존엄이 멸시당하는 것을 보았습니다.

우리는 엄청난 규모의 난민이 홍수처럼 밀려오는 사태에 직면해 있습니다. 그리고 집단학살이란 말이 사람들 입에 오르내리는 것이 근거 없는 이야기가 아니라는 것을 알게 되었습니다. 여러 나라에서 무고한 사람들이 테러 행위로 희생되고 있습니다.……

이러한 해에 노르웨이 노벨상 위원회는 마더 테레사를 평화상 수상자로 선정하였습니다. 마더 테레사가 하고 있는 일이 훌륭한 것은 그것이 인간을 인간답게 하고 인간이 긍지와 존엄을 지키며 살아가게 하는 데 있습니다. 가난한 사람, 죽음을 기다리는 사람, 사회와 가족으로부터 버림받은 사람, 외로운 사람, 나병 환자…… 이러한 사람들에게 마더 테레사와 그 자매들은 따뜻한 사랑을 지니고 찾아갔습니다. 그들은 가난한 사람들의 모습 속에 그리스도가 있다고 믿었습니다. 그리고 그들에게 은혜를 베푼다는 생각은 추호도 갖지 않았습니다.…… 마더 테레사의 눈에는 받는 사람이 주는 사람으로 비쳤습니다. 병든 사람, 가난한 사람이 가장 많이 주는 사람으로 비쳤습니다.…… 마더 테레사는 청빈淸貧을 지키고 봉사하며 살았습니다. 그것만을 삶의 기쁨이요 가치이며 목적으로 생각했습니다. 그것이 마더 테레사와 그 자매들의 삶이었습니다.……"

이러한 찬사에 대해 마더 테레사가 한 짧은 수상 연설은 듣는 사람의 귀를 아프게 하는 것이었다. 그 내용의 중심은 임신 중절에 대한 비판이었다. 마더 테레사는 인구 문제에 대해 관심을 가져 왔지만, 가족 계획은 자연의 이치에 따르는, 즉 여성의 생리주기와 금욕을 이용한 것이어야 한다는 입장을 견지해 왔다. 숨 쉬는 생명을 끊어 버림으로써 이루어 내는 가족 계획이나 인구 억제, 지구

환경의 보전, 즉 직접적인 폭력에 의해 얻어지는 평화는 평화가 아니라고 마더 테레사는 생각해 왔다. 이날의 수상연설에서도 마더 테레사는 평화를 원하는 마음과 낙태를 용인하는 태도 사이의 모순을 지적했다.

이날 식장에서 마더 테레사는 참석자 모두에게 기도문이 적힌 종이를 나누어 주었다. 그리고 마더 테레사가 청한 대로 8백여 명의 참석자들이 모두 아시시의 성 프란치스코의 평화의 기도를 함께 낭송했다.

언제나 그랬지만 마더 테레사는 수상 파티를 열지 말아 달라고 부탁했고, 노벨상 위원회는 이 제안을 받아들였다. 파티가 열리지 않았다는 사실과 경위가 알려지자 그것은 사람들의 상상력을 자극했다. 사람들은 마더 테레사의 제안이 말해 주는 뜻을 바로 이해했고, 그리하여 노르웨이와 스웨덴은 물론이고 유럽 여러 나라에서 기부금을 내고 싶다는 신청이 잇따라 들어왔다. 어린이들까지도 용돈을 아껴 보내왔다. 그렇게 해서 모아진 기부금은 약 3만 6천 파운드(한화 약 5천3백60만 원)였고, 여기에 연회를 열지 않고 절약한 비용 3천 파운드(약 4백47만 원)를 합쳐 3만 9천 파운드(약 5천8백만 원)가 사랑의 선교회에 전달되었다. 그것은 노벨상의 상금 19만 2천 달러(약 2억 1천450만 원)의 약 27퍼센트에 해당하는 액수였다.

콜카타로 돌아오자 이 도시는 '기쁨으로 가득 찼다.' 1913년 라빈드라나트 타고르(1861~1941)가 노벨 문학상을 받고, 1930년 C. V.

라만이 노벨 물리학상을 받은 이래 인도인으로서는 세 번째 노벨상을 받았기 때문이다.

콜카타의《스테이츠먼》지를 비롯한 인도의 주요 신문들이 지면을 크게 내어 마더 테레사의 활동을 초기부터 자세히 소개했다. 인도의 언론은 마더 테레사야말로 "그리스도 사랑의 가장 훌륭한 상징인 동시에 불타佛陀로부터 간디에 이르는 인도 문화의 최선의 상징"이라고 평가했다. 그러나 이러한 외부의 열광과는 대조적으로 마더 테레사는 조용히 수도원 안에 칩거하여 한 달 동안 모습을 드러내지 않았다. 마더 테레사는 자신의 노벨상 수상에 대해 이렇게 말했다.

"내가 노벨 평화상을 받은 것은 가난한 사람들 때문이었습니다. 그 상은 생각보다 훨씬 먼 곳까지 영향을 미쳤습니다. 그것은 전 세계 구석구석에 살고 있는 가난한 사람들에 대한 사람들의 양심을 움직였습니다. 가난한 사람들이 우리의 형제자매라는 것, 우리는 그들을 사랑으로 대할 의무가 있다는 것을 일깨워 주었습니다."

마더 테레사는 영국 왕실과도 몇 차례의 인연을 맺어 왔다. 1980년 찰스 왕자는 인도 여행 중 특별히 콜카타를 방문하여 사랑의 선교회의 '시슈 브하반'(어린이들의 집)을 찾았다. 당시 찰스 왕세자는 선교회의 기도실에서 마더 테레사와 함께 기도를 드렸다. 그 뒤 찰스 왕세자는 다이애나 왕세자빈과 함께 1992년 인도를 공식 방문하던 중 마더 테레사를 만나려고 했으나 뜻을 이루지 못했

다이애나 영국 왕세자빈(오른쪽)이 방문하여 마더 테레사의 손을 잡고 있다.

다. 마더 테레사가 멕시코에서 심장병으로 쓰러져 기적적으로 회
복되었으나 콜카타로 돌아오는 도중 로마에서 병이 재발하여 로
마의 병원에 입원하고 있었기 때문이다. 이때 마더 테레사의 병을
걱정한 다이애나 왕세자빈은 런던으로 돌아가던 중 예정을 바꾸
어 로마로 가서 마더 테레사를 문병하고 위로했다.

　마더 테레사와 다이애나 왕세자빈은 그 이후 깊은 우정을 나누
었다. 다이애나는 영국의 귀족 가문 출신에다 왕세자의 부인으로
화려하게 살아온 사람이고, 마더 테레사는 어려운 환경 속에서 고
통당하는 사람들을 위해 말없이 일해 온 대조적인 면을 갖고 있다.

하지만 두 사람은 모두 가난하고 소외된 사람들에 대해 특별한 관심을 갖고 그들을 도운 공통점을 갖고 있다. 다이애나는 자신이 지닌 영향력을 발휘하여 자선기금을 모으는 일과 대인지뢰를 제거하는 국제적인 운동에 많은 노력을 기울였다. 두 사람은 가난한 사람들을 돕는 문제에 대해서도 많은 이야기를 나누었다.

영국 왕실은 1983년 10월 24일 '우수 수도회 상'을 마더 테레사에게 주었다. 이 상은 1902년에 만들어진 것으로 24명의 심사위원이 수상자를 선정해 왔다. 그런데 이 해에 마더 테레사에게 상을 주기로 결정한 것은 엘리자베스 여왕 자신이었다고 한다. 수상식은 인도 델리의 대통령 관저 로즈 가든에서 열렸으며, 엘리자베스 여왕이 직접 참석한 가운데 상을 주었다.

명예 학위와 훈장

마더 테레사는 명예박사 학위와 훈장도 잇따라 받았다. 1971년 미국의 가톨릭 대학으로부터 받은 명예 문학박사 학위를 비롯하여 1974년엔 캐나다의 성 프란치스코 사베리오 대학, 1976년엔 뉴욕의 이오나 칼리지와 인도의 대시인 타고르가 설립한 비슈바 바라티 대학, 그리고 1979년엔 미국 펜실바니아의 템플 대학이 마더 테레사에게 명예박사 학위를 주었다.

그런데 여러 명예박사 학위 가운데 특별한 것은 영국의 케임브리지 대학으로부터 받은 명예 신학박사 학위라고 할 수 있다. 12세기 전반기에 설립된 이 대학은 영국 국교회가 로마에서 분리 독립한 후 종교개혁의 신학적 중심이 되어 왔다. 학위는 이 대학의 명예총장인 필립 공(엘리자베스 여왕의 남편)에 의해 수여되었다.

미국의 하버드 대학에서 명예박사 학위를 받을 때는 식장이 열광적인 분위기에 휩싸였으며, 모든 사람이 기립박수로 마더 테레사를 맞이했다.

훈장으로는 1980년 3월 인도의 최고 훈장인 '바라트 라트나(인도의 보석)'를 대통령으로부터 받았다. 그때까지 이 훈장을 받은 사람은 17명뿐이었는데, 인도에서 태어나지 않은 사람이 이 훈장을 받은 것은 마더 테레사뿐이었다.

1983년 11월에는 엘리자베스 영국 여왕에게서 메리트 작위를 받았다. 영국 최고 훈장 가운데 하나인 이 작위는 여왕이 인도를 공식 방문했을 때 여왕에게서 받았다.

이 밖에도 마더 테레사는 미국의 여러 도시로부터 명예시민 열쇠를 받았으며, 인도와 스웨덴에서는 마더 테레사의 초상을 넣은 우표를 발행했다. 그리고 1975년 유엔 식량농업기구FAO는 기념 메달에 가난한 사람들에게 먹을 것을 나누어 주는 마더 테레사의 초상을 넣었다. 미국의 시사주간지 《타임》지는 표지에 마더 테레사의 사진을 크게 싣고 (커버 스토리) '살아 있는 성도들' '사랑과 희망의 사자들'이라는 제목 아래 기사를 실었다.

마더 테레사는 이처럼 이 지상에서 가장 영예롭고 권위 있다는 상과 학위들을 받았다. 이 상들은 세상에 알려지지 않았던 마더 테레사와 그 자매들이 하는 일을 세상의 빛 속에 드러나게 하여 인류가 순수하고 고결한 한 '인간 거울' 앞에 자신을 비춰 보게 했다.

그러나 이런 뜻 깊은 상들이나 영예 가운데서도 마더 테레사를 참으로 기쁘게 해 준 것은 1976년 '간디 브하반' 즉 '간디의 집(간디 사상평화 연구소)'에 초석을 놓기 위해 아라하밧드에 초대받았을 때였다고 한다.

그것은 마더 테레사가 간디를 깊이 존경했으며, 간디의 사상과 방법에서 많은 가르침과 영감을 받았기 때문일 것이다. 그리고 두 사람은 공통점도 많이 갖고 있었다. 진리에 대한 줄기찬 사랑과 열정, 인간에 대한, 특히 가난하고 고통당하는 사람들에 대한 사랑, 굳센 의지와 적극적인 실천, 동기의 순수성, 자기희생, 부드러움 등에서 두 사람은 서로 많이 닮았다. 특히 두 사람 모두 말보다는 행동으로 진리를 실천하고 증명했다는 점에서 공통점을 갖고 있다. 간디는 이렇게 말했었다.

"장미는 언어로 말하지 않고
그윽한 향기로 말합니다.
향기야말로 장미의 언어."

간디의 말처럼 사랑의 실천이야말로 마더 테레사의 언어였다고 말할 수 있다.

마더 테레사는 1930~40년대의 인도 사회를 간디와 함께 겪었다.

1948년에 암살당한 간디는 마더 테레사를 알지 못했을 것이다. 그러나 마더 테레사는 간디를 잘 알고 있었다. 그리고 두 사람은 '가난'을 대하는 눈이 서로 같았다.

우선 두 사람은 사회에서 가장 가난한 사람의 입장에 자신을 세우는 것으로 가난을 대했다. 뉴델리에 있는 간디 박물관의 2층 정면에는 간디의 다음과 같은 말이 걸려 있다고 한다.

"그대가 판단과 행동에 혼란을 느낄 때에는 그것이 가장 가난한 사람의 입장에 서 있는가를 먼저 생각하라."

그리고 가난을 극복하는 방법에서도 두 사람 모두 그 '열쇠 말'은 '사랑'이었다. 간디는 이 '사랑'을 '아힘사$_{ahimsā}$'라는 말로 표현했다. '사랑', '비폭력'을 뜻하는 아힘사는 폭력이나 타인에 대한 지배에 대립되는 말인데, 인간이 진리와 평화에 이르는 길을 가리키는 말로 쓰인다. 그것은 다른 사람과의 교감과 공생을 지향한다.

마더 테레사는 가난한 사람이 왜 있느냐고 묻자 "우리가 나누지 않기 때문"이라고 대답했고, "어떻게 하면 가난을 해결할 수 있느냐"고 물어도 "우리가 서로 나눔으로써"라고 대답했다. 마더 테레사의 다음과 같은 말은 비폭력을 주장한 간디의 말과 많이 닮았다.

"세계를 이기는 데 폭탄이나 총을 쓰지 말고 사랑과 공감을 사용하십시오. 평화는 미소에서 시작됩니다. 당신이 미소 짓지 못했던 사람에게도 하루에 5번 미소 지어 보십시오."

비판의 소리도

그러나 마더 테레사에게 경탄이나 칭찬만 있었던 것은 아니다. 그 활동을 의문의 눈으로 바라본 사람들은 몇 가지 관점에서 그를 비판하기도 했는데, 그것을 살펴보면 다음과 같다.

그 하나는 질문의 형식을 띤 소극적 비판이다. 즉 콜카타의 빈곤을 해결하기 위해서는 더 큰 재원財源과 인적 자원을 가진 정부기관이 나서야 되지 않느냐는 것이다. 콜카타나 다른 여러 지역의 가난의 크기에 비하면 마더 테레사와 사랑의 선교회에서 하고 있는 일은 무의미할 정도로 작은 것이 아니냐는 지적이다. 마더 테레사가 하고 있는 일이 실제 이상의 일을 하고 있는 것처럼 알려짐으로써 일이 잘 해결되어 가고 있는 것처럼 비치게 하고, 그리하여 정부 당국으로 하여금 현실을 방치하게 하는 결과를 가져오고 있는 것이 아니냐는 것이다.

마더 테레사가 펴고 있는 의료 활동도 재원이 한정돼 있고 방법도 시대에 뒤떨어진 것을 쓰고 있어 큰 역할을 하지 못하고 있다고 말하는 사람도 있었다. 마더 테레사는 특히 인구 문제, 지구 환경 문제와 관련하여 시대의 요청에 역행하고 있다는 비판도 함께 받았다. 즉 낙태에 반대하는 마더 테레사의 입장이 인구의 증가를 용인하여 가까운 미래에 닥쳐올 인구의 폭발적 증가에 기여할 것이라는 비판이다. 마더 테레사는 이러한 비판들을 조용히 들어 왔다. 그리고 간결하게 대답했다.

"정부기관이 무언가 더 많은 일을 할 수 있으면 할수록 좋습니다. 가난의 원인을 뿌리 뽑는 것은 정부가 해야 할 일이지요. 그러나 그 것은 나와 우리 자매들이 할 수 있는 일과는 별개의 일입니다. 제가 할 수 있는 일은 무엇일까요? 저는 그분들을 위해 기도합니다. 그들 이 하루빨리 인간의 곤경을 인식하고 배려할 수 있게 해 달라고요."

마더 테레사는 또 다음과 같이 말했다.

"우리에게 가장 중요한 것은 한 사람 한 사람입니다. 예수님은 한 사람 한 사람을 위해, 한 사람의 죄인을 구원하기 위해 돌아가셨습 니다. 지금 그 한 사람은 우리에게 이 세계에서 단 하나밖에 없는 사 람입니다. 나는 가난한 사람들이 수없이 많다는 것을 압니다. 그러 나 한 번에 한 사람만을 생각합니다. 예수님이 바로 그 한 사람이며 나는 그분의 말씀을 따릅니다. 그분은 말씀하십니다. '너는 나에게 그것을 하라'고. 많은 사람이 모일 때까지 기다린다면 많은 사람을 잃어버리는 결과를 보게 될 것이고, 그 사람에게 사랑을 보여줄 수 없게 될 것입니다. 모든 사람은 나에게 그리스도입니다. 그러나 예 수님은 한 분뿐이기 때문에, 나에게 그 사람은 그 순간에 이 세상에 서 유일한 사람입니다."

마더 테레사는 자신들이 하고 있는 일을 '큰 바다 속의 물 한 방 울과 같다'고 말해 왔다.

"우리가 하는 일은 넓은 바다의 물 한 방울에 지나지 않습니다.

그러나 우리가 그 일을 하지 않으면 바다 물은 그 한 방울만큼 모자랄 것입니다. 우리는 이렇게 작은 일을 하고 있다고 해서 낙담하거나 좌절하거나 불행하게 생각할 이유가 없습니다. 세상에는 수많은 가난한 사람들이 있다는 것을 알고 있습니다. 그러나 나는 한 때에 한 사람에 대해서만 생각합니다."

"우리는 큰일을 할 수 없습니다. 오직 작은 일을 큰 사랑으로 할 수 있을 뿐입니다. 사랑의 선교회 수녀들은 작은 일을 수행하고 있습니다.…… 어떤 사람이 나에게 수녀들은 묵묵히 작은 일을 하고 큰일은 하나도 착수한 것이 없다고 말했지요. 그때 나는 비록 그들이 단 한 사람을 도울지라도 그것으로 충분다고 대답했습니다. 예수께서는 한 사람, 단 한 사람의 죄인을 위해서라도 생명을 바치셨을 것입니다."

"나는 일을 하는 데에 대규모적인 방법을 찬성하지 않습니다. 우리에게 중요한 것은 한 개인입니다. 그 사람을 사랑하기 위해서는 그 사람과 가까워져야 합니다."

마더 테레사는 자신과 사랑의 선교회의 자매들을 하느님의 도구에 지나지 않는다고 생각했으며, 따라서 실제로 일하는 분은 자신들이 아니라 그리스도라고 생각했다. 그리고 언제나 자신을 하느님의 손에 쥐어진 몽당연필이라고 말해 왔다.

"그리스도가 내 안에서 활동하고 계십니다. 그분은 나를 통해 행동하시고 나에게 영감을 주시며, 도구인 나에게 지시하십니다. 나는 아무 일도 하지 않습니다. 그분이 모든 일을 하십니다."

"나는 하느님의 손에 쥐어진 몽당연필이라고 항상 말합니다. 그분이 생각하시고 글을 쓰십니다. 그분이 모든 일을 하십니다."

16. 오늘의 사랑의 선교회

"가난한 사람이 있는 곳이면 달에까지도"

마더 테레사가 가난한 사람들에게 헌신하기로 결단하고 로레토 수도원을 떠난 것이 1948년, 그로부터 약 68년이 지난 2016년 현재 사랑의 선교회는 놀랍게 발전했다. 마더 테레사 자신도, 그리고 초기에 마더 테레사를 도와 함께 일했던 사람들도 오늘과 같은 모습은 상상하기 어려웠을 것이다.

2016년 9월 현재 사랑의 선교회에는 87개국에 4천5백 명의 수녀와 4백 명의 수사들이 참가하여, 세계 130여 나라의 160개 도시의 빈민가에서 구호, 봉사 활동을 하면서 수도생활을 하고 있다. 그 밖에도 사랑의 선교회에서 자원봉사 활동을 하는 사람들이나 선교회를 여러 방법으로 돕고 있는 국제 협력자 조직의 회원까지

합친다면 그 숫자는 크게 늘어날 것이다.

3백여 평의 대지에 세워져 있는 선교회의 본부 '마더 하우스'에는 지금 3백여 명의 수녀들이 살면서 일하고 있다. 마더 하우스는 4층과 3층 건물 두 채를 이어 붙인 회색 콘크리트 건물이다.

세계적으로 사제나 수도자가 되려는 사람들이 크게 줄어들고 있는 추세와는 대조적으로 사랑의 선교회에서 일하고자 하는 사람들은 날로 늘어나고 있다. 하고 있는 일도 다양하게 확장되었다. 주일학교를 비롯하여 입원환자 방문, 가정 방문, 교도소 방문 등을 일상적으로 하고 있으며, 의료 활동으로는 무료진료소 운영, 나병환자 병원 운영과 나환자들을 위한 재활 및 사회복귀센터 운영, 버려진 아이들, 장애아들을 위한 보육 및 보호시설, 의지할 곳 없는 환자를 돌보는 진료 시설과 죽음을 앞에 둔 사람들을 돌보는 '죽어가는 사람들의 집'의 운영, 결핵 환자와 영양실조에 걸린 사람들을 치료해 주는 치료 및 요양 시설 등을 운영하고 있다.

이러한 사랑의 선교회의 활동 중에서도 특히 눈길을 끄는 것은 나병퇴치 운동에서 거두고 있는 성과이다. 사랑의 선교회는 티타가르에 나병치료센터를 연 이래 아시아, 아프리카, 중동 등의 지역에서 1백 개 이상의 진료센터를 운영하고 있으며, 인도에서만도 여러 개의 센터를 열어 환자들을 돌보고 있다.

나병 환자는 오늘날 세계적으로 약 1천2백만 명에 이르고, 특히 인도에만도 그 수는 약 4백만 명에 이르는 것으로 추산되고 있다. 사랑의 선교회의 앨버트 수녀는 인도의 나환자 공동체인 샨티 나가르의 치료센터가 1990년 한 해에 활동한 결과를 다음과 같이 밝힌 바 있다. "1만 7,613명의 나병 환자가 치료를 받았고, 966명의 나병 환자가 입원했으며, 449명이 수술을 받았다. 재활센터에서 785족의 특제 구두를 만들었으며, 35명의 환자가 의족을 맞추어 달았다. 나환자 가족 가운데 135명의 어린이가 '어린이들의 집(시슈 브하반)'에 수용되었다. 2천 명이 매달 식료품 배급을 받았고, 4백 명이 매일 식사를 제공받았다."

사랑의 선교회는 콜카타 시에서만 약 1만 7천 명의 나환자를 치료하고 있으며, 인도 전역에서 치료하고 있는 환자들을 모두 합치면 모두 5만 3천 명쯤 될 것이라고 했다. 그리고 그 숫자는 해마다 늘어나고 있다. 점점 더 많은 나병 환자들이 누군가가 그들을 사랑하고 있다는 것을 깨달아 가고 있다.

사랑의 선교회는 1970년 이후부터는 알코올 중독자와 마약 중독자들을 치료하고 사회에 복귀시키는 치료센터를 여러 곳에 열었다. 특히 1980년대에 들어서는 현대의 나병이라고 불리는 에이즈 환자들을 위해 활동을 시작했다. 사람들은 에이즈를 두려워한 나머지 그들과의 접촉을 피하고 있다. 사랑의 선교회는 1985년 뉴욕에서 에이즈 환자들을 위한 첫 번째 '집'을 연 뒤 미국의 워싱턴 DC, 댈러스, 볼티모어, 샌프란시스코, 애틀랜타 등지에도 에이즈 환자들을 위한 '집'을 열었다. 스페인, 포르투갈, 브라질, 온두라스에도, 그리고 아프리카에서도 에이즈 환자들을 위한 집을 열었다.

치료율이 많이 높아졌지만 많은 에이즈 환자들은 아직도 자신이 버림받은 사람이라고 생각한다. 그들은 거절당한 사람들이고, 사람들이 곁에 있으려 하지 않기 때문에 외로운 사람들이다. 이런 비참한 상태에서 죽음을 맞는다는 것은 견디기 어려운 일이기 때문에 사랑의 선교회는 그들에게 가정 같은 분위기를 만들어 주려고 노력하며, 그들과 함께 먹고 이야기하고 기도하고 또 함께 논다.

마더 테레사는 에이즈 환자들이 '선교회'의 보살핌을 받으면서 어떻게 죽음을 맞고 있는지에 대해 이렇게 말했다.

"어쨌든 놀랍게도 우리가 돌보는 곳에서 절망한 채 죽은 사람은 하나도 없어요. 그들도 평화롭게 하느님과 함께 있습니다. 전엔 달랐어요. 에이즈에 걸린 줄 알면 스스로 목숨을 끊는 사람들이 많았지요. 하지만 우리가 돌봐 주고 난 뒤부터는 자살한 사람이 하나도 없습니다. 그들도 아름답게 죽습니다."

뉴욕과 워싱턴에서 에이즈 환자를 위해 일하고 있는 돌로레스 수녀는 에이즈 환자들이 사랑의 선교회의 보살핌을 받으면서 일으키는 변화를 다음과 같이 말했다.

"그들은 이 시대의 성인들입니다. 예수님 안에서 성숙해지면서 그들은 마지막 나날들을, 순간순간을 너무나 아름답게 보냅니다. 마치 성인들의 마지막 순간과도 같습니다. 누구도 절망할 필요가 없지요."

마더 테레사는 환자 자신이 더 이상 치료를 받지 않고 죽고 싶어 할 때 도움을 주지 않아도 되느냐(안락사)는 질문에 이렇게 대답했다.

"우리는 그럴 권리가 없어요. 기도하고 희생하면서 도와 줘야지요. 스스로 사랑받지 못하고 귀찮은 존재로 내버려져 있다고 여기는 까닭에서입니다.
우리는 아파서 고통받는 사람들을 늘 사랑하고 존중해 줘야 합니다. 그것이야말로 가장 좋은 약이지요."

사랑의 선교회는 그때그때의 필요에 응하여 일을 시작한 것이기 때문에 앞으로도 그러한 필요를 만나면 그만큼 활동 분야도 더 넓어질 것이다.
마더 테레사는 언젠가 이렇게 말했다.

"가난한 사람이 있는 곳이라면 달에까지라도 찾아갈 것입니다."

17. "성인이 되고 싶습니다"

. . . .
"고통은 하느님의 선물"

마더 테레사는 오랫동안 먼 길을 걸어오면서 많은 것을 이루어 냈지만 좌절과 거절과 모욕도 적지 않게 겪었다. 예컨대 북아일랜드의 벨파스트에서는 굴욕적인 실패를 당했다. 이곳은 프로테스탄트가 지배적인 힘을 발휘하고 반대로 가톨릭교도들은 사회, 경제적으로 불리한 위치에 놓여 있어 테러에 호소하는 일이 자주 일어났다.

마더 테레사는 이러한 상황이 개선되도록 도와주었으면 좋겠다는 권고를 받아들여 얼스터에서 자선 활동을 하면서 프로테스탄트와 가톨릭 사이의 화해를 시도했다. 옛날 성 프란치스코의 제자들이 이슬람교도들에게 점령된 성지를 향해 떠날 때처럼 굳센 결의를 갖고 그곳을 찾아갔다. 그러나 성 프란치스코의 제자들은 성지에서 영광스러운 순교의 면류관을 쓰게 되었지만 사랑의 선교회 자매들은 얼스터에서 더 이상 일을 하지 못하고 되돌아올 수밖에 없었다.

인도의 란치에서는 수도원을 새로 열려다가 저지당하기도 했다. 몇 명의 수녀들과 함께 이곳에 도착했을 때 "마더 테레사는 돌아가라"고 외치는 군중의 저지에 부딪혔다. 길에는 바리케이드가 쳐져서 한 걸음도 나아갈 수 없었다. 이 사건은 마더 테레사가 이곳에 나병 환자를 위한 시설을 지을 것이라는 잘못된 소문이 퍼진 데서 시작되었다. 선교회는 결국 다른 곳으로 장소를 바꿀 수밖에 없었다.

마더 테레사는 자신의 체험을 통해, 그리고 자신이 목격한 수많은 사람들의 고통을 통해 인간의 고통이 무엇인지를 깊이 이해했다. 사람들이 그토록 두려워하고 피하고 싶어 하는 고통, 그러나 마더 테레사는 이 고통을 '선물'로 받아들이라고 권고했다.

"아픔, 슬픔, 고통을 그리스도의 입맞춤으로 생각하십시오. 그것은 예수님께서 여러분들에게 입 맞추실 수 있을 만큼 여러분이 예수님께 매우 가까이 다가갔다는 신호이기 때문입니다. 우리는 이 고통의 체험을 통해 그리스도의 십자가의 고통을 이해하며 그 고통에 참여할 수 있기 때문입니다.

십자가의 고통 없이 부활의 기쁨이 있을 수 없는 것과 마찬가지로 우리가 고통을 느낄 때는 곧 그리스도의 부활이 올 것이고, 그 기쁨이 시작될 것이라는 것을 믿으십시오. 고통 자체는 기쁨을 가져

다주지 않지만 그러나 고통 속에서 만나게 되는 그리스도는 기쁨을
가져다줍니다."

마더 테레사는 사람은 고통을 통해 깨달음을 얻고 성장한다고
믿었다. 고통을 통해 좀 더 완전한 삶으로 다가가기 때문에 그것을
은총이라고 생각했다. 그러므로 "고통을 이해하고 기꺼이 받아들
이면 그 궁극적인 가치를 알게 된다"고 했다. 그래서 마더 테레사
는 다음과 같이 기도했다.

"주님, 우리가 좀 더 완전하고 창조적으로 살 수 있기 위해서 고
통과 일상의 갈등 중에 어떻게 인내하며 자신을 죽여야 하는지를
배우게 해 주십시오. 당신께서 십자가에 못 박히시고 부활하신 사
건 속에서 그 교훈을 배우게 도와주십시오. 주님께서는 십자가의
수난, 고통은 물론 인간 생활의 좌절을 인내와 겸손으로 받아들이
셨습니다. 매일 우리에게 다가오는 고통과 갈등을 인간 성장의 기
회로 받아들이고, 나아가서 주님을 좀 더 닮도록 도와주소서. 고통
과 갈등을 참을성 있고 용감하게 뚫고 나갈 수 있게 해 주시며, 주님
께서 우리를 뒷받침해 주시고 있다는 신앙을 갖게 해 주십시오. 우
리 자신과 이기적 욕망을 자주 죽일 때만 우리가 좀 더 완전하게 살
수 있음을 우리로 하여금 깨닫게 해 주십시오. 우리가 주님과 함께
죽어야만 주님과 함께 부활할 수 있기 때문입니다."

마더 테레사의 사랑, 그 신비

사람들은 마더 테레사를 '살아 있는 성인', '콜카타의 성인', '가난한 사람의 어머니' 등 여러 표현으로 불렀다. '사랑의 심장(마음)과 철의 의지를 가진 사람'이라고도 했다. 그러나 무어라고 부르든 마더 테레사가 사람들에게 준 가장 큰 이미지는 역시 '사랑'과 '성스러움'이다. 주름진 인자한 모습이 말해 주듯 '자애로운 사람', 자신의 존재를 바쳐 '사랑을 실천한 사람', 그리고 '거룩한 사람'이라는 이미지이다.

사람들은 마더 테레사가 병자들을 돌보거나 엄마 잃은 어린아이를 안고 있는 모습에서 '사랑'이 흘러넘치는 것을 보았다. 노력해서, '애써' 베푸는 사랑이 아니라 흘러넘치는 사랑이다.

그래서 사람들은 마더 테레사의 이러한 넉넉한 사랑, 그침 없고 지칠 줄 모르는 사랑이 도대체 어디로부터 온 것인지 신비롭게 생각했다. 마더 테레사가 자신의 이러한 사랑의 신비에 대해 말한 적이 있는지는 알 수 없다. 그러나 그가 남긴 말씀들에는 마더 테레사가 '사랑'에 대해 아주 많이 생각했고 깊이 통찰했으며, 그러한 사랑이 어디로부터 온 것인지 그 신비에 대해 대답이 될 만한 '열쇠 말'들이 곳곳에 숨어 있음을 알 수 있다.

그것을 한마디로 말하면 그 '사랑은 하느님으로부터 왔다'는 것이다. 마더 테레사의 신앙의 신비를 이해하지 못하고서는 마더 테레사의 삶을, 그 사랑의 신비를 이해할 수 없다. 마더 테레사는 명쾌하게 이렇게 말했다.

"장님이 장님을 인도할 수 없듯이 우리가 갖지 않은 것을 남에게 줄 수는 없습니다."

"우리는 먼저 하느님의 사랑을 받아야 다른 사람을 사랑할 수 있습니다. 다른 사람에게 사랑을 주기 위해서는 우리 마음에 사랑이 가득해야 합니다. 우리가 하느님의 사랑을 느끼면 그 사랑이 번져 나갑니다."

"이 세상에 사랑은 단 하나, 하느님 사랑밖에 없습니다. 하느님을 깊이 사랑하게 되면 우리 이웃도 사랑하게 됩니다. 그 이유는 하느님께 사랑을 느끼면 느낄수록 그분이 창조하신 모든 것을 존중하게 되고, 그분이 주신 은총을 모두 알아보고 인정하게 되기 때문입니다. 그리고 그 모든 것을 돌보아 주고자 하는 마음이 자연스럽게 우러나게 됩니다. 자신이 하느님의 사랑을 얼마나 많이 받고 있는지 알게 될 때 당신은 비로소 그 사랑을 주면서 살아갈 수 있습니다."

마더 테레사에게는 하느님을 사랑하는 것과 사람을 사랑하는 마음이 하나였다. 마더 테레사는 그리스도야말로 자기의 모든 것이라면서 다음과 같이 말했다. "나에게 예수 그리스도는 나를 살게 해 주시는 생명이십니다. 나를 통해 빛나는 빛, 하느님께 이르는 길이십니다. 내가 사람들에게 보여 준 사랑이고, 내가 사람들과 나누어 갖고 싶은 기쁨이며, 내 주변에 뿌리고 싶은 평화이십니다. 예수 그리스도는 나의 모든 것입니다."

마더 테레사는 "우리가 하는 일, 우리의 기도, 우리의 일, 우리의 고통까지도 예수님을 위한 것"이라면서 이 점이 바로 많은 사람들이 이해하지 못하는 부분이라고 했다. 마더 테레사는 이렇게 말했다.

"나는 예수님을 하루에 스물네 시간 모십니다. 나는 무엇을 하든지 그분을 위해서 합니다. 그리고 그분은 나에게 힘을 주십니다. 나는 가난한 사람들 속에 계신 그분과 그분 안에 있는 가난한 사람들을 사랑합니다. 그러나 언제나 주님이 우선입니다."

마더 테레사는 자신의 뿌리가 그리스도라는 것을 거듭 강조했다.

"나의 피와 태생은 알바니아 인입니다. 시민으로 말한다면 인도인입니다. 그리고 가톨릭의 수녀입니다. 소명으로 말한다면 나는 전 세계에 속해 있습니다. 그러나 내 마음은 전적으로 그리스도의 것입니다."

그리스도에 대한 이러한 믿음과 사랑 때문에 마더 테레사는 사람들이 두려워 가까이하려 하지 않는 나병 환자의 손에 주저 없이 입 맞출 수 있었으며, 죽어 가는 에이즈 환자들을 끌어안아 줄 수 있었다. 사람들은 마더 테레사의 이러한 행동을 보고 나병 환자와 에이즈 환자에 대한 태도를 바꾸었다. 마더 테레사는 이렇게 말했다.

마더 테레사.

"'나에게 1백만 달러를 준다 할지라도 나병 환자를 만지고 싶지 않다'고 어떤 사람이 내게 말했습니다. 나는 대답했습니다. '나 또한 마찬가지입니다. 돈 때문이라면 2백만 달러를 준다 할지라도 지금의 일을 할 수 없습니다. 그러나 하느님에 대한 사랑 때문에 기쁘게 그 일을 합니다.'"

그러면 어떻게 해야 하느님으로부터 사랑할 수 있는 능력을 많이 받아 남을 많이 사랑할 수 있게 될까? 그 비결은 무엇인가? 그것은 기도와 미사를 통해 하느님을 만나는 것이라고 마더 테레사는 말했다.

"나의 비결은 아주 간단합니다. 나는 기도하고 그 기도를 통해 사랑 안에서 그리스도와 하나가 됩니다. 그리고 그분께 기도하는 것은 그분을 사랑하는 것입니다. 그리고 그분을 사랑하는 것은 그분의 말씀을 실천하는 것임을 압니다.
나에게 기도란 하루 스물네 시간 주님을 위해, 주님을 통해서, 주님과 함께 살라는 그리스도의 뜻과 일치하는 것입니다."

"모든 것은 기도에서 시작됩니다. 하느님께 사랑을 간구하지 않고서 우리는 사랑을 지닐 수 없으며 다른 사람들에게 사랑을 나누어 줄 수는 더욱 없습니다."

마더 테레사는 "미사는 나를 지탱해 주는 정신적 양식이며 미사

없이는 단 하루도, 아니 단 한 시간도 지낼 수 없다"고 했다.

마더 테레사가 수도복에 성모 마리아를 상징하는 푸른색 선을 넣고, 어깨 위에 십자가와 작은 묵주를 단 데서 보듯이 예수의 어머니이신 마리아 또한 사랑의 선교회의 수도 생활에서 중요한 위치를 차지한다.

　사랑의 선교회 수도자들은 끊임없이 마리아께 도움을 청한다. 성모 마리아에 대한 마더 테레사의 사랑은 어린이 같지만 유치하지 않다. 또한 성모 마리아 때문에 십자가의 그리스도한테서 눈길을 돌리는 일은 없었다. 마더 테레사는 언제나 십자가 아래 서 계신 성모 마리아를 바라보면서 그 고통을 함께 나누고자 했다.

마더 테레사는 자신을 행복한 여인이라고 생각하느냐는 질문에 환하게 웃으며 대답했다.

　　"그럼요, 불행할 이유가 없지요. 무슨 일이든 예수님을 위해, 성모 마리아를 통해서 하다 보면 빗나가는 일이란 있을 수 없잖아요."

"가정 안의 콜카타, 이웃의 콜카타"

1982년에 마더 테레사가 일본을 방문했을 때 강연을 들은 많은 학생들이 큰 감동을 받아 자원봉사자로 콜카타에 가겠다고 지원한 일이 있다. 이를 본 마더 테레사는 학생들에게 감사를 표시한 후 이렇게 말했다.

"봉사하기 위해 일부러 콜카타에까지 오시지 않아도 됩니다. 여러분들 이웃에 콜카타가 있으니 그 콜카타를 위해 일해 주십시오."

우리들 주변에는 물질적인 궁핍으로 고통당하는 사람이 있거나, 그런 가난이 아니라도 '사랑'에 굶주리고 지친 가난한 사람들이 있다는 뜻이다. 그들이야말로 '우리들 주변의 콜카타'라고, 그러므로 자기의 가장 가까운 곳에서부터 사랑을 시작하라는 이야기이다. 마더 테레사는 종종 여러분 '가정 안의 콜카타'는 없는지 살펴보라고 일깨워 주었다. 사랑의 실천은 어디에서 시작되는가? 그것은 바로 가정이라고 마더 테레사는 말했다. 자기 가족 안에 아주 불행한 사람이 있는데도 그들을 몰라보고 있는지도 모른다고 일깨워 주면서 가정 안에서부터 사랑하는 법을 배워야 한다고 말했다. 마더 테레사는 이렇게 말했다.

"사랑은 가정에서 시작하고 가정에서 지속됩니다. 그리고 가정에는 사랑할 영역이 항상 있습니다. 가정은 우리 한 사람 한 사람이 사랑과 헌신과 봉사를 실천할 첫 번째 활동 분야입니다. 같은 말을 하고 같은 문화를 가진 사람에게 우선 말하기 시작하십시오. 이전에 한 번도 말을 건넨 적이 없는 사람에게는 나중에 하십시오. 진실로 우리는 '여리고 성'으로 자주 여행을 떠나서는 안 됩니다. 우리의

중요한 사업은 진정한 하느님의 사원이 서 있는 우리 자신의 예루
살렘, 우리가 태어난 그 거룩한 성 안에 있습니다. 여러분은 자신의
가족 모두를 알고 있습니까? 그리고 자신의 위치를 알고 있습니까?
여러분은 그들을 돌보고 그들을 행복하게 해 주려고 노력하고 있습
니까? 우선 그것을 하십시오. 그런 다음에야 인도와 다른 지역에 있
는 불쌍한 사람들에 대해 생각할 수 있을 것입니다.”

"멀리 있는 사람을 사랑하기는 쉽습니다. 그러나 가까이 있는 사
람을 사랑하기는 어렵습니다. 자기 집에서 사랑받지 못하고 있는
사람의 외로움과 고통을 해소시켜 주기보다 굶주린 사람에게 밥 한
그릇 주기가 훨씬 쉬운 일입니다.”

"예수 그리스도께서는 서로 사랑하라고 말씀하셨지 온 세상을
사랑하라고 말씀하시지 않았습니다. 바로 ‘여기에서’, 나의 어머니,
나의 형제, 나의 남편, 아내, 자녀, 나의 노부모, 나의 이웃을 사랑하
라고 말씀하셨습니다.”

마더 테레사는 자신은 독신으로 수도 생활을 하면서도 가정의
소중함을 깊이 깨달았다.

"독신제는 독신 서원자들을 위한 것입니다. 가정은 아주 좋은 것
이고 더구나 거룩한 성사입니다. 두 사람이 품위 있게 결혼해서 함
께 기도하면 늘 함께 살면서 서로 사랑하게 될 것입니다. 하느님은

누구나 다 사랑하십니다. 가정을 보호해야 합니다. 가정은 크나큰 선물입니다. 그런데도 우리는 그것을 포기했습니다. 우리가 순결하게 사는 까닭은 우리의 온 사랑을 오직 그리스도께 바치기 위해서입니다. 바울로 성인 말씀대로 그 무엇에도, 그 누구에도 바치지 않고……."

"나는 예수 그리스도와 결혼했습니다. 나는 십자가에 못 박히신 그리스도의 신부입니다."

마더 테레사는 "사랑이란 무엇인가?"라는 질문에 "그것은 언제나 행동에 있지요"라고 대답했다. '사랑'이라는 말처럼 고귀한 말도 드물 것이다. 그러나 이 말처럼 많이, 함부로 쓰이는 말도 없다. 그러나 마더 테레사가 이 말을 쓰면 그 의미가 그대로 살아났다.

왜냐하면 스스로 행하여, 실천을 통해 사랑이 무엇인지를 보여준 사람의 말이기 때문이다.

"나는 성인이 되고 싶습니다."

마더 테레사는 생존 당시 많은 사람들로부터 '살아 있는 성인聖人'이라고 불렸다. 성인만이 살 수 있는 거룩한 삶을 살았기 때문이다. 마더 테레사가 수도명으로 택하고 그 삶을 본받고자 했던 리지외의 성녀 테레사는 어려서부터 성인이 되고 싶어 했고 모든 것을 바쳐 그 뜻을 이루었다. 마더 테레사 역시 성인이 되고 싶어 했고 그 뜻을 이루었다.

"나는 예수님께 내가 성인이 되게 해 달라고 기도한다"고 말했듯이 마더 테레사는 성인이 되고자 하는 확고한 소망을 갖고 있었다. 그리고 모든 사람은 성인이 되어야 할 의무가 있다고 보았다. 마더 테레사는 말했다.

"성스러운 사람, 거룩한 사람이 되는 것은 몇몇 사람들의 특권이 아닙니다. 그것은 여러분과 나, 즉 우리 모두의 의무입니다."

성서에도 이렇게 기록되어 있지 않은가?

"여러분을 불러 주신 분이 거룩하신 것처럼 여러분도 모든 행위에서 거룩한 사람이 되십시오. 성서에도 '내가 거룩하니 너희들도 거룩하게 되어라'고 기록되어 있지 않습니까?"(I 베드로 1: 15~16)

마더 테레사는 또 이렇게 말했다.

"죽는 것은 슬픈 일이 아닙니다. 우리가 참으로 슬퍼해야 할 것은 자신이 성인이 되지 못했다는 것입니다."

성스럽고 거룩하게 산다는 것은 어떻게 사는 것인가? 마더 테레사는 성인은 사람이 특별하고 유별난 행동을 통해 되는 것이 아니라 "하느님의 뜻을 기쁘게 받아들여 행함으로써 이루어진다"고 보왔다. "하나하나를 하느님의 뜻으로 알고 그 뜻에 따라 살아갈 때 이루어진다"고 믿었다. 또한 "충실한 믿음이 있으면 성인이 된다"고 믿었다.

그리고 거룩하고 성스럽게 살려면 "그 첫걸음은 거룩하게 되려는 의지를 갖는 것"이라고 했다. "성인이 되기 위해서는 그렇게 되기를 진심으로 원해야 한다"는 것이다. 마더 테레사는 이렇게 말했다.

"성 토마스 아퀴나스는 거룩함에 대해 이렇게 말했습니다. '거룩함이란 확고한 결심 이외에 아무것도 아니다. 그것은 하느님께 자신을 완전히 바치겠다는 영웅적 결단이요 행위이다.' 기꺼이 그리고 열정적으로 원하는 것이 중요합니다. 그렇게 할 때 우리는 하느님의 모습으로 변화하고 또 하느님을 닮을 수 있기 때문입니다. 거룩해지겠다는 결심은 아주 소중합니다."

"성인이 된다는 것은 나에게서 하느님이 아닌 것을 모두 빼앗아 버리겠다는 것을 뜻하며 가난하고 초연하게 살겠다는 것을 의미하고, 자기를 모두 포기하고 자신을 하느님의 뜻을 따르는 종으로 만들겠다는 것을 뜻합니다."

"성인이 되려는 길을 선택한 사람은 많은 것을 버려야 하며 자신과 투쟁해야 하고 박해를 만나고, 많은 희생을 바칠 것을 각오하지 않으면 안 됩니다."

마더 테레사의 이러한 말들은 스스로 성 토마스 아퀴나스의 말을 인용한 데서도 볼 수 있듯이 마더 테레사 자신이 '성인이 되겠다'는 '영웅적 결단'을 했으며 그것을 끊임없이 추구하고 그 길을 걸어 왔음을 보여 준다.

　　그리고 사람들은 마더 테레사의 삶에서 그것을 실제로 확인할 수 있었다. 어느 옛날의, 또는 어느 먼 곳에서 있었던 '전설'로서가 아니라 자기 눈앞에 '살아 있는 성인'이 하나의 '현실'로 서 있는 것을 보았던 것이다.

18. 세계의 애도

· · · · · · · · · · · · ·
"예수님, 당신을 사랑합니다"

마더 테레사는 1997년 9월 5일 오후 9시 30분(한국 시간은 6일 오전 1시 30분) 사랑의 선교회 본부인 마더 하우스에서 세상을 떠났다. 향년 87세였다.

　저녁식사와 기도를 마친 마더 테레사는 등이 아프다고 했다. 그리고 달려온 의사에게 "숨을 쉴 수 없다"고 말했다. 돌보던 수녀가 침대에 누이자 얼마 후 숨을 거두었다고 임종을 지켜본 수녀는 말했다. 그리고 "예수님, 당신을 사랑합니다. 예수님, 당신을 사랑합니다"라는 마지막 말을 남겼다고 임종의 자리에 있었던 부르넷 수녀는 전했다. 리지외의 성녀 테레사 역시 숨을 거두며 마지막으로 한 말은 바로 이 말이었다.

마더 테레사의 시신
앞을 지나며 조문객
들이 참배하고 있다.

마더 테레사가 세상을 떠나기 이틀 전 이야기를 나누었던 도로시 수녀는 마더 테레사가 가까운 수녀들에게 "기운이 없어지는 것을 느낀다"고 말했다고 전하면서 "그분은 돌아가실 준비가 되어 있었습니다"라고 말했다. 이 수녀는 마더 테레사가 "예수님이 나를 원하셔요. 나는 그분에게 가겠습니다"라고 말했다고 전했다.

마더 테레사가 숨을 거두자 수녀들은 종을 울려 별세의 소식을 알렸다. 소식은 빠르게 전해졌고, 곧 수많은 사람들이 빗속을 달려와 선교회 앞으로 모여 들었다. 그리고 그 숫자는 곧 약 4천 명이나 되었다. 그 가운데 많은 사람들은 마더 테레사가 돌보았던 거리의 가난한 사람들이었다. 많은 사람들이 우산도 없이 비를 맞으며 흐느껴 울었다. 손을 모아 기도드리는 사람들도 있었다.

마더 테레사의 시신은 평소대로 사리를 입은 채 얼음 침대 위에

눕혀졌다. 그리고 선교회의 수녀들은 인도의 전통적인 의식에 따라 누워 있는 마더 테레사의 발에 입 맞추거나 발을 어루만지며 한 사람씩 고인에게 경의를 표했다.

심장 질환과 거듭된 사의辭意

마더 테레사는 1983년부터 건강이 좋지 않았다. 이 해에 로마에 있는 사랑의 선교회의 '집'에 머무르고 있을 때 밤중에 침대에서 내려오다가 넘어지면서 숨겨진 병이 있다는 것을 발견하게 되었다.

옆 가슴에 심한 통증이 느껴져 늑골이 부러졌는지도 모른다고 생각했으나, 진찰한 의사는 뼈는 부러지지 않았고 심장병이 발견되었다고 알려 주었다. 다쳐서 병원에 입원하게 된 것이 다행이라면서 병을 늦게 발견했더라면 심한 심장발작을 일으켰을지도 모른다고 의사는 말했다. 마더 테레사는 73살이 되도록 이렇게 중한 병을 앓아 본 적이 없었다.

마더 테레사의 이 최초의 입원을 세계의 많은 사람들이 걱정스럽게 지켜보았다. 그리고 로마의 살바도르 문디 병원으로 많은 편지와 전보가 도착했다. 인도 대통령을 비롯해 미국 대통령, 그리고 친구인 조디 바스 서벵골 주지사가 전보를 보내왔고, 벨기에 국왕 부부는 문병하기 위해 로마를 방문하기까지 했다.

여러 편지 가운데도 특히 다음과 같은 한 통의 편지는 마더 테레사에게 큰 감동을 주었다. 그것은 카슈미르에 사는 한 힌두교도 남자의 편지였는데, 마더 테레사의 병이 회복되도록 그 병을 자신이 대신해서 앓게 해 달라고 칼리 여신에게 기도드린다는 내용이었다.

1989년 12월에도 마더 테레사는 현기증으로 넘어졌다. 수녀들이 곁에서 돕지 않았던들 마더 하우스의 계단에서 굴러 떨어졌을지도 모른다. 마더 테레사는 콜카타의 병원에 입원하여 전에 달아 넣었던 '페이스메이커'(전기 자극으로 심장박동을 촉진시키는 장치)를 교체했다.

여러 해에 걸쳐 몇 번이나 이런 좋지 않은 상태를 맞게 되었으므로 마더 테레사는 바티칸에 편지를 보냈다. 사랑의 선교회의 회헌에 따라 자신의 후임자를 선출할 대의원 회의를 소집할 수 있도록 특별허가를 내려 달라는 편지였다. 79살의 고령에 건강이 악화되어 임무를 수행하기 어렵다고 마더 테레사는 그 이유를 밝혔다. 바티칸도 마더 테레사의 이러한 사정을 받아들여 사랑의 선교회의 수장首長직에서 떠나도록 허락했다. 그리하여 1990년 9월의 첫 주에 회의가 열렸다.

마더 테레사가 사랑의 선교회의 총장직을 물러나고 싶다고 사의를 밝힌 것은 그때가 처음은 아니었다. 반 엑셈 신부에 따르면 처음 사의를 표시한 것은 1973년(63세)이었고, 두 번째는 지역 장상長上회의가 열렸던 1979년(69세)이었다. "나는 나이도 들고 몸도 좋지 않아서 일을 더 계속하기가 어렵게 되었다. 젊은 수녀가 대신해 주었으면 좋겠다"는 것이 그 이유였다. 그러나 마더 테레사의 이러한 사의는 모두 받아들여지지 않았다.

사랑의 선교회의 회헌에 따르면, 총장과 4명의 고문총장은 6년마다 선거로 선출한다. 투표에는 세계 여러 나라에서 일하고 있는 1백여 명의 대의원이 참가하는데, 각 지역의 장상과 관구장도 여기에 포함된다. 회헌대로라면 정기 선거는 1991년에 치러야 했지만 마더 테레사의 사의를 교황청이 받아들여 1년 앞당겨 특별히 1990년에 열리게 되었다. 그러나 이 회의에서도 마더 테레사의 사의는 받아들여지지 않았다. 마더 테레사 본인을 제외한 다른 수녀들이 모두 반대하여 만장일치로 중임重任을 결의했기 때문이다.

사랑의 선교회는 당시 선거를 앞두고 8일간의 묵상시간을 가졌는데, 그것을 바로 앞두고 반 엑셈 신부는 사랑의 선교회의 장상 두 사람의 방문을 받았다. 아녜스 수녀(마더 테레사가 사랑의 선교회를 시작했을 때 첫 번째로 입회한 성 마리아 학교의 제자 '스바시니 다스'인 것으로 보인다–글쓴이)와 니르말라 수녀였다. 두 사람은 마더 테레사를 다시 선출해서는 안 되는지 교황청의 의사를 알고 싶다고 말했다.

"나는 교황청이 마더 테레사의 은퇴를 허락한 것은 알고 있지만, 마더 테레사에게 투표해서는 안 된다고 교황청이 명령을 내렸다고는 생각하지 않는다"고 반 엑셈 신부는 대답했다.

결국 마더 테레사는 다시 맡게 되었지만 이 선거 결과를 기뻐하지 않은 것으로 알고 있다고 반 엑셈 신부는 회고했다. 마더 테레사는 자신의 전기를 쓴 나빈 차울라에게 당시를 돌아보면서 "나는 자유로워지고 싶었습니다. 그러나 하느님은 다른 계획을 갖고 계셨습니다"라고 말했다.

마더 테레사는 1992년에도 심장병으로 쓰러진 후 회복된 바 있으나 그 후 다시 건강이 악화되어 1996년 말에는 2분 동안이나 심장 박동이 멎기도 했다. 당시 병원에 입원한 마더 테레사는 돈이 없어 병원에 가지 못하는 가난한 사람들을 생각하고는 "내 병원비 때문에 가난한 사람들이 치료받지 못해 고통당하고 있다"면서 "내가 돌보던 가난한 사람들처럼 죽게 해 달라"고 말하여 듣는 사람의 눈시울을 뜨겁게 한 것으로 보도되었다.

마더 테레사는 그 후 폐렴과 말라리아 합병 증세까지 겹쳐 1997년 초에 이르러서는 더 이상 직책을 수행할 수 없게 되었다. 그 때문에 후임 총장을 선출하기 위한 대의원 회의가 1997년 1월 소집되었으나 마더 테레사의 건강이 매우 좋지 않아서 회의는 연기되었다. 그러다가 사랑의 선교회는 대의원 회의를 다시 소집하여 1997년 3월 13일 마리아 니르말라 수녀(1934년생)를 새 총장으로 선출했다.

후계자 니르말라 수녀

니르말라 수녀는 30년 이상 마더 테레사와 함께 일해 온 믿음직한 후배이자 동료였다. 굳센 믿음과 가난한 사람들에 대한 사랑에서 마더 테레사를 많이 닮았다는 말을 들어 왔다. 다만 이 수녀는 수줍음 많고 다분히 사색적인 사람으로 알려졌다.

마더 테레사의 뒤를 이을 후보들 가운데서 유일한 인도인이었

마더 테레사와 후임으로 선출된 니르말라 수녀(왼쪽)가 1997년 3월 14일 사랑의 선교회 본부에서 사람들을 맞고 있다.

던 니르말라 수녀는 인도의 서부 푸나 출신으로 힌두교 가정의 10남매 가운데 첫째로 태어났다. 아버지가 군 장교였고 인도 최상층의 브라만 계급 출신이었으므로 평온한 성장기를 보낸 것으로 알려져 있다.

그러나 힌두교도와 이슬람교도 간의 유혈충돌 등 비극적인 시대 상황을 겪으면서, 그리고 고통받는 사람들을 위해 헌신하는 마더 테레사의 이야기에 큰 감동을 받아 7년간의 망설임 끝에 모든 것을 버리고 마더 테레사의 길을 따르기로 결심했다.

니르말라는 대학졸업 후인 1958년 사랑의 선교회에 입회했다. 마더 테레사는 정치학 석사 학위를 지닌 니르말라를 다시 법과대학에 진학시켰다. 여러 법률적인 문제를 맡겨 처리하기 위해서였다. 탁월한 관리능력을 인정받은 니르말라 수녀는 그 후 선교회의 해외 구호시설을 총괄하는 일에 전념했으며, 1979년 이후엔 사랑의 선교회의 관상 수도회를 이끌어 왔다. 마더 테레사의 오랜 친구인 수니타 쿠마르는 "니르말라 수녀는 매우 민감하며 부드러운 목소리를 갖고 있다"면서 "그러나 매우 강한 사람"이라고 평했다.

1997년 초 건강이 위태로웠던 마더 테레사는 점점 회복하여 이 해 6월에는 바티칸을 다시 방문, 교황을 알현한 후 뉴욕에 있는 선교회의 지원支院을 찾아갔다. 이때 마더 테레사는 영국의 다이애나 왕세자빈을 다시 만났다. 대인지뢰 추방 운동과 자선기금을 모으기 위해 뉴욕에 와 있던 다이애나가 다시 마더 테레사를 찾아와 만날 수 있었다. 두 사람은 이날 손을 잡고 거닐며 이야기를 나누고 함께 기도드렸다.

. . . .
세계의 애도 속에

마더 테레사의 서거 소식이 알려지자 인도의 국영 텔레비전 방송은 정규방송을 중단하고 성가와 조곡을 방송했으며, 인도 정부는 별세한 9월 5일과 장례일인 9월 13일을 공식 추도일로 선포하고 조기를 게양하도록 지시했다. 그리고 6일(현지 시간) 긴급 각의를 열고 장례식을 국장으로 치르기로 결정했다. 사랑의 선교회는 원래 장례일을 10일로 정했으나 더 많은 사람에게 조문할 기회를 주어야 한다는 생각에서 3일 연장한 13일로 정했다. 마더 테레사의 핏줄이 속한 알바니아도 5일을 국가애도의 날로 선포하고 국영방송은 조곡을 방송했다. 미국 백악관과 미국 하원도 마더 테레사를 애도하기 위해 6일 1분간 추모 묵념을 올렸으며, 미국 상원은 장례일인 9월 13일을 국가 추도일로 지정할 것을 6일 만장일치로 결의했다.

국가 지도자들의 추도사와 애도성명도 잇따라 발표되었다. 인데르 쿠마르 구지랄 인도 총리는 "사랑과 평화의 사도가 세상을 떠난 것에 대해 슬픔을 표현할 길이 없다"면서 이렇게 말했다.

"세계는 가장 큰 것을 잃었다. 테레사 수녀는 이제 우리와 함께 있지 않다. 전 세계 특히 인도는 테레사 수녀의 사망으로 더욱 가난해졌다. 마더 테레사의 일생은 세계가 기피하고 소외시켰던 사람들에게 사랑과 평화와 기쁨을 가져다주기 위한 것이었다. 마하트마 간디가 인도에 속하고 자신의 뜻대로 인도를 세웠다면 마더 테레사는 그 인도를 세계의 것으로 만들었다."

교황 요한 바오로 2세는 사랑의 선교회 총장 니르말라 수녀에게 보낸 조전弔電에서 마더 테레사의 서거에 깊은 슬픔을 느낀다고 애도하고 "마더 테레사는 20세기의 역사에 기록될 인물이다. 오늘의 교회와 세계에 이처럼 흔들림 없는 신앙을 지닌 사람을 주셨던 하느님께 뜨거운 감사를 드린다"고 말했다.

클린턴 미국 대통령도 "마더 테레사는 믿을 수 없을 만큼 훌륭한 인물이었다"고 조의를 표했고, 자크 시라크 프랑스 대통령도

"세계는 사랑과 열정, 그리고 빛을 잃었다"고 애도했다. 마더 테레사가 서거하기 6일 전인 1997년 8월 31일 교통사고로 다이애나 빈을 잃은 엘리자베스 영국 여왕도 "영국이 애도의 기간을 갖고 있는 때에 마더 테레사의 서거 소식을 듣게 되어 더욱 큰 슬픔을 느낀다"고 말했다.

1981년과 85년 마더 테레사가 두 차례 한국을 방문했을 때 만났던 김수환 추기경도 9월 6일 분향소가 마련된 서울 성북구 삼선동의 사랑의 선교회를 찾아 고인을 추모하고, 명동 성당에서 추모미사를 집전했다. 특히 김수환 추기경은 사랑의 선교회의 총장수녀 앞으로 보낸 애도와 위로의 편지에서 "테레사 수녀님은 가난한 이들과 병든 이들을 돌보는 일에 생애를 바치신 분"이라고 추모하고 "수녀님의 죽음은 수녀님을 사랑하는 모든 사람들의 가슴에 살아 있는 음성으로 남을 것이며, 특별히 그분의 부드럽고 사랑 어린 보살핌을 받던 이들의 가슴 속에는 더욱 그럴 것"이라고 말했다.

간디를 운구했던 포가에 실려

마더 테레사의 유해는 7일 사랑의 선교회에서 성 토머스 성당으로 옮겨져 일반 조문객들에게 공개되었다. 구지랄 인도 총리를 비롯하여 하루 동안에만 3만 5천여 명이 찾아와 애도했다. 참배객들이 너무 많아 성호를 긋고 헌화할 수 있는 시간이 한 사람당 1초에 불과한데도 행렬은 1km를 넘게 이어졌다.

마더 테레사의 시신이 포가(砲架)에 실려 영결미사가 거행되는 네타지 실내체육관으로 옮겨지자 거리의 시민들이 마더 테레사에게 마지막 인사를 드리고 있다.

　장례식은 13일 시신이 성 토머스 성당에서 콜카타의 네타지 수바시 체육관으로 옮겨져 국장으로 거행되었다. 인도의 국장은 대통령이나 총리에게만 해당되는 예우인데, 평민으로서 국장의 예禮를 받은 것은 마하트마 간디 다음으로 마더 테레사가 두 번째였다.

　마더 테레사의 시신은 간디와 자와할랄 네루 전 인도 수상의 시신을 운구했던 바로 그 포가砲架에 실려 장례식장인 네타지 체육관으로 옮겨졌다. 인도군 차량 9대가 행렬을 선도하는 가운데 사랑의 선교회 수녀 9명과 조카 딸(오빠의 딸) 아지 브약스히야가 그 뒤를 따랐다. 장례 행렬은 선교회의 수녀들, 그리고 마더 테레사가 돌보았던 장애인, 나환자, 고아, 부랑자 등이 뒤따르는 가운데 오전 9시 50분 식장에 도착했다.

　로마 교황청 대표인 안젤로 소다노 추기경의 집전으로 오전 10시에 시작된 장례식은 마더 테레사의 후계자인 니르말라 수녀의 추도사와 선교회 수녀들의 성가로 이어져 약 두 시간 동안 진행되었다. 장례식에는 힌두 어, 영어, 벵골 어가 사용되었다.

이날 장례식에는 코체릴 나라야난 인도 대통령, 클린턴 미국 대통령의 부인 힐러리 여사를 비롯해 셰이크 하시나 방글라데시 총리, 도이 다카코 일본 사민당 당수, 스페인의 소피아 왕비, 벨기에의 파비올라 왕비, 프랑스의 시라크 대통령 부인 베르나데트 여사, 코라손 아키노 전 필리핀 대통령 등 세계 23개국의 조문사절이 참석했다. 인도 정부는 조문객들을 뉴델리에서 콜카타로 태워 가기 위해 특별기 2대와 페리 선을 동원했다.

장례위원회는 네타지 체육관의 좌석 1만 5천 석 가운데 약 6천 석을 고인이 평생 봉사했던 가난한 사람들과 장애인들에게 배정했다고 밝혔다. 그리고 콜카타 경찰은 이날 이 도시의 거리에 1백 50만 명의 시민이 모였다고 밝혔다. 마더 테레사의 시신은 이날 오후 2시 30분쯤 사랑의 선교회 본부인 마더 하우스의 1층에 마련된 높이 1m의 직사각형 시멘트 상자 속에 안장되었다.

마더 테레사가 세상을 떠난 후 로마 교황청의 요셉 라칭거 추기경 (그 후 베네딕도 16세 교황이 되었다)은 "성인의 지위는 사망 후 최소한 5년이 지난 뒤에 부여하는 것이 지난 4백여 년간 지켜 온 규정"이라고 설명하고 "그러나 테레사 수녀의 삶은 누가 보아도 너무나 빛났기에 성인으로 추존하는 데 그렇게 긴 기간이 필요할 것으로는 생각하지 않는다"고 말했다.

1995년, 마더 테레사는 독일의 마르셀 바우어 감독과 가진 인터뷰에서 자신이 남기고 싶은 메시지를 다음과 같이 전했다.

"영적靈的 유언을 말씀해 주십시오."

"그게 무슨 말씀입니까?"

"어떤 메시지를 유언으로 남기고 싶으십니까?"

"예수님께서 여러분을 사랑하시듯 여러분도 서로 사랑하십시오. 그분께서 남기신 말씀입니다. 그런데 사랑하려면 순수한 마음이 필요합니다. 그리고 그것을 위해 기도해야 합니다. 순수한 마음이 있으면 하느님을 뵙고 말씀드릴 수 있습니다. 기도하면 믿음이 깊어지고 사랑하기 시작합니다. 그리고 이 사랑은 이웃에 대한 섬김으로 나타납니다. 또 거기서 평화가 자랍니다. 따라서 기도하는 사람은 모든 것을 가진 사람입니다. 사랑과 평화, 한마디로 모든 것을……."

19. 마침내 성인이 되다

마더 테레사는 마침내 '성인聖人'이 되었다. 생존 당시 마더 테레사는 "모든 사람은 성인이 되어야 할 의무가 있다"면서 스스로 성인의 길을 걸어가 '살아 있는 성인'으로 불려 왔는데, 그 뜻이 마침내 이루어졌다.

로마 교황청의 프란치스코 교황은 2016년 9월 4일 바티칸에서 마더 테레사를 성인으로 추대하는 시성식諡聖式을 가졌다. 이날 시성식에는 약 12만 명에 이르는 사람들이 참가하여 마더 테레사의 거룩한 삶을 기렸다. 시성식에는 13개국의 정상들과 바티칸 주재 대사들 및 외교관들이 참석했고, 인도에서는 특히 12명의 각료들이 참석했다.

가톨릭교회에서 성인으로 추대되는 데는 대개 사후 오랜 세월이 흘러야 하는데(여러 세기가 걸리는 경우도 있다), 마더 테레사의 경우엔 서거 후 19년밖에 걸리지 않았다. 전 교황 요한 바오로 2세는 마더 테레사가 서거한 뒤 6년밖에 지나지 않은 2003년에 복자福者 품위에 올랐다. 교황청이 마더 테레사에게 시성諡聖하기로 결정한 것은 2015년 12월이었다. 이런 빠른 진행은 마더 테레사가 너무나 거룩하게 살았고, 그 업적 또한 뛰어났다는 데 누구도 의문을 가질 수 없었기 때문이다.

시성하는 데에는 2건 이상의 기적이 반드시 필요한데, 그 증거도 확인되었다. 난치병을 앓던 두 사람의 가톨릭 신자가 마더 테레사에게 기도한 뒤 깨끗이 치유받는 기적을 체험했다는 것이다.

인도 동부의 한 마을에 살고 있는 여인 모니카 베스라Monica Besra는 2002년 마더 테레사에게 기도한 뒤 앓고 있던 위종양이 깨끗이 나았다면서 이렇게 증언했다.

"마더 테레사 1주기가 되는 날이었습니다. 많은 사람들이 교회엘 가는데, 나는 혼자서 잠자리에서 일어날 수조차 없었습니다. 어떤 사람의 도움을 받아 성당으로 갔습니다. 성당에 들어서는 순간 마더 테레사의 사진으로부터 밝은 빛줄기가 비쳐 왔습니다. 그 빛에 눈이 부셨고, 몸이 떨려 왔습니다. 나는 앉아서 기도를 드리기 시작했는데, 다시 아파 오기 시작했습니다. 그래서 한 여인에게 우리 집의 내 침대로 돌아갈 수 있도록 도와달라고 부탁했습니다. 집으로 돌아오자 침대에 누워 마더 테레사에게 기도를 계속했습니다. 그동안 나는 아주 많은 통증을 겪었는데, 그럴 때는 잠을 잘 수 없었습니다. 그런데 그날은 갑자기 깊은 잠에 떨어져 버렸습니다. 자고 났더

마더 테레사.

니 몸이 매우 가벼워진 느낌이었습니다. 그리고 통증은 사라져 버렸습니다. 위의 종양도 없어졌습니다."

브라질의 한 남성 마르실리우 안드리뉴(당시 43살)는 2008년 뇌종양을 앓고 있었는데, 마더 테레사에게 기도한 뒤 완치되었다고 증언했다. 그는 시성을 앞두고 바티칸 기자단과 가진 회견에서 당시 자신은 병원에서 생존 가능성이 거의 없다는 진단을 받고 있었는데, 수술을 앞두고 마더 테레사에게 기도했더니 두통이 깨끗이 없어져 버렸다고 말했다. 그래서 그는 수술을 포기했으며, 수술을 받지 않았는데도 그 후 상태가 호전되어 일상으로 복귀했다고 밝혔다. 병이 깨끗이 나아 건강을 회복한 그는 리우데자네이루에서 엔지니어로 일하고 있는데, 자신이 이렇게 치유받은 것은 마더 테레사에게 기도한 덕분인 것으로 믿는다고 말했다.

마더 테레사 연보

1910년
(출생)
8월 26일, 구유고슬라비아 마케도니아의 스코페에서 브약
스히야Bojaxhiu집안의 딸로 태어났다. 아버지 니콜라Nikola,
어머니 드라나필Dranafille과 언니 아가타, 그리고 오빠 라자
르가 있었다. 태어난 다음 날 세례를 받고 아녜스 곤히야라
는 이름을 받음. 그 후 교회의 부속학교와 공립학교에서 교
육을 받았다. 얌브렌코비치 신부가 지도하는 교회 소년 소
녀들의 그룹 활동에 참가하여 음악회, 독서회, 묵상회에서
적극적으로 활동함. 유고슬라비아에서 인도로 파견된 예수
회 선교사들의 선교 활동에 큰 관심을 갖게 되었으며, 그들
이 고국으로 보내오는 활동보고에서 큰 감명을 받음.

1919년
(9세)
9월, 아버지가 갑자기 세상을 떠남.

1928년
(18세)
8월 15일, 성모 몽소승천축일을 맞아 세르나고레의 성모상
을 찾아가 묵상하는 가운데 수도 생활을 하라는 소명에 응
답하기로 결심을 굳힘. 수녀가 되고 싶다고 생각한 것은 12

살 때였지만 오랫동안 결정을 내리지 못했었다. 수녀가 되어 인도의 벵골 지방으로 가서 선교에 헌신하기로 삶의 방향을 정함. 10월 12일, 인도에 선교사를 파견하는 로레토 수도회에 지원하여 입회함(이 수도회의 본부는 아일랜드의 더블린에 있었다). 12월 1일, 수련 생활을 시작하기 위해 인도로 파견됨.

1931년
(21세)
5월 25일, 로레토 수도회 수녀로서 첫 서원을 함. 수도명은 리지외의 성녀 '소화 테레사'를 본받고자 '테레사'로 정함. 콜카타의 엔탈리에 있는 중등교육 기관인 성 마리아 학교에서 지리와 역사, 그리고 가톨릭 교리를 가르침.

1937년
(27세)
5월 25일, 종신서원을 함.

1944년
(34세)
7월 12일, 영적 지도자 반 엑셈 신부를 만나다.

1946년
(36세)
8월 16일, 콜카타에서 대학살이 자행됨. 이슬람교도들이 '직접행동의 날'로 정한 이날 힌두교도와 이슬람교도들 간에 유혈충돌이 일어나 콜카타의 길거리에 수많은 사람들이 쓰러져 죽어 있는 것을 보았다.
9월 10일, 피정하며 묵상하는 시간을 갖기 위해 다르질링으로 가는 기차 안에서 '가난한 사람들 가운데서도 가장 가난한 사람들'을 위해 봉사하라는 하느님의 부르심을 들음. '부

르심 속의 부르심'이었다. 이 새로운 소명을 통해 '사랑의 선
교회'를 새로 창립하는 영감을 얻었다.

그 후 로레토 수도회를 떠나 빈민가에서 일할 수 있도록 페
리에 콜카타 대주교를 통해 바티칸에 허락을 청함.

1947년 8월 15일, 인도 독립. 동파키스탄(현재의 방글라데시) 인도
(37세) 로부터 분리. 수많은 난민들이 콜카타로 몰려들어 와 시가
지는 난민들의 거리가 되었다.

1948년 4월 12일, 수녀로서의 신분을 그대로 가지고 로레토 수도회
(38세) 를 떠나 콜카타 대주교의 관할 아래 빈민가에서 일할 수 있
는 허가를 교황 비오 12세로부터 얻음. 8월 17일, 새 수도복
으로 정한 흰색에 푸른(물색) 줄이 쳐진 사리를 입고(그리고
어깨에 조그만 십자가를 달고) 로레토 수도회를 떠남. 파트나
로 출발, 그곳의 의료 선교 수녀회에서 병자들을 간호하는
법을 수련함. 그리고 가난한 사람들을 위해 일할 새로운 수
도회를 어떻게 만들 것인가 구상함.

12월, 콜카타로 돌아와 '가난한 이들의 작은 자매회'에 몸을
의탁함.

12월 21일, 빈민가에 최초로 학교를 열 수 있는 허가를 받음.

1949년 귀화하여 인도 국적을 얻음.
(39세) 2월, 고메스가※의 3층을 무료로 제공받아 이곳으로 이사함.

3월 19일, 성 마리아 학교의 제자였던 스바시니 다스가 첫 번째 지원자로 찾아와 입회함. 그 후 잇따라 입회 지원자들이 찾아와 입회. 새로운 수도회를 창립하기 위해 회헌을 기초하기 시작함.

1950년
(40세)
10월 7일, '사랑의 선교회'가 로마 교황청의 승인을 받음. 이 수도회의 총장으로 테레사 수녀가 취임하여 마더 테레사로 불리게 됨.

1952년
(42세)
칼리 신전의 순례자 숙박소 건물을 빌려 '죽어 가는 사람들의 집(니르말 흐리다이)'을 칼리가트에 엶.

1953년
(43세)
1월, 자클린 드 데케르의 찬성을 얻어 '병자와 고통받는 사람들의 협력자회'를 조직하기 시작함. 2월, 수도회의 자매들이 28명으로 늘어나 장소가 비좁아지자 로어 서큘라 가에 있는 새로운 건물로 이사하여 이곳을 '마더 하우스(본부)'로 정함.

1954년
(44세)
7월 26일, '마더 테레사 협력자 국제협회'가 설립됨.

1955년
(45세)
버림받은 어린이들을 돌보기 위한 '어린이들의 집(시슈 브하반)'을 마더 하우스 근처에 세움. 그 후 '사랑의 선교회' 수도원이 설립될 때마다 잇따라 '어린이들의 집'을 열게 됨.

1957년 9월 27일, 나병 순회 진료소를 설립. 이 일은 마침내 티타가르
(47세) 의 나병 환자 공동체와 '샨티 나가르(평화의 마을)'로 발전함.

1960년 10월 25일, 처음으로 외국 여행길에 나섬. 로마와 뉴욕 방
(50세) 문. 뉴욕에서는 가톨릭 교수센터와 유대를 갖고 이곳으로부
터 식품, 의약품, 기금 등의 지원을 받음. 유엔의 WHO 책
임자와 처음으로 만남.

1962년 9월, 인도 대통령으로부터 파드마 슈리 상을 받음(이 상은
(52세) 마더 테레사가 받은 최초의 상임). 필리핀 대통령으로부터 막
사이사이 상을 받음.

1963년 3월 25일, '사랑의 선교 수사회' 탄생.
(53세)

1965년 2월 1일, 교황 바오로 6세, '사랑의 선교회'를 교황청이 직접
(55세) 관할하는 수도회로 인가함. 7월, 베네수엘라의 코코로트에
수도회를 설립. 인도 국외에 연 최초의 구호센터였음.

1968년 9월 5일, 탄자니아의 다호르에 이어 로마에 수도회 지원支院
(58세) 을 엶.

1969년 오스트레일리아의 바크에 원주민을 위한 '집'을 엶. 3월 26
(59세) 일, 교황 바오로 6세, 사랑의 선교회를 돕는 '마더 테레사 협

력자 국제협회'에 축복해 줌.

1970년 4월, 멜버른에 오스트레일리아 두 번째의 '집'을 엶(주로 알
(60세)   코올 중독자들을 치료하기 위한 집임). 7월, 요르단의 암만에
'집'을 엶. 7월 30일, 런던의 세인트 스티븐스 가든에 영국
최초의 '집'을 엶. 그곳의 기도실이 웨스트민스터 사원 보좌
주교에 의해 하느님에게 봉헌됨.
12월 8일, 히넌 추기경의 축복 속에서 유럽과 미국의 수도
지원자와 수련자들을 위한 제2의 수도원이 런던에 세워짐.

1971년 1월 6일, 로마에서 교황 바오로 6세로부터 요한 23세 평화
(61세)   상을 받음. 여성이 이 상을 받은 것은 처음이다. 미국 보스턴
에서 '착한 사마리아인 상', 워싱턴에서 '조지프 P. 케네디 2
세 국제상'을 받음. 워싱턴 가톨릭 대학에서 문학박사 학위
를 받음. 방글라데시의 다카와 쿠나에 각각 '집'을 엶.

1972년 2월, 북아일랜드의 벨파스트에 '집'을 열기 위해 마더 테레
(62세)   사는 4명의 인도 인 수녀들과 함께 현지로 갔으나 철수하지
않을 수 없었음. 11월, '마더 테레사 협력자 국제협회'의 지
부를 벨파스트에 엶. 뉴델리에서 '네루 상'을 받음.

1973년 2월 26일, 시드니 메이어 뮤직홀에서 열린 인구·생태학회
(63세)   의에서 짧은 강연을 함. 3월 11일, 40만 명에 이르는 팔레스

타인 난민 구호를 위해 가자 지구에 '집'을 엶. 4월 25일, 런던에서 '템플턴 상'을 받음. 9월, 런던의 수련원을 로마로 옮김. 15세기 이래 수녀가 없었던 예멘에 사랑의 선교회 지원을 엶. 페루의 리마에 지원을 엶. 10월 20일, 밀라노 시로부터 금메달을 받고 강연함.

1974년
(64세)
3월, '아시아의 노래' 합창단에 '하느님은 사랑입니다'라는 메시지를 보냄. 6월~9월, 4개월에 걸쳐 미국, 유럽의 '협력 자회'를 방문(9월 28일 리옹에서 방문여행을 끝냄). '사랑의 선교회' 각 수도원과 관상 수도회 수도원이 각각 하나씩 결연을 하는 연대連帶 계획을 실행에 옮김.

1975년
(65세)
콜카타에 '프렘 단(사랑의 선물)'이라는 장기 요양자들을 위한 '집'을 엶. 이 집의 구내에 병원, 재활센터, 작업장을 세움. 유엔식량농업기구의 셀레스 메달에 가난한 사람들에게 먹을 것을 나누어 주는 마더 테레사의 초상을 새겨 넣음. 6월, 멕시코시티에서 열린 국제 부인회의에 참석. 10월 7일, 사랑의 선교회 창립 25주년을 맞음. 이때 사랑의 선교회는 인도와 세계 곳곳에 90개 이상의 수도원을 갖고 있었으며, 그 가운데 30개는 인도에 있었다. 당시 사랑의 선교회의 수녀는 모두 1,132명이었다. 10월, 미국의 노스캐롤라이나 대학에서 '알버트 슈바이처 상'을 받음. 10월 24일, 유엔본부에서 열린 종교 정상회의에서 연설. 연말의 《타임》지 커버 스토

리로 '살아 있는 성도들' '사랑과 희망의 사자들'이란 제목
아래 마더 테레사의 사진이 크게 실림.

1976년
(66세)
1월, 인도의 샨티니키스탄 비슐라 바라트 대학에서 명예박사 학위 받음.

미국 아이오와에서 '지상의 평화' 상을 받고 '가톨릭 이인종 간협의회 상'을 받음. 간디 브하반(간디 사상 평화연구소)의 초석을 놓기 위해 아라하바에 초대 받음. 마더 테레사는 이 것을 큰 기쁨으로 여겼다. 8월 15일, 독일의 리프슈타트에서 '마더 테레사 협력자 국제협회' 제2차 대회가 열림.

1977년
(67세)
6월 10일, 영국의 케임브리지 대학 명예총장인 에든버러공 으로부터 명예 신학박사 학위 받음. 7월 5일, 한국에 사랑의 선교회 수사회 설립.

1978년
(68세)
4월, 일본 도쿄에 수사회센터 설립. 6월 23일, 델리에서 오 스트레일리아의 고등판무관으로부터 영국제국훈장을 받음.

1979년
(69세)
3월, 로마에서 이탈리아 대통령으로부터 '발잔국제상' 받음. 12월 10일, 노르웨이 오슬로에서 노벨 평화상 받음.

1980년
(70세)
3월 22일, 델리에서 인도 대통령으로부터 바라트 라트나(인 도의 보석) 훈장을 받음(인도의 시민에게 수여되는 최고의 훈

장). 고향인 마케도니아의 스코페에 수도원 개설.

1981년
(71세)
미국의 워싱턴 DC, 뉴욕의 할렘 가에 수도원을 설립. 동베를린에도 수도원을 엶. 4월 22~28일, 일본을 방문하여 '생명의 존엄을 위한 국제회의'에서 강연함. 5월 24일, 일본 도쿄에 수도원을 설립. 6월, 한국을 처음 방문함. 이 해에 사랑의 선교 수녀회가 한국에 세워짐.

1982년
(72세)
4월 22~28일, 다시 일본 방문. 5월 15~16일, 로마의 산 그레고리오에서 마더 테레사 협력자 국제협회 제3차 대회가 열림.
여름, 이스라엘과 팔레스타인해방기구PLO 간의 포격전으로 서베이루트가 불타고 있을 때 그 포연砲煙 속을 뚫고 들어가 '어린이들의 집'에 있던 장애아들을 안전지대로 구출해 냄.

1983년
(73세)
11월, 델리에서 엘리자베스 영국 여왕으로부터 메리트 작위를 받음. 심장 질환이 있다는 것을 발견.

1984년
(74세)
폴란드의 바르샤바, 동독의 칼 마르크스 슈타트에 수도원을 세움. 중국을 방문함.

1985년
(75세)
1월, 한국을 두 번째 방문. 성 라자로 마을을 찾음.

1989년 현기증으로 넘어지는 등 심장 질환 재발. 총장직 사의를 표
(79세) 명하고 교황청에 후임 총장 선출을 위한 특별 대의원회의를
소집할 수 있도록 허가해 달라고 요청.

1990년 총장직을 사임하고 싶다는 강한 뜻을 표명했으나 다시 총장
(80세) 으로 선출됨. 콜카타에 감옥에서 나온 소녀들jail girl의 집인
'샨티 단(평화의 집)' 세움.

1992년 심장 질환으로 한때 건강 악화되었으나 회복.
(82세)

1993년 10월 19일, 1개월간 중국을 여행함.
(83세)

1996년 심장 질환 악화.
(86세)

1997년 3월, 총장직을 사임. 마리아 니르말라 수녀가 후임 총장으로
(87세) 선출됨. 9월 5일, 오후 9시 30분(한국 시간은 6일 오전 1시 30
분) 심장 질환으로 별세. 향년 87세. 9월 13일, 인도의 국장으
로 장례식 거행. 사랑의 선교회 본부인 마더 하우스에 묻힘.

2003년 요한 바오로 2세 교황에 의해 복자福者가 됨.

2016년 9월 4일, 프란치스코 교황, 바티칸에서 마더 테레사에게 시
성식 거행.

사랑의 선교회의 입구에서.

참고문헌

『그들과 함께 하소서: 마더 테레사의 자전적 고백록』, 마더 테레사 지음,
　　공홍택 옮김, 눈빛.

『마더 테레사의 말씀: 가난한 영혼을 어루만지는 따뜻한 손길』, 호세 루
　　이스 곤살레스 발라도 엮음, 황애경 옮김, 디자인하우스.

『사랑은 철따라 열매를 맺나니: 마더 테레사 일일 묵상집』, 도로시 헌트
　　엮음, 문학숙 옮김, 민음사.

『사랑의 등불 마더 테레사』, 루신다 바디 엮음, 황애경 옮김, 고려원미
　　디어.

『우리는 사랑을 깨달았습니다: 마더 테레사의 말씀 모음집』, 박재만 신
　　부 옮김, 성바오로.

『인도의 마더 테레사: 하느님을 위하여 아름다운 이것을』, 맬컴 머거리
　　지 지음, 함세웅 옮김, 바오로딸.

〈테레사 수녀의 유언(Das Testament der Mutter Theresa)〉, 1995년, 마르셀
　　바우어 감독 작품, 성베네딕도수도원 시청각종교교육연구회.

Constitutions of The Missionaries of Charity, 1965.

Daily Meditations from the Words of Mother Teresa of Calcutta, Love: A Fruit Always in Season, Selected and edited by Dorothy S. Hunt, Ignatius Press, San Francisco,1987.

For the Love of God, Georges Goree and Jean Barbier, Veritas Publicatious, Dublin, Ireland, 1974.

Mère Thèrese, Que ton Règne Vienne, Le Livre Ouvert, 1990.

Mother Teresa, A Life in Pictures, Roger Royle & Gary Woods, Bloomsbury, London, 1992.

Mother Teresa: A Simple Path, Compiled by Lucinda Vardey, Rider, Random House, London, 1995

Mother Teresa, Her People and Her Work- Desmond Doig, Haper & Row, San Francisco, 1980, Fount Paperbacks, an imprint of Haper Collins Publishers Ltd., London, 1978.

Mother Teresa, In My Own Words, Jose Luis Gonzalez Balado, 1996.

Mother Teresa, Navin Chawla, Sinclair Stevenson, London, 1992.

Mother Teresa, The Early Years, David Porter, SPCK, London, 1977.

My life for the Poor, Edited by Jose Luis Gonzalez Balado and Janet N. Ballantine Books, New York, 1985.

Something Beautiful for God, Malcolm Muggeridge, Harper & Row, San Francisco, 1977, Fount Paperbacks, an imprint of Harper Collins Publishers Ltd., London, 1977.

Such a Vision of the Street, Eileen Egan, Sidgwick & Jackson, London, 1985.

『心の靜けさの 中で』, カルカツタの マザ－テレサ 及び共勞社の默想
　　集 – キャサリン スピンク編集 森谷峰雄 譯, シオン出版社.

『マザ－テレサ 愛を語る』, ジョルジュ ゴルレ, ジャン バルビェ 編著. 支
　　倉壽子譯, 日本教 文社.

『マザ－テレサとその 世界』, 千葉茂樹 編著, 女子パウロ會.

『マザ－テレサ 神の愛の奇蹟』, デスモンド ドイク, 岡村和子譯, 燦葉社.

『マザ－テレサ すばらしいことを神きまのために』, マルコム マゲッ リ
　　ッジ, 澤田和夫譯, 女子パウロ會.

『マザ－テレサ 訪日講演集』, 女子パウロ會編, 女子パウロ會.

『 マザ－テレサの ことば, 神樣へのぉくりもの』, 半田基子譯, 女子パウ
　　ロ會.

『マザ－テレサと 神の子, いのち, この 尊きもの』, NHK マザ－テレサ特
　　集, PHP 硏究所『生命あるすべてのものに』, マザ－テレサ 訪日講
　　演錄, 講談社 現代新書, 講談社.

『マザ－テレサ, あふれる 愛』, 沖守弘著, 講談社.

『マザ－テレサと 姉妹たち』, 沖守弘 撮影. 白柳誠一 頌, 女子パウロ會.

『マザ－テレサ』, 文,西川潤. 小林正典 寫眞, 大月書店.

『マザ－テレサ』, 人と 思想 』– 和田町子, 清水書院.

『マザ－テレサ 愛と祈りのことば』, ホセ ルイス コンザレス バルド編.
　　渡邊和子 譯, PHP 硏究所.

『マザ－テレサ, 愛の軌跡』, ナヴイン チャウラ著, 三代川律子 譯, 日本教
　　文社.

글쓴이 **신홍범**愼洪範

서울대학교 외교학과를 졸업한 후《조선일보》외신부·문화부 기자와《한겨레신문》논
설주간을 역임했다.

마더 테레사
: 그 사랑의 생애와 메시지

1판 1쇄 발행 1997년 12월 12일
1판 8쇄 발행 2007년 7월 25일
개정판 1쇄 발행 2016년 11월 11일
개정판 2쇄 발행 2021년 2월 10일

글쓴이 신홍범
사진 게리 우즈
펴낸이 조추자 | 펴낸곳 도서출판 두레
등록 1978년 8월 17일 제1-101호
주소 (04075)서울시 마포구 독막로 100 세방글로벌시티 603호
전화 02)702-2119, 703-8781 | 팩스 02)715-9420
이메일 dourei@chol.com | 블로그 blog.naver.com/dourei

* 책값은 뒤표지에 적혀 있습니다. 잘못 만들어진 책은 구입처에서 바꾸어 드립니다.

이 도서의 국립중앙도서관 출판예정도서목록(CIP)은 서지정보유통지원시스템 홈페이지(http://seoji.nl.go.
kr)와 국가자료공동목록시스템(http://www.nl.go.kr/kolisnet)에서 이용하실 수 있습니다.(CIP제어번호:
CIP2016025206)

ISBN 978-89-7443-109-9 03810

God is Love
and He loves you

Love others as

He loves you

and through this love

bring Peace in the
World

God bless you
M Teresa mc